Sarah Baines

Drop dead gorgeous

The Darker Stories

Verwendete Bildmaterialien:
Rawpixel.com – bigstock
marenka! – (Sickgirl)

ISBN-13: 978-1983175848

Sarah Baines
c/o madera GmbH & Co. KG
Oldenburger Straße 167
26180 Rastede
Deutschland

DROP DEAD *gorgeous*

THE DARKER STORIES | SARAH BAINES

Für meine Nachbarin,
ohne die das Sickgirl nicht seinen Namen bekommen hätte.

Für meine Schwester,
die so geduldig mit mir war und nicht einmal lachte bei meinen Fragen.

Für all jene,
die mir dabei geholfen haben,
mich mit etwas auseinander zu setzen, womit ich mich nicht hatte befassen wollen.

Und last but not least

Für Gracie*
Alles wird wieder gut!

*Ich habe wirklich noch nie eine Widmung für ein Motorrad geschrieben.

Vorwort

Wenn Sie dieses Buch in Händen halten (oder den Reader, das Handy, wie auch immer), kennen Sie meine Bücher vermutlich schon. Zumindest die *Darker Stories.* Daher sollte Ihnen auch nicht neu sein, dass es in dieser Reihe um sogenannte *gebrochene Charaktere* geht. Egal, wie gut es am Ende auch ausgehen mag, die Charaktere haben mindestens einen – nennen wir es mal salopp so – Schlagschaden. Meistens mehrere.

Das ist selbstverständlich auch in diesem Buch der Fall. Dieses Mal jedoch habe ich Bauchschmerzen bekommen, die Geschichte von Wes und Mary Jane ohne ernste Warnung herauszubringen. Denn dieses Mal wird es eine Passage in diesem Buch geben, bei der ich mir bewusst bin, dass sie für einige Menschen ein sogenannter *Trigger* sein kann. Nicht aufgrund expliziter Beschreibungen, sondern aufgrund der Darstellung einer Gefühlswelt.

Dieses Vorwort ist mein Versuch, all jene darauf aufmerksam zu machen, die von sich selbst wissen, dass es für sie gewisse Schlüsselreize (Trigger) gibt, mit denen sie nicht umgehen können oder wollen. Dieses Vorwort ist nicht der Versuch, Aufmerksamkeit zu erhaschen, sondern das Ergebnis meines Bedürfnisses, einer mir selbst auferlegten Verantwortung nachzukommen. Denn es war nicht möglich, den Klappentext so zu gestalten, dass ersichtlich wird, dass genau so eine Szene kommen kann. Ich möchte jedoch niemanden mit meinen Büchern verletzen oder auf eine Reise schicken, die keiner machen möchte.

Lange Rede – kurzer Sinn: Bitte achten Sie auf sich selbst, brechen Sie das Buch ab, wenn Sie merken, dass Sie Bauchschmerzen beim Lesen bekommen, oder überspringen Sie den ersten Abschnitt von Kapitel 15. Sie werden spätestens in Kapitel 14 wissen, warum ich das hier schreibe.

So. Jetzt aber zurück zu dem, was Sie von mir gewohnt sind. Ich wünsche viel Spaß mit einer kleinen Verrückten und einem Kerl, der es irgendwie hinbekommt, ihr nicht den Hals umzudrehen.

1

Mary Jane

Mein Herz schlug so laut in meiner Brust, dass ich irrationalerweise fürchtete, dass er es durch die Stille des Raumes würde hören können. Meine Hände waren feucht, doch wollte ich mir keine Blöße geben, indem ich sie an meiner Hose abwischte. Stattdessen lehnte ich mich in meinem Stuhl vor dem wuchtigen Schreibtisch zurück und beobachtete mein Gegenüber.

Er war groß, aber nicht auffallend groß. Dafür aber breit. Sein kahlrasierter Schädel und die bullige Statur ließen einen eher an einen Türsteher, Schläger oder Hafenarbeiter denken, was im krassen Widerspruch zu dem Maßanzug stand, ohne den er nahezu nie anzutreffen war. Ich musste das wissen, ich kannte ihn schon mein halbes Leben.

Dennoch war ich nicht in der Lage, an seiner Mimik abzulesen, was gerade durch seinen Kopf ging. Er besaß das Pokerface eines Mannes, der es gewohnt war, hart zu verhandeln und sich keinerlei Blöße zu geben.

»Ist es wegen …«, setzte er an und ich hob abwehrend die Hand, um ihn zum Schweigen zu bringen.

Erst danach wurde mir bewusst, dass es keine gute Idee war, dem führenden Kopf des organisierten Verbrechens in Portland, Oregon, über den Mund zu fahren.

»Milan, bitte …«, setzte ich in einem Tonfall an, von dem ich betete, dass er unterwürfig genug klang, und biss mir auf die Lippe, als ein spöttisches Funkeln in seine Augen trat. Schade. Ich hatte wirklich gehofft, dass es klappen würde.

»Wie lange kennen wir uns jetzt?«

Seit du mich damals aus dem Müllcontainer gefischt hast. Ich räusperte mich, ehe ich es mit einer dezenteren Antwort probierte: »Seit fünfzehn Jahren?«

Milan nickte bedächtig, wirkte aber weder überrascht noch beeindruckt von der Zahl.

»Und wie lange arbeitest du schon für mich?« Wieder waren weder Tonfall noch Mimik anzumerken, was gerade in seinem Kopf vorging. Etwas, das eindeutig nicht dazu beitrug, dass ich mich entspannte. Ich hatte mich mit diesem Gespräch sehr weit aus dem Fenster gelehnt. Und auch wenn ich bei ihm immer ein gewisses Maß an Sonderrechten innegehabt hatte, war ich mir doch alles andere als sicher, ob ich dieses Mal nicht zu weit gegangen war.

»Neun Jahre«, quetschte ich leise hervor und spürte den zunehmenden Druck auf meinem Brustkorb, je länger das Gespräch sich zog.

»Hast du in all den Jahren jemals mitbekommen, dass ich jemanden habe gehen lassen?« Bei seiner vollkommen gelassen gestellten Frage wurde mein Hals eng und meine Zunge klebte plötzlich am Gaumen.

»Nur mit den Füßen zuerst«, erwiderte ich und verabscheute mich für den brüchigen Klang meiner Stimme.

»Was bringt dich auf die Idee, dass ich jetzt eine Ausnahme mache?«

In Gedanken zählte ich langsam bis zehn, ehe ich es wagte, darauf etwas zu erwidern: »Ich kann nicht mehr.«

Ich wusste, dass ich an ein Mitgefühl appellierte, das dieser Mann nicht besaß. Er würde mich nicht gehen lassen.

Mein Herz sank bei dieser Erkenntnis.

Milan ließ sich Zeit mit einer Reaktion. Mit unergründlicher Miene studierte er mich und ich konnte spüren, wie ich auf meinem Stuhl immer kleiner wurde.

Hätte irgendeiner seiner Männer mich so gesehen, ihm wären vermutlich die Augen aus dem Kopf gefallen. Ich. Die sich plötzlich so klein und hilflos fühlte, wie schon seit Jahren nicht mehr. Seit verfluchten fünfzehn Jahren. Aber so war es nun mal. Ich saß vor dem Mann, dem ich mein Leben verdankte. Der mich aus der Gosse gerettet hatte, in der ich andernfalls vermutlich verreckt wäre. Und ich verlangte etwas von ihm, das in seiner Welt ein Ding der Unmöglichkeit war. In *unserer* Welt.

Meine Freiheit.

»Es tut mir leid, Milan. Vergiss es einfach.« Mühsam kam ich auf meine plötzlich bleischweren Beine und fühlte mich wie eine alte Frau, als ich gen Tür wankte. Doch hielt ich still, die Hand an der Klinke, als er erneut das Wort an mich richtete.

»Mary Jane?«

Mein Name aus seinem Mund klang seltsam fremd. Ich hatte ihn lang nicht mehr gehört. Und tief holte ich Luft, ehe ich mich umwandte und einen Blick zurückwarf.

»Du stehst in meiner Schuld. Wohin auch immer du gehst, vergiss das nie.«

Meine Knie drohten unter mir nachzugeben und ich hasste die verdammte Träne, die über meine Wange rollte, als ich den Sinn seiner Worte erfasste.

»Niemals«, wisperte ich heiser.

Ich konnte die Abende in meinem Leben, an denen ich zu betrunken war, um noch geradeaus zu schauen, an einer Hand abzählen. Heute kam einer hinzu und ich begrüßte nicht nur das schwammige Gefühl in meinem Kopf, sondern auch den langsam einsetzenden Verlust meiner Motorik.

Dennoch war ich froh, dass ich vollkommen allein in dem heruntergekommenen Hotelzimmer war, in das ich mich vor einigen Wochen einquartiert hatte, ungeachtet der Tatsache, dass ich ein Haus in Scappoose, zwanzig Meilen von Portland entfernt, besaß. Hätte mich irgendwer in diesem Zustand gesehen … Ich konnte mich nicht so recht entscheiden, ob derjenige mich zuerst erschießen und dann lachen würde oder andersherum. Nein, ich war nicht sonderlich beliebt bei den Menschen, mit denen ich mich umgab. Was jetzt jedoch einfacher machte, was ich vorhatte.

Ein Auge zusammengekniffen versuchte ich, das Bild der Karte der Vereinigten Staaten vor mir scharf zu bekommen, während ich blind auf dem Tisch neben mir nach einem Dartpfeil tastete.

Ich war eine verflucht gute Schützin. Der Alkohol würde garantieren, dass ich mich nicht selbst betrog.

Ich warf den Pfeil Richtung Karte, als diese sich für einen kurzen Moment ihres Zwillings entledigte, und kicherte, als das Wunder geschah und der Pfeil tatsächlich irgendetwas traf. Mit dem Stolz einer Königin angelte ich nach meinem Handy, drehte die Musik lauter und griff anschließend zur Whiskeyflasche, die offen daneben gewartet hatte. Den Umweg über das Glas sparte ich mir und setzt sie direkt an die Lippen.

Der Scheiß brannte auf meiner Zunge, in meiner Kehle und ich wusste, dass dieser Abend ein bitterböses Ende nehmen würde, als ich mich daran erinnerte, dass ich seit dem Morgen nichts mehr gegessen hatte. Erst danach rappelte ich mich so unbeholfen auf, dass nicht mal mir entgehen konnte, dass ich sturztrunken war, und schwankte gen Karte.

»Fuck!«, entwich es mir mit schwerer Zunge, während ich so nah an die Karte ging, dass meine Nase schließlich fast den Pfeil daraus gedrückt hätte. »Wo zum Teufel ist das denn?«

Ich blinzelte, doch auch so wurde es nicht besser. Zumindest hatte ich kein Wasser getroffen. Ich würde also keinen zweiten Versuch unternehmen müssen. Und auch keine Ausrede haben, mit der ich mich vor der Entscheidung drücken konnte, die ich versucht hatte, auf diese Weise zu treffen.

Schade, ich war zu betrunken, um das Ergebnis zu erkennen. Irgendwo im Süden.

Morgen war wohl auch noch ein Tag.

Mit letzter Kraft und wenig Zielgenauigkeit drehte ich mich, wartete, bis der Boden nicht mehr schwankte, und fiel mit dem Gesicht zuerst auf die Matratze. Ich wusste jetzt schon, dass der nächste Morgen die Hölle sein würde. Ich überließ es dem Akku meines Handys, die Musik auszuschalten, schloss die Augen und schlief in Klamotten und quer auf dem Bett wenig später ein.

Eine gesamte Ork-Armee begrüßte mich am nächsten Morgen in meinem Schädel. Sie lachte mich aus, während ich meinen erbärmlichen Mageninhalt ins Klo entsorgte, und wurde nur langsam von der Schmerztablette geknebelt, als ich mit frischer Leichenblässe aus der Dusche kam. An Frühstück war vorerst nicht zu denken. Ich war schon dankbar dafür, dass die Tablette da blieb, wo sie hingehörte.

Erst danach wagte ich einen weiteren Anlauf bei der Karte. Doch auch dieses Mal wurde ich aus dem Treffer keinen Deut schlauer. Mississippi. Südliches Mississippi, irgendwo in Richtung Grenze zu Louisiana. Auf jeden Fall war die Karte dort verflucht grün. Missmutig angelte ich nach meinem Handy und schaute nach.

Zehn Minuten später wollte ich das dumme Gerät gegen die Wand schmeißen.

Mein betrunkener Wurf hatte mich nicht nur in den beschissensten Bundesstaat geschickt, sondern darüber hinaus auch noch ins ärmste County dort. Der Bodensatz vom Bodensatz. Hayes County? Echt jetzt? Wer zum Henker benannte ein County nach einem Präsidenten, der im Ruf stand, nur durch Betrug die Wahl gewonnen zu haben? Das konnten wirklich nur Menschen, deren Hauptstadt Rome hieß und in deren Umfeld mein Pfeil gelandet war.

Ich stöberte weiter im Handy und schnaubte, als ich auf die jüngsten Zeitungsartikel aus der Gegend stieß. Vor wenigen

Wochen war dort der Bürgermeister, Bruce Cavanaugh, auf tragische Weise in seinem eigenen Haus verstorben. Als ein Kaminfeuer außer Kontrolle geriet.

Zusammen mit dem President des ansässigen Bikerclubs.

Klar. Tragischer Unfall. Ich wollte nicht wissen, wie viel Geld den Besitzer gewechselt hatte, damit am Ende genau das in der Zeitung gelandet war.

Auch spannend an der Geschichte war, dass die Plantage, die Cavanaugh besessen hatte, nahezu umgehend danach in Konkurs gegangen war. Dumm, das gute Stück war der größte Arbeitgeber der Region gewesen und die Arbeitslosenquote der Gegend schlagartig angestiegen. Ein Wunder, dass man die einzige Erbin nicht direkt geteert und gefedert hatte dafür. Oder am Baum aufgeknüpft. Nicht ein Ton wurde über ihren Verbleib nach dem Unglück laut, das die Familienvilla vollständig hatte ausbrennen lassen. Auch da dürfte also eine Menge Geld geflossen sein.

Für einen winzigen Moment spielte ich mit dem Gedanken, den Wurf des vergangenen Abends zu wiederholen. Dann jedoch ließ ich es bleiben.

Ja, ich würde die Schlangengrube Portland gegen das Wespennest Rome tauschen.

Warum?

Weil niemand glauben würde, dass ausgerechnet ich mich in solch ein Pisskaff in den Südstaaten verzog. So gesehen, war der Treffer des Pfeils vermutlich gar nicht mal so übel. Also packte ich die wenigen Habseligkeiten, von denen ich mich nicht trennen wollte, und verließ das Hotel.

2

Wes

Rückblickend war es eine dumme Idee gewesen, meinen Vater zu erschießen. Also, nicht dass ich den alten Sack erschossen hatte, sondern die miserable Planung. Um genau zu sein: das Fehlen jeglicher Planung, weshalb ich nun bis zum Hals in der Scheiße steckte.

Eine Scheiße, die mich gerade mitten in der Nacht durch diesen verfluchten Wald hinter einem Prospect herjagen ließ. Gottverdammt. Der Typ war schnell und schlug Haken wie ein Kaninchen. Und es war entschieden zu dunkel, um ihn in seinem aberwitzigen Lauf erschießen zu können. Allerdings sollte ich mich vielleicht weniger über die Dunkelheit beschweren, denn die war es, die mir vor nicht mal einer Stunde den Arsch gerettet hatte. Als der kleine Pisser versucht hatte, mich zu erschießen.

Was war nur aus dieser Welt geworden? Seit wann versuchte ein Prospect ein Fullmember zu erschießen?

Vermutlich seit letzterer den President erschossen hatte, was mir ganz neue Dimensionen von *in der Scheiße stecken* erschlossen hatte.

Ich bremste abrupt meinen Lauf, als plötzlich zwischen den Bäumen Licht aufflammte und etwas polternd zu Boden ging.

Im ersten Moment war ich irritiert, dann jedoch dämmerte es mir.

Seit wann war die Hütte des alten Shorty denn wieder bewohnt? Soweit ich wusste, hatte der Kerl keine Verwandten gehabt, die hätten erben können. Die Hütte stand daher schon eine ganze Weile leer und hatte ihre besten Jahre bereits hinter sich gehabt, als der alte Besitzer noch gelebt hatte. Wer zum Geier kaufte also so eine Bruchbude, nachdem dort ein Alki diverse Jahrzehnte alles hatte verkommen lassen?

Verrückte Welt.

Und wieso hatte ich das nicht mitbekommen? Hayes war ein sehr überschaubarer Fleck Erde. Wie konnte mir das nur entgehen?

In Gedanken hakte ich den Prospect schon ab, als ich mich der winzigen Lichtung näherte, auf der Shortys Bruchbude stand. Eine einzelne Glühbirne brannte auf der verwitterten Veranda und warf ihr Licht auf den neuen Besitzer der Hütte.

Mein Blut lief bei dem Anblick spontan direkt in meinen Schwanz.

Sie war relativ klein, dafür aber üppig ausgestattet. Ihre nackten Arme und Beine waren von unzähligen Tattoos bedeckt, ein riesiger Sensenmann prangte auf ihrem Oberschenkel und mein Mund wurde trocken, als ich mir vorstellte, nachzuzählen, ob es mehr waren als meine. Die wilde Lockenflut, die weit über ihre Schultern fiel, wirkte, als ob sie gerade aus dem Bett gefallen war. Spontan malte ich mir aus, wie es sich anfühlen würde, meine Finger fest darin zu vergraben, wenn sie mir mit diesen sinnlichen Lippen einen blies.

Dann jedoch riss ich mich wieder zusammen. Das war kein guter Moment für feuchte Träume.

Auch der Rest an ihr sah aus, als wäre sie gerade aus dem Bett gefallen. Ein schwarzer Slip verwehrte mir den Blick auf ihre kleine Spalte und ich schmunzelte, als ich meinen Blick nach oben wandern ließ und ein erhängtes Einhorn auf ihrem Shirt prangen sah.

Das einzige, was mich davon abhielt, mich ihr persönlich und bestenfalls intim vorzustellen, war der Umstand, dass sie eine Schrotflinte auf mich gerichtet hielt. Sie sah zudem nicht so aus, als wüsste sie nicht, wie man damit umging.

Sexy. Mindestens so sexy, wie der Fuß in einem derben Kampfstiefel steckte, den sie auf die Kehle des Prospects drückte, hinter dem ich seit einer halben Stunde herjagte.

»Guten Abend, Ma'am.« Irgendwo musste man wohl den Anfang machen. Meine Mutter hatte mich außerdem dazu erzogen, höflich zu sein.

Als der Prospect beim Klang meiner Stimme zu zappeln begann, verzog sie gereizt die Lippen und drückte ihren Stiefel fester auf dessen Kehle. Der Pisser hustete und mein Grinsen wurde breiter, während ich zu ignorieren versuchte, dass mein Schwanz mittlerweile so hart war, dass es weh tat.

Scheiße. Die Frau gefiel mir. Ich war noch nie ein Kostverächter gewesen, aber ...

»Verpiss dich und nimm deinen Dreck mit. Er blutet mir die Veranda voll.«

Es war Liebe auf den ersten Blick. Auch wenn ich ihr für den Spruch den Arsch versohlen würde. Bevor ich sie fickte.

»Autsch. Keine nette Begrüßung für deinen künftigen Mann? Mir blutet das Herz, Schönheit.«

Sie rollte mit den Augen und ich machte einen Schritt vor. Das Klicken, als sie den Hahn spannte, ließ mich dann jedoch davon absehen, mich ihr weiter zu nähern.

»Süße, ich möchte nicht unhöflich erscheinen, aber wenn ich den Müll mitnehmen soll, wirst du mich schon zu ihm lassen müssen.«

Ihre Lider verengten sich und ein Lachen kitzelte in meiner Kehle, als sie säuerlich die Lippen aufeinanderpresste. Sie mochte es wohl nicht, auf ihren Denkfehler hingewiesen zu werden.

Dann nickte sie knapp und senkte ihre Waffe, ließ mich jedoch nicht aus den Augen, als ich mich ihr langsam, die Hände auf Brusthöhe erhoben, näherte.

Sie nahm erst den Fuß von der Kehle des bemitleidenswerten Idioten, als ich dicht vor ihr stand. Abrupt wich sie zurück und damit von mir weg, hob erneut die Waffe und ich seufzte, während ich meinen Fuß auf die Kehle des winselnden Köters drückte und mich vorbeugte.

In seiner Schulter steckte ein Messer. Ein großes Messer.

»Süße, das Loch hab ich da aber nicht reingemacht.« Ich hörte sie neben mir schnauben. Doch verlor sich das Geräusch, als ich das Messer aus der Schulter zog, was einen Aufschrei und noch mehr Blut zur Folge hatte.

Silver Trident. Böse Frau. Im Schein der Glühbirne wirkten die gezackten Teile der geschwärzten Klinge noch bissiger. Ich war mir zudem verflucht sicher, dass das gute Stück rasiermesserscharf war. Die Kleine wusste, was sie tat.

Mein Herzschlag setzte kurz aus, als ich mich ihr zuwandte, die Klinge dabei demonstrativ in die Höhe haltend, und eine Braue hochzog. Sie quittierte es mit einem grimmigen Lächeln.

»Ich angle.«

Klar. Mit dem Ding nahm man die Fische ja auch am besten aus.

»Natürlich. Angeln.« Ich war mir sicher, dass sie das Lachen in meiner Stimme hören konnte. Aber sie schwieg verbissen, sodass ich ihr schließlich das Messer, den Griff voran, hinhielt. Sie zuckte nicht mal mit der Wimper, als sie mir das blutverschmierte Etwas abnahm.

»Und jetzt pack deine Sachen und hau ab, Biker, ehe ich es mir anders überlege.«

Im ersten Moment wollte ich bei so viel Herzlosigkeit protestieren. Allerdings entschied ich mich, auf sie zu hören, als sie mir demonstrativ den Lauf ihrer Schrotflinte in die Brust drückte.

Ich rammte dem inzwischen kreidebleichen Prospect die Faust ins Gesicht, spürte, wie sein Körper zusammensank, als er k.o. ging, und tippte mir mit zwei Fingern an die Schläfe, ehe ich ihn am Hemd packte und die Stufen in den Garten runterschleifte.

»Gute Nacht, Ma'am.« Ja, Mama hatte mich wirklich gut erzogen.

Mary Jane

Ich wartete exakt so lange, bis der Kerl irgendwo zwischen den Bäumen verschwunden war. Dann erst ging ich zurück in die versiffte Bruchbude und löschte diesen Witz von einer Außenbeleuchtung.

Das Zittern kam, kaum dass ich die Tür hinter mir geschlossen und die marode Schrotflinte des vorigen Hausbesitzers neben der Tür an die Wand gelehnt hatte. Meine Zähne schlugen plötzlich unkontrolliert aufeinander und Tränen brannten in meinen Augen, als ich mich auf den Boden sinken ließ, ehe meine Knie nachgeben konnten.

Ich rollte mich ein wie ein Kätzchen, als die Bilder kamen. Mein Körper verkrampfte und wie aus weiter Ferne hörte ich mein eigenes Schluchzen.

Ich wusste, dass das alles nicht real war. Dass das Blut, das plötzlich überall an Wänden und Kisten klebte, nur in meiner Vorstellung existierte.

Aber das änderte nichts.

Und ich hasste mich dafür.

Ich war achtundzwanzig Jahre alt und ein psychisches Wrack.

Es dauerte lang, bis die Attacke abklang und ich es schaffte, mich so weit in die Küche zu schleppen, dass ich mich an der Küchenzeile hochziehen konnte. Ich wusste, wo diese verfluchten Tabletten lagen, die mir der Arzt – nicht ganz freiwillig – verschrieben hatte.

Das Röhrchen wehrte sich im ersten Moment gegen meine Bemühungen, es zu öffnen. Dann gab es mit einem Ruck nach und ich fluchte, als daraufhin der Inhalt quer durch die Küche flog.

Unwichtig. Ich brauchte nur eine von jenen Pillen, die gnädigerweise auf der Arbeitsplatte gelandet waren und sich nicht über den Fußboden verteilt hatten.

Ich schluckte sie ohne Wasser und schleppte mich ins Bett.

3

Mary Jane

Ich verschlief den größten Teil des darauffolgenden Morgens. Ärgerlich, denn inzwischen war es zu warm, um noch großartig arbeiten zu können. Ein weiterer Punkt auf der langen Liste an Gründen, aus denen ich mittlerweile bereute, dem blöden Dartpfeil gefolgt zu sein. Mississippi. Am Arsch.

Als Jugendliche hatte ich gehofft, nie wieder in den Süden des Landes zu müssen. Jetzt besaß ich dort ein Haus?

Wellblechhütte, korrigierte ich mich umgehend in Gedanken, während ich meinen Blick durch das heruntergekommene Schlafzimmer gehen ließ. Mehr war es nämlich wirklich nicht, was ich da in einem Anfall von Übermut erstanden hatte. Absolut kein Vergleich zu meinem Haus in Scappoose, das ich mittlerweile zum Verkauf angeboten hatte, nachdem ich es zuvor schon seit mehreren Monaten nicht mehr betreten hatte. Ich hatte es hinter mir gelassen, wie ich alles aus Portland zurückgelassen hatte. Sollte sich der verfluchte Makler darum kümmern, seine Provision einstreichen und schauen, ob er die Möbel dort mitverkaufen konnte oder sie anderweitig loswurde. Ich brauchte sie nicht. Der Scheck am Ende interessierte mich noch, der Rest hingegen …

Ich quälte mich aus dem Bett, einer simplen Matratze auf zwei verwitterten Holzpaletten, da ich auch nach zwei Wochen in diesem Moloch nicht den Arsch hochbekommen hatte, mir ein richtiges Bett zu kaufen. Dann wankte ich aus der Schlafzimmertür in den Hauptraum, in dem auch die Küche zu finden war.

Ich war noch nie sonderlich anspruchsvoll gewesen. Aber beim Anblick dieses Wohnraumes wünschte ich mir kurzfristig einen Platz unter einer Brücke.

Was für ein Drecksack hatte hier nur vorher gelebt?

Vermutlich jemand, der nicht mal im Ansatz den Durchschnitt auch nur dieses Countys erreichte. Anders konnte ich mir die Brandlöcher im Teppich und den anhaltenden Geruch nach Schimmel und fortschreitender Verwesung, der sich hartnäckig im Haus hielt, nicht erklären.

Eventuell hätte ich fragen sollen, wer hier zuvor gelebt hatte. Und wie. Vielleicht hätte ich mir die verfluchte Ruine aber auch einfach mal anschauen sollen, ehe ich den beschissenen Kaufvertrag unterzeichnet hatte.

Aber wie bei allem in den zurückliegenden Monaten war ich auch hier nicht wählerisch gewesen. Das Haus hatte zum Verkauf gestanden – als eines von wenigen – und es hatte weit genug draußen gelegen, dass ich mich nicht mit irgendwelchen Nachbarn würde herumschlagen müssen. Das wiederum war für mich ein absoluter Pluspunkt. Ich mochte meine Ruhe. Nach Portland hatte ich die Schnauze nämlich gestrichen voll von Menschen.

Ich runzelte die Stirn, als ich zu der simplen Kaffeemaschine ging, die ich noch auf dem Weg her erstanden hatte, und auf der Arbeitsplatte nach Kaffee fahndete. Zwar verfügte der Schuppen über eine Einbauküche, jedoch traute ich den Hängeschränken nicht. Absolut nicht. Und sie rochen. Bei meiner Ankunft hatte ich sie aufgemacht, tief Luft geholt, sie wieder geschlossen und überlegte seitdem, ob der Abbau auch mit einer Axt lösbar wäre.

Noch mal wollte ich da meine Nase auf jeden Fall nicht reinstecken.

Das Aroma des durchlaufenden Kaffees überlagerte nur langsam die übrigen Gerüche des Hauses und mit einem Seufzen ließ mich auf einen Klapphocker neben der Küchenzeile sinken. Noch immer müde strich ich meine Locken hinter die Schultern und verzog den Mund, als ich an die vergangene Nacht dachte.

Der Knabe, der gestern unter einem Mordsgetöse auf meiner Veranda aufgeschlagen war, war kaum mehr als ein verpickelter Teenager gewesen. Bei seinem lächerlichen Fluchtversuch hatte er sich regelrecht überschlagen gehabt und beinahe das Geländer in seiner Panik heruntergerissen.

Ich hätte ihn sogar laufen lassen – aus Mitleid –, wenn er nicht mit seiner beschissenen Waffe in meine Richtung gewedelt hätte, als ich schlaftrunken aus dem Haus gekommen war. Der Idiot hatte tatsächlich damit gedroht, mich zu erschießen.

Das Messer hatte schon in seiner Schulter gesteckt, lange bevor er es auch nur hinbekommen hatte, die Knarre mit dem Schalldämper zu entsichern, die er mit seinen schlaksigen Armen vermutlich eh nicht hätte halten können.

Wie dumm musste man sein, mit einer gesicherten Waffe auf jemanden schießen zu wollen?

Oder wie panisch?

Der Typ, der wenige Minuten später auf die Lichtung gebrochen war, auf der meine Hütte stand, hatte mich letztlich dazu bewogen, dem Knirps Panik zu attestieren. Ich hatte keine Ahnung, warum die beiden mitten in der Nacht so weit draußen miteinander Fangen spielten, ich war mir jedoch ziemlich sicher, dass das kein perverses Vorspiel der beiden gewesen war.

Nicht, wenn der Kerl es nur knapp geschafft hatte, seine Waffe hinter dem Rücken verschwinden zu lassen, ehe er am Rand der Lichtung stehen geblieben war.

Der Typ war ... heiß. Heiß, wie die Hölle, um genau zu sein. Das war selbst in der Dunkelheit nicht zu übersehen gewesen, als er sich langsam genähert hatte. Im ersten Moment hatte ich die Sache mit dem Atmen daher auch vergessen gehabt und etwas zu spät darauf reagiert, dass er immer näher gekommen war.

Als er dann jedoch vom Lichtschein dieser Funzel auf der Veranda erfasst wurde, war ich wieder etwas klarer im Kopf geworden. Mal unabhängig davon, dass ich gerade diesen Hänfling vor mir liegen gehabt hatte, der tatsächlich wie ein Köter gewinselt hatte, hatte ich endlich mehr sehen können, als dass der Typ groß, blond, gut gebaut und im weiteren schwarz gekleidet war.

Der Kerl trug eine verschissene Kutte. Und so wenig Ahnung ich auch davon hatte, aber ich war nicht dumm genug, um nicht zu kapieren, was ich da vor mir hatte. Ich hatte definitiv keinen Bock auf ein Biker-Rudel in meinem Witz von einem Vorgarten. Am wenigsten auf einen Biker, bei dem ich an einem 1%-Patch und mindestens einer Waffe abzählen konnte, dass er Ärger machen würde. Ich war im Ruhestand. Ich konnte diesen Scheiß einfach nicht gebrauchen.

Heiß war er trotzdem. Sein kantiges Gesicht war sonnengebräunt und seine Augen so hell, dass sie sich selbst in der Dunkelheit strahlend abhoben. Die Muskeln in seinen tätowierten Armen waren definitiv auch nicht zur Dekoration gedacht. Da war ich mir doch reichlich sicher.

Gucken war erlaubt. Vom Gucken holte man sich keinen Stress in die Hütte.

Am Ende hatte ich es dennoch vorgezogen, ihn so schnell wie möglich wieder loszuwerden. Auch wenn das Interesse offensichtlich auf Gegenseitigkeit beruhte, wenn ich seinen Sprüchen glauben schenkte. Aber der winselnde Kerl unter meinem Fuß war das beste Argument gegen eine Reaktivierung meines Sexuallebens gewesen.

Nachdem der Kaffee weit genug durchgelaufen war, dass ich vom Inhalt der Kanne keinen Herzinfarkt mehr bekommen würde, verzog ich mich mit einem Becher auf die Veranda. Den Hintern auf dem blanken Holz der obersten Treppenstufe, die

Beine in die Sonne gestreckt, nippte ich an der schwarzen Brühe und seufze leise.

Ich würde *nicht* erneut abhauen. Auch wenn der Kerl von gestern Nacht nach Ärger schrie. Ich war hier und ich würde hier auch bleiben. Ich würde nur endlich diese verfluchte Bruchbude auf Vordermann bringen müssen. Und vielleicht einen Gartenzaun bauen. Einen hohen Zaun. Nur zur Sicherheit.

Zwei Stunden später war ich in Rome im örtlichen Baumarkt mit dem festen Vorsatz, endlich all das zu kaufen, was ich für die Renovierung meiner Bruchbude voraussichtlich brauchen würde. Irgendein schlauer Mensch hatte mal behauptet, dass man seine Ziele nur erreichen konnte, indem man den ersten Schritt machte. Irgendwie hatte ich den dummen Verdacht, dass er damit recht haben könnte.

Zwei Wochen lang hatte ich in diesem verfluchten mückenverseuchten Drecksloch nichts anderes getan, als Löcher in die vergilbten Wände zu starren. Es war wirklich an der Zeit, dass ich meinen Arsch hochbekam, wenn ich mich nicht mit dem Zustand der Hütte arrangieren wollte. Ich kannte mich. Die Chance, dass dieser Moment bei mir eintrat, war nicht ganz unwahrscheinlich. So traurig es klang, ich hatte schon schlechter gelebt. Viel schlechter.

Allerdings hatte ich mir in den zurückliegenden Jahren einen Standard angewöhnt, den ich nun auch nicht würde unterbieten wollen. Ich hatte hart dafür gearbeitet. Nur weil ich hier zwischen einem Haufen Rednecks hauste, meinte das nicht, dass ich mich meiner Umgebung anpassen musste.

Ich musste nur meinen Arsch hochbekommen.

Ich ächzte leise, als ich aus dem klimatisierten Baumarkt in die brütende Augusthitze trat, und machte mir innerlich eine Notiz, mich um eine Klimaanlage zu kümmern, ehe ich hier noch erstickte. Wie hatte ich das nur vergessen können? Aber immerhin regnete es nicht. Noch nicht. Der Blick nach oben sah nicht sonderlich vielversprechend aus. Ein guter Tag also, um im Haus zu arbeiten.

Das eindeutige Motorengeräusch in meinem Rücken, als ich gerade die Kofferraumklappe meines 69er Lincoln Continental Mark III, den ich mir in meinem jugendlichen Übermut auf dem Weg hierher zugelegt hatte, öffnete, verursachte mir einen Magenkrampf.

Nein, bitte nicht …

Ich seufzte, als das Motorengeräusch hinter mir erstarb und ich eine Stimme hörte, die ich vor nicht mal zwölf Stunden schon im Ohr gehabt hatte.

»Hallo Schönheit.«

Ich gab mich nicht der Illusion hin, dass er wieder verschwinden würde, wenn ich ihn nur lang genug ignorierte.

Sexy as hell beschrieb nur unzureichend, welche Wirkung der Kerl auf mich hatte, als ich mich zu ihm umdrehte. Nicht mal die Kutte, die er über einem weißen Tankshirt trug, konnte meine Libido von etwas anderem überzeugen. Lediglich mein Verstand rutschte gerade auf seinen Knien herum und flehte mich an, mich aus dem Staub zu machen. Mit mäßigem Erfolg.

»Verschwinde, Biker.« Mein Tonfall klang leider nur halb so abweisend, wie die Worte vermuten ließen, während mein Blick an den definierten Muskeln in seinen Oberarmen förmlich klebte.

Ich war mir verflucht sicher, dass seine Bauchmuskulatur ähnlich trainiert war, und kurz ertappte ich mich bei dem kleinen Tagtraum, was er mit der Kraft dahinter wohl so alles würde anstellen können. Die Hitze, die daraufhin in meinem Körper entstand, hatte rein gar nichts mit den mörderischen Außentemperaturen zu tun. Leider.

Ich errötete wie ein Schulmädchen, als ich es endlich schaffte, meinen Blick zu heben, und das wissende Grinsen bemerkte, mit dem er meine Musterung über sich hatte ergehen lassen.

Wow. Seine Augen waren wirklich so hell, wie es in der vergangenen Nacht im Schein der Lampe gewirkt hatte. Ich konnte mich nicht so recht entscheiden, ob sie nun blau oder grau waren, während ich mich dazu zwingen musste, meinen Blick von ihm zu lösen und wenigstens so zu tun, als würde seine Anwesenheit mich absolut kalt lassen.

»Möchtest du ein Haus abreißen oder eines bauen?« Meine Schultern verspannten sich bei seinen Worten und ich schluckte einen bissigen Kommentar herunter, als ich hörte, wie er von seinem Bike stieg. Warum konnte er nicht einfach gehen?

Mechanisch und mit verkrampften Muskeln begann ich, meine Einkäufe in den Kofferraum zu werfen, in der Hoffnung, dass er bei meiner demonstrativen Ignoranz irgendwann abhauen würde. Und ich zuckte zurück, als er neben mich trat, sich vorbeugte und unsere Hände sich berührten, als er im gleichen Moment wie ich nach dem letzten Teil in meinem Einkaufswagen griff. Der Axt.

»Mir scheint, du hast ein Herz für scharfe Sachen.« Die Anzüglichkeit in seiner Stimme ließ das Fass bei mir überlaufen und mein Vorsatz, ihn stoisch zu ignorieren, zerplatzte wie an einem verkaterten Neujahrsmorgen.

»Willst du es herausfinden?«, schnappte ich zurück und erkannte meinen Fehler, als aus der Erheiterung in seinem Blick Lüsternheit wurde.

»Nur zu gerne, Süße.«

Ich riss ihm die Axt aus der Hand und klammerte meine Finger so fest um den Stiel, dass ich meine Fingerknöchel weiß hervortreten sah. Ich musste mir zu meiner Schlagfertigkeit wirklich gratulieren. Oder mir wahlweise eine Beleidskarte schicken. Tendenziell eher letzteres, wie ich begriff, als der Kerl vor mir unterdrückt lachte.

»Was willst du?«, zischte ich nach einem Moment, den ich brauchte, um meinen eigenen Gedanken wieder folgen zu können, zwischen zusammengebissenen Zähnen und zwang mich stillzuhalten, als er seine Hand hob und mit einem Finger langsam an der Kante meines Shirts entlangfuhr. Mein Herz überschlug sich und mir wurde erst klar, dass ich seine Hand hätte wegschlagen müssen, als er sie mit einem verschmitzten Grinsen wieder sinken ließ.

»Dich. Flach auf dem Rücken, wahlweise auf allen vieren. Da bin ich durchaus bereit, mit mir handeln zu lassen.«

Im ersten Moment blieb mir der Mund offen stehen. Der Kerl sprengte glatt jede Skala in puncto Dreistigkeit. Und ich kam nicht ganz dagegen an, dass meine Libido darauf ansprang, während mein Hirn laut aufjaulte, dass ich dringend von hier verschwinden sollte.

»Danke. Ich brauch keinen Biker in meinem Bett.«

Er hob grinsend eine Schulter und ich ahnte, dass ich gleich den nächsten verbalen Tiefschlag kassieren würde.

»Fürs Erste reicht mir auch der Küchentisch, Süße.«

Ich wollte empört sein. Wirklich. Wie die verklemmte Büroangestellte, die ich nie gewesen war. Ich kämpfte darum, während der Augenblick sich in die Länge zog und ich am Funkeln seiner Augen erkannte, dass er sehr wohl wusste, was gerade in mir vorging. Dass seine Worte Bilder in meinen Kopf gezaubert hatten, bei denen es zwischen meinen Beinen zu kribbeln begonnen hatte.

Seit wann war ich so durchschaubar? Und seit wann war ich so verflucht untervögelt, dass man es mir schon ansehen konnte?

Dann entspannte ich mich wieder und schenkte ihm ein Lächeln, bei dem eine steile Falte zwischen seinen Brauen entstand.

»Dann ist ja gut, dass ich keinen habe, nicht wahr?«

Die Runde ging an mich. Mit dem zutiefst befriedigten Gefühl, den Sieg davongetragen zu haben, das zumindest für den Moment das leichte Bedauern überlagern konnte, das gleichzeitig in mir aufstieg, warf ich die Axt in den Kofferraum, ließ die Klappe mit Schwung zuknallen und ging zur Fahrertür.

Seine Worte, als ich mich in hinters Lenkrad gleiten ließ, erwischten mich kalt. Eiskalt.

»Ich bringe nachher Bier mit, Mary Jane.«

Ich zog es vor, nichts darauf zu erwidern.

Es war selbstverständlich absoluter Zufall, dass ich zu fest aufs Gaspedal trat und mit durchdrehenden Reifen vom Parkplatz fuhr.

4

Wes

Schmunzelnd sah ich der Kleinen dabei zu, wie sie dieses Ungetüm von einem Oldtimer vom Parkplatz lenkte. Die Bremslichter in den Heckflossen flammten kurz auf, als sie an der Straßenzufahrt halten musste, dann trat sie aufs Gas und war kurz darauf verschwunden. Kleine Frau, riesige Karre. Ich musste ihren Humor schon bewundern, auch wenn mir nicht ganz klar war, wie sie es ohne Kindersitz bewerkstelligte, über das Lenkrad zu gucken.

Erst nachdem ihr Wagen in der Ferne verschwunden war, schaffte ich es, mich wieder auf meine Maschine zu setzen und den Weg anzutreten, den ich hatte nehmen wollen, ehe ich sie auf dem Parkplatz vom Baumarkt hatte stehen sehen.

Es hatte mich heute früh keine Stunde gekostet, in Erfahrung zu bringen, wer die Kleine in Shortys altem Haus war. Sie hatte die Bruchbude tatsächlich vor kurzem gekauft. Sie hatte nicht mal beim Preis gehandelt, sondern einfach das Geld angewiesen. Aus Portland, Oregon. Mary Jane Peasley, achtundzwanzig Jahre, geboren in Glennville, Georgia, und laut des Bezirkssheriffs keine Strafakte. Nicht mal ein Strafzettel für Falschparken.

Die Kleine war trotzdem alles andere als eine Betschwester. Dafür würde ich meine Hand ins Feuer legen.

Ich hatte keine Ahnung, was sie in Hayes wollte. Und es ärgerte mich, dass wir keine Kontakte nach Portland hatten. Vielleicht wurde ich ja paranoid, aber der Zufall, dass sie plötzlich hier aufgetaucht war, war eindeutig zu groß. Niemand verirrte sich einfach so nach Hayes. Ich war mir daher verdammt sicher, dass sie ihre Gründe hatte, hier zu sein. Ich konnte nur hoffen, dass diese Gründe nichts mit dem zu tun hatten, was mich nun schon seit mehreren Wochen auf Trab hielt. Denn ich wollte sie tatsächlich lieber vögeln als umbringen.

Ich parkte meine Maschine in der Auffahrt eines gepflegten Einfamilienhauses mit idyllischem weißen Gartenzaun kurz vor der Ortsgrenze. Ich bekam keine dreißig Sekunden, bis ein dunkelhaariger Lockenkopf, der mir kaum bis zum Oberschenkel reichte, kreischend aus dem Weg in den hinteren Garten geschossen kam und sich an mein Bein hängte.

»Onkel Wes!« Der Junge lachte laut auf, als ich ihn daraufhin am Hosenbund packte und hochhob, bis er mit mir auf Augenhöhe war. Seine kleinen pummeligen Arme streckten sich nach meinem Hals aus und er strahlte über das ganze Gesicht.

»Na, du kleiner Racker, bist du deiner Mutter wieder abgehauen?«

Der Kleine lachte, strampelte und wand sich in meinem Griff, bis ich mich genötigt sah, ihn abzusetzen, bevor er fallen konnte.

»Natürlich bist du das«, beantwortete ich mir die Frage selbst und nickte der Frau zu, die nun ebenfalls im Durchgang erschien. Mit verschränkten Armen lehnte sie sich an die Häuserecke und musterte mich mit fragend gehobener Braue.

»Ich weiß wirklich nicht, was er an dir findet.«

Ich wusste, dass Nici ihre Worte nur halb so scherzhaft meinte, wie sie gerade klangen. Schuld daran war ich selbst, daher trug ich es mit Fassung. Die Frau meines besten Freundes und ich hatten eine Geschichte, in der ich nicht unbedingt eine Glanzleistung vollbracht hatte. Auch, wenn die ganze Sache inzwischen sieben Jahre zurücklag, hatte sie es mir bis heute nicht ganz verziehen.

Stoned war da erheblich einfacher gewesen. Nachdem ich mich damals an Nici mit dem festen Vorsatz, die beiden auseinanderzubringen, rangemacht und er es herausgefunden hatte, hatte er mich verprügelt und anschließend ein Bier mit mir drauf getrunken. Danach hatten wir nie wieder drüber gesprochen. Nici hingegen entpuppte sich als erstaunlich nachtragend. Mittlerweile waren sieben Jahre, eine Hochzeit und zwei Geburten vergangen, aber noch immer war der frostige Tonfall bei ihr nicht verschwunden. Ich war mir zudem ziemlich sicher, dass sie meine Eier auf ein Brett nageln würde, sollte ich noch einmal versuchen, mich zwischen sie und ihren Mann zu drängen.

»Er kommt halt nach seinem Vater«, überging ich ihre Spitze mit einem Grinsen und sah, wie sie kurz die Lider verengte, ehe sie mit dem Kopf in Richtung Garten nickte. Dann wandte sie sich um und überließ es mir, ihren kleinen Anarchisten einzusammeln und ihr zu folgen.

Stoned saß tatsächlich im Garten, seine Tochter im Arm, die mit ihren sechs Monaten erstaunlich winzig wirkte. Zu ihrer Verteidigung musste man allerdings sagen, dass ihr Vater Arme hatte, wie andere Leute Oberschenkel. Da sah wohl jeder Säugling zierlich aus.

»Wie war's?« Er sah bei seiner Frage nicht mal auf. Stattdessen lag sein Blick ruhig auf seiner Frau, die kurz die Stirn runzelte, sich dann jedoch Josh schnappte und mit dem protestierenden Jungen im Haus verschwand.

»Beschissen.« Was wohl die Untertreibung des Jahres war.

Es hatte alles so leicht ausgesehen. Aber vermutlich war auch genau das das Problem gewesen. Es hatte *zu* leicht ausgesehen.

Einfach Chad folgen, herausfinden, was er und seine Leute da trieben, und dann die Bombe platzen lassen.

Dass der Prospect mich dabei erwischt hatte, war ärgerlich gewesen. Aber auch ein lösbares Problem. Der Pisser würde keinen Ton mehr verraten. Dafür hatte ich gesorgt. Dass Mary Jane aufgekreuzt war und damit zur Zeugin wurde, machte die Sache zwar komplizierter, aber ebenfalls nicht unlösbar. Nach der Nummer vergangene Nacht würde sie mit Sicherheit nicht zu den Bullen rennen.

Dass Chad hingegen ein Chapter in Louisiana hochgezogen hatte, von dem offensichtlich nicht mal mein Vater alles gewusst hatte, war eine Hausnummer. Eine beschissen große Hausnummer. Ungefähr genauso groß, wie die Scheiße mit den Drogen. Und es hingen erheblich mehr Leute drin, als ich je für möglich gehalten hätte.

Aber vielleicht hatte mein Vater auch alles gewusst und befürwortet. Er hatte dabei lediglich vergessen, uns das alles mitzuteilen … Diese Variante war sogar noch beschissener. Allerdings war das nun wohl auch unerheblich. Mein Alter war tot. Seine Leiche zusammen mit der des Bürgermeisters bis zur Unkenntlichkeit verbrannt und die Untersuchungen seitens der Polizei eingestellt.

Was übrigens sowohl für Ry, meinen Cousin, als auch für den MC ein teurer Spaß gewesen war. Ein Spaß, der unsere schon seit längerem angeschlagene Finanzlage nun in erhebliche Schieflage gebracht hatte.

Um nicht zu sagen: Wir waren nahezu pleite.

»Wie beschissen ist *beschissen?*« Stoned riss mich aus meinen Gedanken wieder zurück in die Gegenwart.

»So beschissen, dass ich nicht mehr weiß, wem wir noch trauen können.«

Von der Seite konnte ich sehen, wie er seine Tochter auf seinem Schoß verlagerte und sich durch die Haare fuhr. Sein Gesichtsausdruck entsprach dabei in etwa dem, wie ich mich fühlte. Aber er hielt die Klappe, wie er es immer tat, wenn ihm irgendwas nicht passte, und ich wusste, dass es in ihm genauso arbeitete wie in mir.

Wir waren beide hier aufgewachsen. Unsere Väter waren schon Member der Lost Legion gewesen, mein Vater ihr Gründer, und wir waren in dem festen Glauben erzogen worden, dass der MC unsere Familie war.

Jetzt saß ich hier, nachdem ich vor wenigen Wochen meinen eigenen Vater erschossen hatte, und musste einräumen, dass ich keine Ahnung hatte, wie das alles nur so weit hatte kommen können.

Wobei, das war gelogen. Ich hatte eine erschreckend genaue Vorstellung davon, wie es so weit hatte kommen können. Ich *wollte* es nur nicht wahrhaben.

Das Verhältnis zwischen meinem Vater und mir war nie das Beste gewesen. Als Kind vielleicht noch, doch je älter ich wurde, desto angespannter wurde es auch. Je mehr ich die Dinge hinterfragte und aufhörte, wie ein kleines Kind zu meinem Vater aufzusehen.

Der endgültige Bruch kam, als meine Mutter sich schließlich aus dem Staub gemacht hatte, kaum dass ich achtzehn geworden war. Ich konnte es ihr nicht verübeln. Die Beziehung meiner Eltern war eine Katastrophe gewesen und rückblickend musste ich meine Mutter schon dafür bewundern, dass sie es überhaupt so lange ausgehalten hatte. Nach Strich und Faden betrogen, unterdrückt und auch wenn mein Vater sie nicht in Grund und Boden geprügelt hatte … seine Hand hatte ihr gegenüber sehr locker gesessen.

Heute lebte sie glücklich zum zweiten Mal verheiratet in Pine Bluff, Arkansas, und hatte mit all dem Mist nichts mehr zu tun. Ich gönnte es ihr. Sie hatte genug unter meinem Vater gelitten, der sich die Bezeichnung *narzisstisches Arschloch* redlich verdient hatte.

Ich hingegen war nicht mit ihr gegangen und hatte stattdessen jenes Umfeld bevorzugt, in das ich hineingeboren worden war. Ich taugte einfach nicht für jenes Leben, das sie sich so sehr wünschte. Mein Leben spielte sich hier ab, im Hayes County. Natürlich war das meiner Mutter nicht recht gewesen, aber letztlich hatte sie es akzeptiert, um mich nicht ganz zu verlieren.

Ich war mit achtzehn eindeutig alt genug gewesen, dass sie nicht mehr die Hand über mich halten musste.

Danach hatte sich zwischen uns alles irgendwie eingespielt. Mein Vater akzeptierte, dass meine Mutter und damit der Puffer zwischen ihm und mir weg war, und ich lernte, mich mit den Eigenheiten meines Vaters zu arrangieren. Verändert hatten sich die Dinge erst vor acht Jahren. Als Chad wie aus dem Nichts aufgetaucht war.

Als Hangaround zunächst, dann als Prospect … Er durchlief die übliche Karriere. Mit einem einzigen entscheidenden Unterschied: Mein Vater hielt die Hand über ihn.

Chad fräste sich mit einer Geschwindigkeit in den MC, die eigentlich schon beeindruckend war. Nach zwei Jahren war er Fullmember und keine drei Jahre später Sergeant-at-Arms.

Erst da war ich stutzig geworden. Aber da war es bereits zu spät gewesen. Viel zu spät. Mein Alter hatte sich von Chad vollkommen einwickeln lassen. Mein *paranoider, narzisstischer Alter,* um genau zu sein. Keine Ahnung, wie Chad das hinbekommen hatte, der im Lauf der Jahre immer mehr zu dessen rechter Hand wurde.

Schließlich wurde er Vize, als Big, der diesen Posten bisher innegehabt hatte, nach dem dritten Herzinfarkt in kurzer Folge das Zeitliche segnete. Das war im vergangenen Jahr gewesen und ich konnte nicht sagen, dass mich an dieser Geschichte *nichts* störte, die mich auf Chads Posten hatte nachrücken lassen. Klar, Big hieß nicht Big, weil er einfach groß gewachsen war. Um genau zu sein, war er am Ende so fett gewesen, dass ich jedes Mal Angst um sein Bike gehabt hatte, wenn er draufstieg.

Aber er war gesund gewesen. Zumindest gesund genug, um seinen Schwanz, den er vermutlich nur noch im Spiegel hatte sehen können, immer wieder in irgendeiner Frau zu versenken.

Ich war aber auch kein Arzt. Also hatte ich mich um einen gekümmert. Einen unparteiischen, der mit dem Club nichts zu tun hatte, nicht kurz vor der Rente stand und bei der Obduktion nur oberflächlich schaute, um dann Herzinfarkt aufgrund von

Übergewicht und schlechter Ernährung als *natürliche* Todesursache anzugeben.

Das zweite Ergebnis förderte eine erstaunliche Menge an Ibuprofen zutage. Big musste das Schmerzmittel über einen langen Zeitraum in extrem hohen Dosen gefressen haben. Ob er davon gewusst hatte, hielt ich allerdings für fraglich. Das Ibuprofen war der Auslöser der Herzinfarkte gewesen, wie mir der zweite Arzt mitteilte. Ich hatte bisher nicht mal gewusst, dass so etwas überhaupt möglich war. Aber damit war auch die Frage nach der *Natürlichkeit* der Todesursache vom Tisch. Big war umgebracht worden.

Dieser Punkt stützte mein schlechtes Gefühl bei der ganzen Kiste, die ganz offensichtlich direkt vor meiner Nase ablief. Also hatte ich angefangen, Nachforschungen anzustellen, und war postwendend gegen eine Wand gerannt. Eine Wand, die in etwa 1,80m groß war, ein wettergegerbtes Gesicht besaß und für fünfzig Prozent meiner Gene verantwortlich war.

Exakt das war der Moment gewesen, in dem ich Stoned ins Vertrauen gezogen hatte. Er war nicht begeistert gewesen. Absolut nicht. Weder davon, dass er jetzt Dinge wusste, die er nicht hatte wissen wollen, noch von dem, was da vor sich zu gehen schien.

Aber damit war die ganze Geschichte noch nicht zu Ende. Sie hatte gerade erst begonnen. Natürlich hatte ich nicht einfach aufgehört, mich umzuhören. Ich hatte lediglich einen anderen Kurs eingeschlagen: den direkten Weg über meinen Vater, in der Hoffnung, dass dieser mich ins Vertrauen ziehen würde.

Bis dahin hatte ich nicht mal den Verdacht gehabt, dass er sich ins Drogengeschäft im County einmischen wollte. Von Haus aus gehörten diese Geschäfte der Familie DuChamp, seit kurzem meinem Cousin Ry DuChamp, der gerade erst aus L.A. zurückgekommen war, um das Erbe seines Vaters anzutreten. Aber ganz offensichtlich hatte mein eigener Vater von langer Hand geplant, diese Geschäfte an sich zu reißen … zusammen mit diesem Chad, bei dem ich mir inzwischen nicht mal mehr sicher war, ob das überhaupt sein richtiger Name war.

Keiner von beiden schien es bis dahin für nötig gehalten zu haben, auch nur irgendwen ins Vertrauen zu ziehen. Weder bei der Drogengeschichte, die sie offensichtlich schon seit einigen Jahren dezent über den früheren Bürgermeister und dessen Baumwollplantage abwickelten, noch darüber, dass es über das gottverschissene neue Chapter der Legion lief.

Ich hatte zwei Monate gebraucht, um meinen Vater weichzukochen, bis dieser augenscheinlich glaubte, den verlorenen Sohn wiedergefunden zu haben. Er hatte dabei vielleicht nicht direkt das Lamm für mich geschlachtet, aber er hatte mich eingeweiht.

Die Sache war tatsächlich bereits vor Jahren von meinem Vater und Chad geplant worden. Selbst das neue Chapter war nichts weiter als eine Finte, die man aufgesetzt hatte, um auf diesem Umweg verschleiern zu können, wer hinter dem neuen Drogenbaron im County steckte. Es war das Bindeglied zwischen meinem Vater und dem alten Bürgermeister, der dadurch unwissentlich wie eine Marionette von meinem Vater vor den Karren gespannt worden war in dessen Krieg mit seinem Schwager.

Es war nichts Neues, dass mein Vater, seinem Schwager, Franklin DuChamp das Drogengeschäft geneidet hatte. Obwohl der MC genug Geld mit Waffen und illegalen Kämpfen machte, hatte es für sein Verständnis nie gereicht. Vielleicht aber ging es ihm auch nur ums Prinzip, denn Paul Rivers hatte den alten DuChamp Zeit seines Lebens gehasst. Und das nicht erst, seit dieser meine Tante geschwängert und anschließend an seinen eigenen Drogen fast hatte krepieren lassen. Woher dieser Hass kam, war mir zwar nicht bekannt, aber ich traute den beiden alten Säcken durchaus zu, dass das alles sich an einer Banalität entzündet hatte.

Zu dumm, dass der alte DuChamp dann ins Gras gebissen hatte, ehe ihm hatte klar werden können, wer ihm da das Wasser abgegraben hatte. Davor war er zudem einfach zu high gewesen, denn zum Ende hin war mein angeheiratetер Onkel sich selbst der beste Kunde gewesen und hatte meinem Vater, beziehungsweise dem Bürgermeister und Verwaltungsratsvorsitzenden von Hayes County, Bruce Cavanaugh, tatsächlich kampflos das Feld überlassen.

Wäre Ry, sein einziger Sohn, nicht aufgetaucht, wäre vermutlich auch nichts weiter passiert. Die Familie DuChamp wäre sang- und klanglos untergegangen, die Tochter des Bürgermeisters hätte diesen Lyle, Vize aus dem Chapter in New Orleans, geheiratet und alles wäre in die Hände meines Vaters gelangt, der mit der Plantage des alten Cavanaughs alles Geld aus den Drogengeschäften hätte waschen können, das nicht durch die Bücher des Schrottplatzes geschliffen werden konnte.

Dumm nur, dass Ry nicht nur wieder aufgetaucht war, sondern sich zusätzlich die kleine Cavanaugh unter den Nagel gerissen hatte.

Mein Vater hatte gekotzt, als das rausgekommen war. Mein Cousin hatte vollkommen unwissentlich sämtliche Pläne meines Alten einzig deshalb platzen lassen, weil er seinen Schwanz nicht in der Hose hatte behalten können.

Wäre danach nicht alles im Wahnsinn versunken, bis ich meinen Vater selbst in jener denkwürdigen Nacht im Haus des alten Bürgermeisters erschossen hatte, hätte ich Ry dafür wahrscheinlich sogar gratuliert. Besser hätte nicht mal ich meinem Vater ein Bein stellen können. Die Sache mit den Drogen war nun zwar offiziell so tot wie mein Alter, aber … Wenn ich nicht aufpasste, ich auch demnächst. Wäre der Depp von gestern Nacht nicht so unfassbar schlecht im Anschleichen gewesen, wäre ich es vermutlich schon.

Es war in jener Nacht in der Cavanaugh-Villa ein Trugschluss gewesen, dass mit dem Tod meines Alten und des Bürgermeisters alles vorbei war. Für Ry vielleicht. Für mich hingegen fühlte es sich seitdem an, als hätte jemand die Scheiße von zuvor in den Ventilator geschmissen.

Jetzt war Chad der President und er hatte nichts Besseres zu tun gehabt, als mich zu seinem Vize zu machen. *Halte deine Freunde nahe bei dir, aber deine Feinde noch näher.* Offensichtlich kannte der Mann sämtliche Drehbücher von *Der Pate* auswendig.

Nach außen hin sah es nun also so aus, als wäre alles in bester Ordnung. Mein Alter war tot, dessen Vize der neue Prez und ich, als Sohn des Vorgängers, wiederum dessen Vize. Es sah so harmonisch aus wie unterm Weihnachtsbaum … bei Ted Bundy. Der Schein nach außen blieb gewahrt und Chad hatte alle Zeit der Welt, um mich aus dem Verkehr zu ziehen und sein eigenes Süppchen zu brauen, von dem ich bisher nur leider keine Ahnung hatte, was es genau war. Es grenzte schon an ein Wunder, dass ich bisher noch nicht ausgerutscht und in der Schrottpresse gelandet war. Viel gefehlt hatte neulich zumindest nicht, als ein defektes Stromkabel beinahe dafür gesorgt hätte, mich von dieser Erde abzubestellen. Eine andere Möglichkeit gab es nicht, um mich loszuwerden und an den Schrottplatz zu kommen, der nach wie vor der Familie Rivers und nicht dem MC gehörte. Das würde sich erst ändern, wenn ich starb und keinen Erben hinterließ. Das hatte mein Vater so geregelt. Genauso den Umstand, dass ich Chad nicht aus dem Weg gehen konnte. Er war nämlich nicht nur der President, sondern dummerweise auch der Geschäftsführer des Familienunternehmens. Meinem Alten sei Dank.

Aber was Chad tatsächlich wollte, war mir immer noch nicht klar. Er war President der Lost Legion, mein Geschäftsführer des Schrottplatzes und ich konnte ihn nicht mal feuern, ohne den gesamten Club damit zu zerreißen. Trotzdem war ich mir sicher, dass der Prospect inzwischen der zweite Versuch war, mich umzubringen.

Was wollte er nur? Einen erneuten Anlauf im Drogenhandel? Irgendwie bezweifelte ich das. Chad war nicht dumm. Er kannte die Regeln.

Wäre der Plan meines Vaters aufgegangen, wäre es eine Sache gewesen. Aber dadurch, dass Ry nun auf dem Spielfeld stand, war das Gleichgewicht wieder hergestellt. Die DuChamps regelten den Drogenhandel, die Lost Legion den Waffenhandel. Ry würde sich die Tour nicht vermiesen lassen, wie sein Vater zuvor. Einen weiteren Anlauf in der Hinsicht zu nehmen, hielt ich für gefährlich. Besonders wenn man bedachte, dass er ganz eindeutig über sehr gute Kontakte verfügen musste. Der alte DuChamp hatte es sich mit den früheren Händlern der Gegend verscherzt, sein Sohn hingegen schien diese nicht mal nutzen zu müssen, um weiterhin Drogen beziehen zu können. Und das ganz offensichtlich mit Unterstützung der jeweiligen Kartelle. Zwölf Jahre L.A., mein Cousin hatte seine Hausaufgaben eindeutig gemacht.

Jetzt einen weiteren Vorstoß in die Richtung zu wagen, wäre blanker Selbstmord. Mal ganz davon abgesehen, dass es auch innerhalb des MC für Unruhe sorgen würde. Das Hayes County war überschaubar und nicht wenige Member waren auf die eine oder andere Weise mit den DuChamps und ihrer Sippe verwandt. Manche Dinge ließ man besser unangetastet.

Obendrein herrschte das Gleichgewicht hier bereits seit Jahrzehnten. Jeder wusste, wer wen schmieren musste, um seine Ruhe zu haben. Sollte irgendetwas dieses historisch gewachsene Prinzip zerstören, konnte man damit rechnen, demnächst mehr als nur den gut geschmierten Countysheriff auf der Fußmatte hocken zu haben. Straßenschlachten zwischen Dealern und dem Motherchapter der Lost Legion waren quasi ein Garant dafür, dass hier irgendwas auflaufen würde, das der Staat mit drei Buchstaben abkürzte. Von FBI bis ATF wäre da zumindest eine Menge drin.

Ich hoffte nur, dass Chad das auch wusste. Ich hielt ihn zwar nicht für dumm, aber nach vergangener Nacht traute ich ihm erst mal alles zu.

»Wer hängt mit drin?« Stoned kannte mich seit wir aus den Windeln raus waren. Natürlich wusste er, was sich hinter meinem *beschissen* versteckt hatte.

»Jag.«

Der Mann, der vergangene Nacht gemeinsam mit Chad heimlich den President des Chapters in New Orleans getroffen hatte. Drei kleine Buchstaben, die das Gesicht meines besten Freundes zur Maske erstarren ließen. Sein Onkel. Offensichtlich war ich nicht der Einzige mit schweren Familienproblemen.

5

Wes

Sie tauchte im Türrahmen auf, kaum dass ich auf den Hof gerollt war und der Motor erstarb. Mit verschränkten Armen lehnte sie sich gegen das Holz und ich gab mir einen Moment, das Bild zu genießen, welches sie dabei bot.

Sie war nicht ganz so klein, wie sie noch am Nachmittag vor dem Hintergrund dieses Urzeitmonsters von einem Auto gewirkt hatte, das nun friedlich etwas abseits in der langsam untergehenden Sonne briet. Groß war sie allerdings auch nicht. Dafür üppig und wie schon in der vergangenen Nacht regte sich mein Schwanz in freudiger Erwartung, während ich meinen Blick über die Tattoos auf ihren Armen gehen ließ.

Ich ließ mir Zeit mit meiner demonstrativen Musterung und grinste, als ich schließlich an ihrem Gesicht hängen blieb. Die Lippen zusammengepresst, die Lider verengt sah sie mich an, als wollte sie mir sagen, dass ich mich zum Teufel scheren sollte.

Ob sie wusste, wie viel es über sie verriet, dass sie gerade in der Tür stand und nicht woanders war?

»Bekomme ich keine ordentliche Begrüßung, Schönheit?«

Ihre Augen verengten sich zu schmalen Schlitzen und mein Grinsen wurde demonstrativ breiter.

»Ich hoffe für dich, dass das Bier kalt ist, Rivers.« Sofern ihr ruppiger Tonfall mich hatte einschüchtern sollen, musste ich sie enttäuschen.

Die Kleine hatte also keine Zeit vertrödelt und sich über mich schlau gemacht. Gut, das war auch keine Kunst, es lag in der Natur der Sache, dass ich kein Unbekannter im County war. Das *Hayes County Journal* hatte es sich zudem nicht nehmen lassen, vor drei Jahren eine Notiz über meine Entlassung aus dem Knast zu drucken. Das war wohl Nicis perfide Rache gewesen, sie hatte die Zeitungsnotiz nämlich höchstpersönlich verfasst und zusätzlich so gut getaggt, dass sie noch heute bei einer Recherche im Netz auf der ersten Seite aufgeführt wurde. *Leg dich niemals mit einer Chefredakteurin an.* Das hatte ich inzwischen gelernt.

»Eiskalt, Ma'am«, erwiderte ich, während ich meinen Blick wieder auf ihren beeindruckenden Vorbau senkte. Diesmal war kein erhängtes Einhorn darauf zu finden. Dafür jedoch der Spruch: *I put the fun in funeral.* Mir gefiel ihr Humor.

Ihr Blick fühlte sich wie eine Berührung an, als ich abstieg und auf sie zukam. Meine Eier kribbelten bei ihrer schamlosen Musterung und ich sah sie schlucken, als ihre Augen zwischen meinen Beinen hängen blieben. Mein Schwanz reagierte prompt und ich verkniff mir ein Lächeln, als ich sie leise durch die geöffneten Lippen Luft holen hörte.

Doch noch ehe ich etwas dazu sagen konnte, wandte sie sich brüsk auf dem Absatz um und verschwand im Haus.

Mary Jane

Herr, vergib ihr! Sie wusste nicht, was sie tat! Wohl zum ersten Mal in meinem Leben begriff ich den Hintergrund dieses zutiefst religiösen Ausrufs. Was zum Henker hatte ich mir nur dabei gedacht?

Der zurückliegende Tag kam mir plötzlich vor wie ein einziger Blackout, seit ich den Baumarkt verlassen hatte. Ein Blackout, der dazu geführt hatte, dass meine Bruchbude nun aussah, als wäre eine Rockband im Vollrausch durchgefegt.

Ja, ich hatte in den zurückliegenden Stunden durchaus Spaß mit der Axt gehabt. Das Ergebnis konnte sich sehen lassen: Die versifften Schränke der Küchenzeile waren verschwunden und wohnten dafür als vollkommen überflüssiger Stapel Brennholz im Garten. Oder wie man die Wildlandschaft vor meinem Haus nannte. Der Teppich war ebenfalls verschwunden und lag direkt neben dem Pseudoscheiterhaufen. Das, was darunter zutage gekommen war, war allerdings nur bedingt besser als der Teppich.

Kurz gesagt: Ich stand mit schmerzenden Muskeln auf einer Baustelle. Meine wenigen Habseligkeiten waren in Kartons verpackt im Schlafzimmer und außer einer Couch und einem Kühlschrank, die ich mir beide bei meinem Einzug zugelegt hatte, deutete nichts darauf hin, dass diese Bretterbude überhaupt bewohnt war. Zu allem Überfluss stand in meinem Rücken ein Kerl, den ich tatsächlich vögeln wollte, auch wenn ich mir den gesamten Tag über eingeredet hatte, dass er mich nicht interessierte.

Würde es einen Oscar für idiotische Leistungen geben, ich hätte ihn bekommen.

Aber wenigstens war der üble Geruch zusammen mit der Küche und dem Teppich aus der Hütte verschwunden.

»Tatsache, kein Küchentisch«, hörte ich ihn hinter mir sagen und presste die Lippen zusammen, um nicht zu lachen. Ich wollte Sex und keinen Kerl sympathisch finden, der alles in sich vereinte, was ich in meinem Leben nicht haben wollte. Der Schwanz war okay, wenn ich das gerade richtig gesehen hatte. Aber das, was am Schwanz dranhing, konnte er getrost behalten.

Ja, ich wusste, wie abgefuckt diese Einstellung war. Ich tröstete mich damit, dass er es andersherum wahrscheinlich genauso hielt.

Es hatte mich absolut nicht überrascht, was ich über den Kerl heute Mittag im Netz gefunden hatte. Er sah nicht nur aus wie ein wandelndes Klischee, er schien sogar eines zu sein. Wesley Rivers, Sohn von Paul Rivers, dem jüngst verstorbenen President der Lost Legion, dem einzigen MC in der Gegend, und seit kurzem dessen Vize. Er war zweiunddreißig Jahre alt, wenn ich der Zeitungsnotiz zu seiner Haftentlassung glauben durfte, die mich auf der ersten Seite regelrecht angesprungen hatte. Zwei Jahre hatte er wegen schwerer Körperverletzung gesessen. Guter Anwalt. Andere saßen dafür weitaus länger. Vor allem, wenn sie als Wiederholungstäter bekannt waren.

Irgendwie war ich mir sicher, dass ihn der Knast nicht geläutert hatte.

Nicht mal in Portland hatte ich mich mit diesem Ausschnitt der Gesellschaft auseinandersetzen wollen, den dieser Mann regelrecht atmete. Biker waren mir hochgradig suspekt, auch wenn ich aufgrund meiner eigenen Lebensumstände mitunter dennoch mit ihnen zu tun gehabt hatte. Milan hatte sie gern für die eine oder andere Aufgabe eingespannt. Sie ließen sich zwar gut bezahlen, aber sie verstanden ihren Job. Ich hingegen war ihnen am liebsten aus dem Weg gegangen. Ich konnte nicht mal genau sagen, warum. Aber irgendwie brachte mich alles an diesen Kerlen, ihrem Rudelverhalten und ihren *Uniformen* auf die Palme.

Ich war die testosterongeschwängerte Luft im Umfeld von Killern der Bratva gewöhnt. Ich hatte schon Kerle k.o. gehen lassen, die gefühlt das Doppelte meiner Statur besaßen, und mit Auftragskillern gearbeitet, von denen ich gewusst hatte, dass sie in der geschlossenen Anstalt besser aufgehoben wären. All das ließ mich kalt.

Biker hingegen ließen mich nur durch ihr Aussehen die Wand hochgehen.

Jetzt stand eines dieser Exemplare in meiner Bruchbude und allein sein Anblick reichte aus, um meine Libido dazu zu bringen, einen Freudentanz aufzuführen.

Ich musste erheblich angeknackster sein, als ich bisher angenommen hatte.

»Was ist jetzt mit dem Bier?« Unfreundlich? Konnte ich. Aus dem Effeff sozusagen. Und ich biss mir auf die Lippe, bei dem seltenen Anflug von Verlegenheit, als er an mir vorbei zum Kühlschrank ging.

Die Selbstverständlichkeit, mit der er die Kühlschranktür aufzog, das Bier aus dem Rucksack nahm, den er bis dahin auf der Schulter gehabt hatte, und vier der sechs Flaschen darin verstaute, machte mich tatsächlich sprachlos. Der Kerl führte sich auf, als wäre er hier zuhause.

Ich schluckte schwer, als eine Erinnerung das Bild des fremden Mannes an meinem Kühlschrank überlagerte. Ein schweres Gewicht senkte sich auf meine Brust, presste mir die Luft aus den Lungen und ließ mich stumm bleiben, während ich ihn eigentlich für seine Dreistigkeit anfahren wollte.

Ich kam erst wieder in die Realität zurück, als er plötzlich vor mir stand und mir eine eiskalte Bierflasche in die Hand drückte.

»Hast du einen Geist gesehen?«

Ich blinzelte bei seiner Frage, war aber dennoch unfähig, ihm darauf eine Antwort zu geben.

Denn ich *hatte* einen Geist gesehen. Aber wenigstens wusste ich, dass es einer war.

»Das geht dich nichts an«, meinte ich schließlich brüsk, als er mich einfach nur fragend ansah, und nahm einen tiefen Schluck aus meiner Flasche.

»Okay.«

Ich spürte, wie meine Gesichtsmuskeln verkrampften, während ich ihm dabei zusah, wie er nun ebenfalls einen Schluck aus seiner Flasche nahm.

Ich wurde aus diesem Kerl einfach nicht schlau. Vergangene Nacht war er in eindeutiger Absicht hinter diesem Idioten her gewesen und ich würde meine Hand dafür ins Feuer legen, dass der Kleine die Nacht nicht überlebt hatte.

Wäre ich an seiner Stelle, ich hätte vermutlich schon längst dafür gesorgt, dass der Zeuge der vergangenen Nacht den gleichen Weg genommen hätte.

Stattdessen stand er hier und … Ja, was eigentlich? Trank Bier und raubte mir den letzten Nerv?

Er verhielt sich nicht, wie ich es erwarten würde. Kein *Uga, ich bin der erste auf dem Affenfelsen!,* kein Neandertaler-Gehabe mir als Frau gegenüber. Zwar hatte er deutlich gemacht, was er von mir wollte, dennoch stand er jetzt hier und trank einfach nur sein beschissenes Bier.

Er machte mich wahnsinnig.

Trotzdem wollte ich ihn.

Ich konnte nicht mal genau sagen, warum eigentlich. Ja, er war sexy und ich bekam schon Herzrhythmusstörungen, wenn ich nur daran dachte, wie es wohl wäre, meine Finger durch diese weizenblonden Haare gleiten zu lassen, während er …

Ich verkniff mir, diesen Gedanken weiter auszuführen, der zu nichts anderem führen würde als noch mehr Kopfkino.

»Was willst du hier, Biker?« Die Frage war mir ungewollt rausgeplatzt und ich wusste, dass sie den Eindruck von Desinteresse zerstören würde. Aber den hatte ich eh schon in dem Moment versiebt gehabt, als ich das erste Mal auf seine Provokationen eingegangen war.

»Jetzt?« Ein spöttisches Grinsen umspielte seine Mundwinkel, als er dabei die Arme vor der Brust verschränkte und mich erneut musterte.

Ich zog es vor, seine Frage zu ignorieren und darauf zu warten, dass er von selbst fortfuhr.

»Ich will wissen, wer du bist und was du hier machst.«

»Wer ich bin, weißt du offensichtlich bereits und was ich mache, siehst du«, konterte ich in einem bemüht neutralen Tonfall, während ich mich dabei ertappte, seine Körperhaltung nachzuahmen.

»Bullshit, Mary Jane.«

Ehrlich. Mein Name klang nach all der Zeit komisch in meinen Ohren. Wie der Teil einer längst verdrängten Vergangenheit. Was er ja auch irgendwie war.

»Was machst du in Hayes?« Mit einem Schlag war aller Humor und jegliche Leichtigkeit aus seinem Blick verschwunden und ich schluckte, bei der Eiseskälte, die ihn plötzlich umgab. Spontan bereute ich es, außer der uralten Schrotflinte des Vorbesitzers und meinem Nahkampfmesser keinerlei Waffen im Haus zu haben. Sowohl das eine als auch das andere lag ordentlich verstaut im Schlafzimmer. Augenscheinlich hatte ich keine zwei Wochen gebraucht, um vollkommen zu verweichlichen und meine Überlebensinstinkte zu vergessen.

»Was ist dein verdammtes Problem?« Ich musste mich wirklich dazu zwingen, nicht zurückzuweichen, als er langsam auf mich zukam. Sein Geruch stieg in meine Nase, als er dicht vor mir stehen blieb, sauber, maskulin. Und für einen winzigen Moment schloss ich die Augen, als seine Nähe meine Sinne zu benebeln drohte.

»Menschen wie du tauchen nicht einfach irgendwo auf. Am wenigsten hier.« Seine Stimme hatte sich zu einem Flüstern gesenkt. Rau und leicht heiser löste sie ein Flattern in meinem Magen aus, bei dem es mich alle Mühe kostete, nicht auf Abstand zu gehen. Oder ihn anzuspringen, weil meine Hormone gerade durchdrehten.

»Menschen wie ich?«, fragte ich zurück und zwang mich dazu, ihm fest in die Augen zu sehen.

»Menschen wie wir.«

Ich wusste, dass ich ihm hätte widersprechen müssen. Wusste, dass es abgrundtief falsch war, ihn in dem Glauben zu lassen, dass wir auch nur im entferntesten etwas gemein hatten.

»Ich will einfach nur meine Ruhe haben, okay?«, erwiderte ich dann jedoch und erschrak selbst über meinen heiseren Tonfall.

Mein Herz setzte für einen kurzen Moment aus, als er daraufhin lächelte. Mit den Fingern strich er mir eine Locke aus dem Gesicht, ließ seine Hand in meinen Nacken gleiten und dennoch war ich unfähig, mich von ihm zu lösen … oder auch nur den Blick zu senken.

»Ich bin mir nicht sicher, dass du die bekommen wirst.«

Ein Versprechen. Ich wusste, dass er von etwas anderem sprach. Von jenen Dingen, die gerade ein Kribbeln zwischen meine Beine sandten, meine Haut überempfindlich werden ließen und mich dazu brachten, die Augen zu schließen, als er sich langsam zu mir herabbeugte.

Noch immer hatte ich die Arme vor der Brust verschränkt, meine Finger umklammerten den Hals der Bierflasche inzwischen so fest, dass ich irrationalerweise glaubte, sie bald brechen hören zu können. Aber ich schaffte es nicht, mich zu bewegen. Weder, um mich von ihm zu lösen, noch um ihm entgegenzukommen. Ich blieb einfach still und seufzte schließlich leise, als seine Lippen federleicht über die meinen strichen.

»Nein, die wirst du ganz sicher nicht bekommen«, murmelte er dicht an meinen Lippen, jagte mir einen Schauer über den Rücken, der direkt zwischen meine Beine schoss, und mein Atem stockte, als er erneut, diesmal ein wenig fester, seine Lippen über die meinen wandern ließ.

»Aber heute wirst du dich leider mit dir selbst beschäftigen müssen, Killer.«

Der Moment zerbrach, ich wich zurück und spürte, wie mein Bedürfnis, ihn auf Abstand zu halten, wieder aufflammte, als ich das amüsierte Funkeln in seinen Augen sah.

Das Arschloch hatte tatsächlich mit mir gespielt. Und ich hatte mit mir spielen lassen.

»Raus!«

Es war meiner Laune alles andere als zuträglich, dass er sich breit grinsend zum Gruß gegen seine Stirn tippte und sich tatsächlich zur Tür wandte.

»Ich mach's wieder gut, Süße. Versprochen«, meinte er noch und ich hatte schon Luft geholt, um ihm eine böse Beleidigung an den Kopf zu werfen, als er gleich darauf verschwunden war.

6

Wes

Das Bedürfnis zu Lachen hielt sich hartnäckig, als ich mich auf den Rückweg machte.

Die Kleine hatte gekocht vor Wut. Und sie war zuckersüß dabei gewesen. Ihre Wangen hatten sich gerötet, ihre dunkelbraunen Augen hatten kleine Blitze verschossen. Ich war mir sicher, dass so manch anderer sich davon hätte einschüchtern lassen.

Okay, ich gab zu, dass ich nicht ganz fair gespielt hatte. Genauso, wie ich zugab, dass ich mir mit meinem Abgang ins eigene Fleisch geschnitten hatte. Denn tatsächlich hätte ich sie viel lieber gefickt, was meine schmerzenden Eier mich nun auch nicht vergessen lassen wollten.

Allerdings hatte sie auch exakt damit gerechnet gehabt. Und auch wenn ich absolut nichts gegen unverbindlichen Sex hatte, so hatte ich doch keine Lust, nach ihrer Pfeife zu tanzen. Mary Jane Peasley war es offensichtlich gewöhnt, ihr Umfeld diktieren zu können. Mal schauen, wie lange es dauern würde, bis sie merkte, dass sie damit bei mir gegen eine Wand lief.

Ich glaubte ihr, dass sie lediglich ihre Ruhe haben wollte. Warum auch immer. Mein Instinkt hatte ihr geglaubt und bisher hatte ich mich auf diesen noch immer verlassen können. Wenn man bedachte, dass sie gerade das Haus, in dem sie lebte, zu Kleinholz verarbeitete, war es zumindest nicht abwegig, dass sie wirklich einfach nur hier leben wollte. Oder ich wollte es nur so haben. Wie auch immer, ich hatte definitiv nicht vor, die Kleine in Ruhe zu lassen. Auch wenn ein Teil von ihr das ganz offensichtlich so wollte.

Der andere Teil hingegen war mindestens so scharf auf mich, wie ich auf sie. Ich konnte daher das Angenehme mit dem Nützlichen verbinden und sie sowohl vögeln, als auch ein Auge darauf haben, dass sie wirklich keine Dummheiten machte, weil sie irgendwie mit Chad in Verbindung stand.

Ja, ich war inzwischen paranoid, aber nach allem würde es mich nicht wundern, wenn der neue President der Lost Legion einen Killer anheuerte, um mich aus dem Weg zu schaffen. Und Mary Jane Peasley war einer. Darauf verwettete ich meinen Arsch.

Das Grundstück, auf das ich wenige Minuten später einbog, grenzte unmittelbar an den Schrottplatz meiner Familie. *Meinen* Schrottplatz, seit mein Vater das Zeitliche gesegnet hatte, auch wenn es mir noch immer schwerfiel, mich als dessen Inhaber zu sehen. Ich ignorierte den Prospect am Tor und hielt geradewegs auf das leicht heruntergekommene Hauptgebäude zu, vor dem bereits diverse Motorräder, überwiegend Harleys, standen.

Früher war dieses Gelände eine Barackensiedlung für Sklaven gewesen. Lange, bevor die Familie Rivers das Grundstück zusammen mit dem umliegenden Land gekauft und direkt daneben seinen Schrottplatz hochgezogen hatte. Das Haus, das heute auf diesem von einem zwei Meter hohen Holzzaun umgebenen Grundstück stand, war ein typischer Eigenbau, den noch mein Großvater begonnen hatte und der später von meinem Vater übernommen und umgebaut worden war.

Anfang der Siebziger war es als Unterkunft für die Angestellten und Tagelöhner im Umkreis gedacht gewesen. Heute war es das Clubhaus der Lost Legion, nachdem sich herausgestellt hatte, dass der hochtrabende Gedanke meines Großvaters, hier eine zweite Einnahmequelle zu erschließen, eine vollkommene Fehlinvestition gewesen war.

Irgendwie schien sich die Habgier ja wie ein roter Faden durch meine Familie zu ziehen. Daraus resultierende Betriebsblindheit inklusive.

Ich stellte meine Maschine zwischen jene der übrigen Anwesenden und gab mir einen Moment, um mich für das Bevorstehende zu wappnen. Ich ahnte, dass es keine gute Nachrichten sein würden, aus denen Chad uns alle spontan einbestellt hatte.

Das Clubhaus war auffallend still, als ich schließlich den riesigen Raum, der irgendwann mal eine Lobby gewesen war, betrat. Kein gutes Zeichen und die Härchen in meinem Nacken stellten sich auf, als ich in Jags ernstes Gesicht blickte, der sich bei meinem Eintreten umgehend erhob.

Man wartete bereits auf mich. Und ich hielt mich auch nicht lange mit irgendwelchen Begrüßungsfloskeln zu den übrigen Anwesenden auf, sondern umrundete die beiden Billardtische, die mitten im Raum standen, und ging in den hinteren Bereich, in dem das Besprechungszimmer lag. Jag folgte mir in einigem Abstand und ich hörte, wie er hinter mir die Tür schloss, kaum dass ich mich auf meinen Platz am zerkratzten selbstgebauten Tisch niederließ.

Fünf Leute saßen hier. Fünf Männer und bei keinem von ihnen war ich mir inzwischen mehr sicher, ob ich ihm trauen konnte. Chad saß als President seit einigen Wochen am Kopf des Tisches, linker Hand ich als sein Vize. Mir gegenüber lümmelte Silent, ein riesiger Kerl, der jedoch exakt so schweigsam war, wie sein Rufname es vermuten ließ, in seiner neuen Funktion als Sergeant-at-Arms, nachdem ich den Posten vor einigen Wochen abgegeben hatte. Direkt daneben Jag, der zusammen mit Chad der Älteste im Raum war und tatsächlich auch das längste Mitglied, sowohl der Lost Legion als auch der Führungsetage, auch wenn seine offizielle Funktion als *Secretary* blanker Hohn war. Als ob wir irgendwas von dem, was hier drin besprochen wurde, schriftlich fixierten. Wir waren nicht lebensmüde.

Auf dem letzten Platz links von mir saß Pinhead – man stellte besser nicht die Frage, woher er den Namen hatte –, unser Schatzmeister. Ein Blick in das nahezu vollständig von Tattoos bedeckte Gesicht des Mannes besagte nichts Gutes über den Inhalt der Versammlung.

»Machen wir es kurz und knapp: Der Deal mit Jackson ist geplatzt.«

Chad hätte nicht mehr Aufmerksamkeit auf sich ziehen können, wenn er erklärt hätte, dass ihm die Jungfrau Maria im Puff begegnet wäre. Wobei das erheblich weniger Konsequenzen für den MC nach sich gezogen hätte.

Der Deal mit Jackson war eine große Sache gewesen. Eine, die der Finanzlage des Clubs hätte helfen können. Unterm Strich wären dabei nämlich zwanzig Riesen für uns drin gewesen. Das erklärte nun wohl auch Pinheads Gesichtsausdruck, der noch düsterer war als von Haus aus. Ich hatte diesen Mann tatsächlich noch nie lachen sehen.

Das war nun schon das dritte Mal in Folge, dass ein Deal geplatzt war. Bisher war zwar keiner in dieser Größenordnung dabei gewesen, aber so langsam verlor das alles an Glaubwürdigkeit.

Unsere Lager waren voll und in den zurückliegenden Jahren hatten wir ausreichend Stammkunden zwischen Jackson und Biloxi gewonnen, um uns keine Sorgen um unsere Finanzen zu machen. Dachte ich zumindest. Jetzt hingegen war das Einzige, was uns noch halbwegs über Wasser hielt, das Geld, das Pinheads kleines Unternehmen einbrachte.

Das hatte schon vor einiger Zeit angefangen. Mein Vater hatte dem ursprünglich keine Bedeutung beigemessen, waren es doch nur kleine vereinzelte Deals, die unter fadenscheinigsten Gründen geplatzt waren. Doch inzwischen war es eindeutig eine Hausnummer geworden.

Man konnte argumentieren, dass der Wechsel in der Chefetage daran schuld war. Aber ich wollte das Märchen vom nervösen Kunden einfach nicht glauben. Unsere Preise waren gut und bisherige Zusammenarbeiten überwiegend reibungslos verlaufen. Die ganze Sache stank genauso zum Himmel wie der Versuch, im Drogengeschäft Fuß zu fassen.

Außerdem blieb immer noch die Frage nach dem, was sich vergangene Nacht abgespielt hatte. Ich hatte zwar nicht nahe genug drankommen können, um die Unterhaltung zu belauschen, doch ein Blick in Jags Gesicht besagte deutlich, dass irgendwas faul war. Der alte Mann war entschieden zu gefasst.

»Alternativen?« Silent bevorzugte es wirklich, seine Kommunikation so knapp wie möglich zu halten.

»New Orleans hat einen Käufer.«

Natürlich hatte New Orleans das. Und sie würden ihren Anteil vom Gewinn haben wollen.

So langsam hatte ich das Gefühl, in einer Schmierenkomödie zu sitzen, und ich fragte mich, wann auch die übrigen Anwesenden auf die Idee kommen würden, dass hier etwas so faulig roch wie ein verwesender Alligator in der Sonne.

Aber vielleicht wurde diese Komödie auch einzig wegen mir aufgeführt. Ja, mittlerweile hatte ich den Punkt erreicht, an dem ich nahezu jedem misstraute. Vor allem seit der vergangenen Nacht. Seit ich eines der längsten Mitglieder dabei erwischt hatte, wie es gemeinsam mit Chad Ausflüge unternahm, die beide ganz eindeutig vor dem Rest hatten geheimhalten wollen. Ich vertraute noch exakt einer einzigen Person, meinem besten und ältesten Freund, meinem Bruder, von dem ich genau jetzt wünschte, dass er Teil dieses Kreises wäre. Aber da hatte mein Vater stets einen Riegel vorgeschoben und auch Chad schien von dieser Linie nicht abzuweichen.

»Was will New Orleans dafür?« Ich musste mich zwingen, meinen Ton neutral zu halten, während ich Chad am liebsten an Ort und Stelle erwürgt hätte.

»Fünfundzwanzig Prozent.« Chads Antwort kam umgehend und ich spürte, wie mein Kiefermuskel sich verhärtete, als ich die Zähne zusammenbiss. Das war keine unübliche Beteiligung, das war weniger das Problem, auch wenn das Geld schmerzte.

Schlimmer war der Umstand, dass New Orleans sich auf diesem Wege in unsere Geschäfte einmischte. Wieder mal. Sie bekamen einen Fuß in die Tür. Und ich wurde den Verdacht nicht los, dass es genau das war, was Chad damit beabsichtigte.

Es ergab alles zusammen einfach zu viel Sinn. Die heimlichen Treffen zwischen ihm und dem President des dortigen Chapters, die geplatzten Deals, die nun mit freundlicher Unterstützung aus New Orleans anderweitig zustande kamen … Meine Paranoia wurde so langsam mein bester Freund, denn sie flüsterte mir zu, dass es genau das war, was Chad beabsichtigte: die schleichende Übernahme durch New Orleans.

Ob mein Vater das gewusst hatte? Ich bezweifelte es. Vielleicht hatte meine Kurzschlussreaktion neulich, in der ich meinen Vater erschossen hatte, Chad letztlich nur in die Hände gespielt. Ich hatte ungewollt für ihn den Weg freigemacht.

»Zwanzig.« Wenn ich wollte, konnte ich genauso wortkarg sein wie Silent mir gegenüber.

Es blieb dem MC keine andere Wahl, als auf den Deal einzugehen. Ich brauchte keinen Einblick in Pinheads Zahlenschieberei, um zu wissen, dass wir andernfalls wirkliche Probleme hätten. Der Schrottplatz lief zwar, aber die Masse an *Angestellten,* die wir beschäftigten, könnten wir aus den laufenden Einnahmen sowie den Untergrundkämpfen, die Pinhead organisierte, nicht bezahlen. Von den Schmiergeldern, die wir regelmäßig ausgaben, ganz zu schweigen. Wir mussten so schnell wie möglich die Waren aus unseren Lagern versilbern oder wir würden uns demnächst keine Gedanken mehr darum machen müssen, was in New Orleans vorging.

Es entbehrte nicht einer gewissen Komik, dass unser Lager einen Gewinn von ungefähr hundert Riesen versprach, es jedoch wie verhext war, wenn wir versuchten, die Sachen loszuwerden. Das würde uns spätestens dann um die Ohren fliegen, wenn wir die Bullen nicht mehr schmieren konnten und diese postwendend einen Durchsuchungsbefehl für unsere Lager beantragten. Solche Razzien gab es zwar immer wieder mal, allein schon, um den Schein zu wahren. Die Schmiergelder bewirkten jedoch, dass wir davon rechtzeitig erfuhren und das jeweilige Lager vorher räumen konnten.

Ich konnte mir also an zwei Fingern abzählen, was passieren würde, wenn wir kein Geld mehr für den Spaß hatten. Ich war wirklich nicht scharf drauf, wieder einzufahren. Zwei Jahre hatten mir gereicht. Je länger der Scheiß also lag, desto riskanter wurde die Sache.

»Und die anderen?«

Aus dem Augenwinkel konnte ich sehen, wie Pinhead nickte, seine schlechte Laune allerdings wie eine schwarze Gewitterwolke über ihm hing. Einverständnis sah definitiv anders aus. Sogar bei ihm.

Auch Jag und Silent nickten schließlich und ich hatte Mühe, nicht das Gesicht zu verziehen, bei der Zufriedenheit, die sich nun auf Chads Miene abzeichnete.

»Gut. Ich werde New Orleans noch mal kontaktieren und schauen, inwieweit sie mit sich handeln lassen.«

Yeah. Die Sitzung war vorbei, als Chad im gleichen Moment auf die Beine kam. Mir war nur definitiv alles andere als nach Feiern zumute.

7

Mary Jane

Drei Tage wütete ich in meiner Bruchbude. Riss Tapeten runter, tauschte Dielenbretter aus und trank die verbliebenen Biere aus lauter Frust, während ich mir einzureden versuchte, dass meine gereizte Stimmung rein gar nichts mit dem Irren zu tun hatte, der mich mitten in meiner Wohnung einfach hatte stehen lassen. Oder der Umstand, dass ich es mir jeden Abend selbst machen musste, um auch nur an Schlaf denken zu können.

Am Abend des dritten Tages gab ich es auf, meinen überschüssigen Hormonhaushalt an der Renovierung abzuarbeiten. Wenn meine Libido meinte, frei drehen zu müssen, nachdem sie seit mehreren Monaten von mir ausgehungert worden war, würde ich ihr halt einen kleinen Brocken vor die Füße werfen, in der Hoffnung, dass sie anschließend wieder Ruhe gab. Also fuhr ich mit dem festen Vorsatz in dieses Pisskaff von einer Stadt, mir einen One-Night-Stand zu suchen. Wenn daraus nichts werden sollte, konnte ich mich immer noch betrinken. Mein Haus lag knappe zwei Meilen vor der Stadt. Im schlimmsten Fall ging ich einfach zu Fuß nach Hause, versuchte es am darauffolgenden Tag im nächsten Ort oder fuhr direkt nach Jackson weiter. Bei zweitausend Einwohnern in Rome war die

Chance, was Brauchbares für die Nacht zu finden, auch eher gering. Aber man sollte wohl nichts unversucht lassen.

Ich bereute meinen Entschluss keine halbe Stunde, nachdem ich in der ersten Hinterwäldlerkneipe, die ich vom Wagen aus hatte sehen können, angekommen war.

Okay, vielleicht war es ein wenig übertrieben, den Laden *Hinterwäldlerkneipe* zu nennen, er sah aus wie jede andere Kneipe auch. Aber meine Laune näherte sich zunehmend jener des Grinchs und ich wurde von Stunde zu Stunde freizügiger mit meinen Beleidigungen.

Allerdings war mir bereits nach besagter halben Stunde klar, dass mein Libido-Problem hier nicht gelöst werden würde, sofern ich nicht damit begann, mir die Umgebung schön zu saufen. Auch diese Erkenntnis trug im übrigen nicht dazu bei, meine Laune zu heben. Genauso wenig wie der Umstand, dass man mir neugierige Blicke zuwarf, sobald man glaubte, ich würde gerade nicht hinsehen. *Ehrlich, Leute, vergesst es. Ich habe Augen im Hinterkopf!* Es kostete mich wirklich Mühe, die Penetranz der Leute zu ignorieren.

Wenigstens war die Musikauswahl in Ordnung, Siebziger Jahre Bluesrock. Damit ließ sich was anfangen.

Auch wenn ich seit meiner letzten Nacht in Portland eine gewisse Hassliebe zu Dartpfeilen entwickelt hatte, rang ich mich schließlich dazu durch, zumindest ein wenig Zeit hier zu verbringen. Ich hatte nämlich nicht das geringste Bedürfnis, mich wieder in meine Hütte zu verziehen, und zu einem längeren Ausflug fehlte mir inzwischen auch die rechte Stimmung. Also ließ ich mir einen Satz Pfeile geben, schnappte mein Bier vom Tresen und begab mich zu der verhassten Scheibe. Immerhin, es war keine Landkarte draufgepinnt.

Natürlich war es langweilig, gegen sich selbst zu spielen. Vor allem, wenn man selbst mit geschlossenen Augen noch treffen konnte, was man einmal anvisiert hatte. Berufskrankheit. Mein Versuch, mich zu beschäftigen, glich ein wenig dem Verhalten von hospitalistischen Elefanten im Zoo. Aber ich konnte es spontan auch nicht ändern.

Ich bemerkte den Typen, der sich mir von hinten näherte, lange bevor er in meinem Augenwinkel auftauchte und sich demonstrativ gegen den Stehtisch lehnte, auf dem ich mein Bier abgestellt hatte.

Weiß, Ende dreißig, 1,80m groß, circa achtzig Kilo und unbewaffnet. Anhand seines Aussehens – Jeans, Shirt, beginnende Geheimratsecken, sonnengebräunte Haut, kräftige Oberarme – tippte ich auf Plantagenarbeiter oder Handwerker. Vermutlich war er kräftig, aber in einer körperlichen Auseinandersetzung ungeübt.

Er war keine Gefahr für mich und ich rollte mit den Augen, als ich begriff, dass mein früherer Job mich noch viel zu fest in seinen Klauen hatte. Ich konnte nur hoffen, dass das irgendwann auch wieder aufhören würde.

»Darf man mitspielen?«

Als ich erneut mit den Augen rollte, hatte das rein gar nichts mit meinem vorigen Scan zu tun.

»Nein.«

Wer klar fragte, musste damit rechnen, klare Antworten zu bekommen. War für alle Beteiligten ja auch besser, wenn jeder wusste, woran er war. Dennoch schien ihm meine Offenheit nicht zuzusagen. *Männer …* Mit einem hörbaren Seufzen griff ich nach meinem Bierglas und trank es in einem Zug aus.

»Aber dann möchte ich dich auf ein Bier einladen.«

Echt jetzt? Bettelte der Kerl gerade? Meine Libido sank als kümmerlicher Haufen Elend in sich zusammen.

Diesem Wes wäre das nicht passiert. Allein der Gedanke, der sich so spontan in meinem Kopf schob, führte dazu, dass meine Laune ins Bodenlose fiel.

»Danke. Ich verzichte«, erwiderte ich daher auch und wandte mich ab, um zu Plan B überzugehen, der damit enden würde, dass ich zu Fuß nach Hause ging.

Zumindest dachte *ich* es so. Schade, dass der Kerl, der mir gerade zum Tresen folgte, augenscheinlich anderes dachte. Denn ich war kaum am Tresen angekommen, als der Kerl von hinten eine Hand auf meine Hüfte legte und sein Becken gegen mich drückte, um mir seine bemitleidenswerte Erregung zu demonstrieren.

»Nun hab dich mal nicht so, Süße.«

Meine Reaktion war langjährig trainiert und tatsächlich nichts weiter als ein Reflex. Noch während ich mit der rechten Hand mein Bierglas auf den Tresen stellte, drehte ich meinen Oberkörper und rammte dem Kerl in meinem Rücken den linken Ellenbogen in die Magengrube. Er klappte erwartungsgemäß zusammen und ich nutzte den Umstand, dass sein Hals nun auf meiner Augenhöhe war dazu, ihm die Handkante gegen die Kehle zu schlagen.

Er konnte nicht mal mehr keuchen, als er zurücktaumelte und sich die Hand auf den Hals presste.

Dass die Kerle aber auch immer glaubten, sich jede Freiheit rausnehmen zu können.

»Ich habe *nein* gesagt.« Mein frostiger Tonfall, als ich mich ihm ganz zuwandte, sollte selbst für diesen Hinterwäldler zu verstehen sein.

Das war er offensichtlich auch. Nur führte das leider nicht zum gewünschten Ergebnis. Stattdessen blitzte Wut in seinen Augen auf und überrascht sah ich, wie er die Hand hob.

Mir blieb der Mund offen stehen, als jemand das Handgelenk des Mannes packte und festhielt, während eine vertraute Stimme an meine Ohren drang.

»Die Lady hat *nein* gesagt, Dwayne.«

Wann war der denn hier aufgetaucht?

Wes stand mit dem Rücken halb zu mir, sodass ich im ersten Moment lediglich auf das Color auf seinem Rücken starrte. Etwas, das ich mir bei meiner Recherche im Netz bisher tatsächlich verkniffen hatte, um mir den üblichen Wust an Dingen zu ersparen, von denen Biker dachten, dass sie schick wären. So demonstrativ unter die Nase gerieben, kam ich nun jedoch nicht umhin, wenigstens einen Blick drauf zu werfen.

Natürlich durfte der obligatorische Totenkopf im Zentrum nicht fehlen. Selbstredend mit einem Stahlhelm, der verdächtig nach einem Helm der Wehrmacht aussah. Die gekreuzten Klingen dahinter bildeten nicht nur ein Schragenkreuz, die kleinen Sterne darin waren natürlich auch reiner Zufall und kein Bezug zur Rebellenflagge, die gemeinhin als Südstaatenflagge bezeichnet wurde. Der Schriftzug *By honor & arms* verteilte sich von links nach rechts um den Totenkopf und ich musste nun tatsächlich schmunzeln. *Lost Legion MC* in einem Staat, den man gemeinhin *The Lost South* nannte, und die Anlehnung an dessen Motto *Virtute et armis* – Mit Tugend und Waffen –, es war nicht zu übersehen, dass jemand sehr viel Humor gehabt hatte, als er den MC gründete. Bereits Ende der Siebziger, wenn mich das Internet nicht belogen hatte.

Ich war wirklich *ganz kurz davor,* mich mit dem seltsamen Geschmack dieser Leute wieder zu versöhnen.

»Die Schlampe ist krank!« Die Stimme des Kerls überschlug sich regelrecht und wenn mich nicht alles täuschte, klang sie sogar etwas heiser, was mir ein grimmiges Lächeln entlockte. Dabei hatte ich gar nicht so doll zugeschlagen gehabt. Weichei.

»Du hast keine Ahnung wie krank, Redneck«, setzte ich – nur aus Spaß an der Freude – hinzu und sah, wie der Kerl nach Luft schnappte, als Wes ihn daraufhin losließ und zur Seite trat. Ich musste nicht in sein Gesicht sehen, um zu wissen, dass er gerade breit grinste.

Ich gab zu, etwas enttäuscht zu sein, als der Typ wenige Sekunden später mit abwehrend erhobenen Händen zurückging und schließlich aus dem Laden stürmte.

»Los, Sickgirl, raus hier. Du hast deine neuen Nachbarn jetzt genug aufgemischt.« Ein Lachen schwang in seiner Stimme mit. Ein Lachen, das in mir sein Echo fand, als ich zum Barkeeper sah, der jedoch nur abwehrend eine Hand hob, als ich in meiner

Hosentasche nach dem Geld fahndete. Mein Bier ging offensichtlich aufs Haus. Ich hatte nichts dagegen.

Sickgirl. Bei dem Namen stieg ein warmes Gefühl in mir auf. Das war der Name, der mir vertrauter war, als jener, den man mir bei meiner Geburt gegeben hatte. Er war ein Teil von mir, seit ich mich mit vierzehn im Arm eines Schlägers von Milan verbissen hatte, als dieser meinte, mich von ihm fernhalten zu können. Der Typ hatte sogar eine Narbe davon zurückbehalten. Und eine Tollwut-Impfung.

Ich ließ es geschehen, als Wes seinen Arm um meine Taille legte, kaum dass ich auf seiner Höhe war, und mich mit sanftem Nachdruck aus der Kneipe schob.

Wes

Ich hatte nicht widerstehen können, als ich von Stoned zurück zu mir nach Hause hatte fahren wollen und Mary Janes Wagen am Straßenrand hatte stehen sehen. Ich hatte mir an zwei Fingern abzählen können, wo sie gerade steckte.

Die Situation, in die ich dann jedoch unversehens reingeplatzt war, hatte ich nicht vorausgesehen. Dwayne war bekannt dafür, bei Frauen kein Maß zu kennen und Grenzen nicht zu akzeptieren. Insbesondere, wenn er Alkohol getrunken hatte. Er war nicht der Hellste und merkte einfach die Signale nicht, wenn seine Aufmerksamkeit unerwünscht war.

Im ersten Moment hatte ich überlegt, ihn seinem Schicksal zu überlassen, dann jedoch eingegriffen, als Mary Janes Handkante in seiner Kehle gelandet war. Es hatte nur noch der Schriftzug *Profi im Einsatz* über ihrem Kopf gefehlt. Blinkend. Der Kerl wusste wirklich nicht, was gut für ihn war.

Es war nicht so, dass ich das Bedürfnis gehabt hatte, Mary Jane vor Dwayne zu beschützen. Die Kleine konnte sich hervorragend selbst verteidigen. Wie sie dort am Tresen gestanden hatte, war sie mir wie ein Pitbull vorgekommen, bei dem nicht mehr viel gefehlt hatte, damit er sich in der Kehle seines Kontrahenten verbiss. Ich hielt es daher für angemessen, Dwayne vor der Kleinen zu schützen, da er selbst einfach nicht zu begreifen schien, wie sehr er sich übernommen hatte.

Ich ließ es geschehen, dass Mary Jane sich von mir löste, kaum dass wir die Kneipe verlassen hatten, und schnurstracks zu ihrem Wagen ging. Ich folgte ihr und verbiss mir ein Lächeln, als sie die Autoschlüssel aus ihrer Hotpants fischte, dann jedoch auf dem Absatz herumwirbelte und zu mir aufsah.

Mein Schwanz reagierte wie ein brav dressiertes Hündchen bei dem Ausblick, den sie mir dabei bot. Sie hatte ihrem Shirt mit der Aufschrift *Fuck what they think* den Kragen abgeschnitten und aus dieser Perspektive gab sie mir einen tiefen Einblick in ihren Ausschnitt und noch mehr Tattoos, die gerade vom Stoff verborgen wurden.

Ich wollte sie zählen. Jedes einzelne davon. Mit den Fingern wollte ich darüber hinwegfahren, meine Lippen auf die bunte Haut pressen und ihr Keuchen hören, wenn ich meine Erkundung mit der Zunge fortsetzte. Ich wollte sie vor mir knien sehen und meinen Schwanz so tief in sie graben, dass sie um Gnade winselte.

Diese Frau war purer Sex. Ihre Locken bauschten sich wild um ihren Oberkörper, das einfache Shirt schmiegte sich an ihre einladenden Kurven. Die schwarze Hotpants mit dem Nietengürtel darüber war so knapp, dass man vermutlich ihren Arsch sehen würde, wenn sie sich vorbeugte. Ihre trainierten Beine steckten in einer Fishnet-Strumpfhose, ihre Füße in simplen Chucks. Auf ihrem Weg zum Wagen hatte ich die großen Schleifen gesehen, die sie sich auf die Rückseite ihrer Oberschenkel hatte stechen lassen, und die Bewegungen der Muskulatur unter ihrer Haut, die mich darüber hatte nachdenken lassen, wie es wäre, wenn sie diese Beine um mich schlang, während ich sie fickte.

Kurz gesagt: Sie war eine Fleisch gewordene Männerfantasie, ich war mir nur nicht sicher, ob sie sich dessen bewusst war.

Als sie die Lippen öffnete und Luft holte, um etwas zu sagen, packte ich sie an den Hüften und drückte sie gegen ihren Wagen, während ich meine Lippen in einem harten Kuss auf die ihren presste.

Insgeheim rechnete ich damit, genauso zu enden, wie der arme Dwayne wenige Minuten zuvor. Umso überraschter war ich, als sie meinen Kuss ungestüm erwiderte. Meine eine Hand löste sich von ihrer Hüfte, glitt an ihren Hinterkopf und ich hörte sie stöhnen, als unsere Zungen sich begegneten. Ihr Bein schlang sich um meine Hüfte, ihr Becken presste sich gegen meins und ich war schlagartig steinhart, als sie den Rücken durchbog und ihre Titten sich an meiner Brust rieben. Ihre kleinen Hände glitten meine Schultern hinauf, lösten ein Ziehen bis hinab in meine Eier aus und ich hörte mein eigenes Stöhnen, als sie ihre Fingernägel fest in meine Schultern krallte.

Die Kleine war eine Wildkatze. Eine ausgehungerte Wildkatze. Und ich war verloren, als sie ihre Finger weiter nach oben wandern ließ und das Zopfgummi löste, mit dem ich meine Haare zusammengefasst hatte.

»Du hast jetzt zwei Möglichkeiten, Schönheit. Entweder du kommst mit mir oder ich vögel dich hier und jetzt.«

Für einen kurzen Moment glaubte ich wirklich, sie würde die Option *hier und jetzt* wählen bei dem berechnenden Glitzern, das plötzlich in ihre Augen trat. Ihre Atmung ging nur noch stoßweise und selbst durch meine Hose konnte ich die Hitze spüren, die zwischen ihren Beinen brannte. Die Kleine war scharf. Auf mich.

Dann jedoch lächelte sie und Bedauern stieg in mir auf, als sie ihr Bein von meiner Hüfte löste.

»Okay, Biker. Aber wehe, du hältst nicht, was du versprichst.«

»Ja, Ma'am.«

Mary Jane

Ich wusste nicht, ob es genial war oder die dümmste Aktion, die ich jemals geritten hatte, als ich Wes zu diesem verfluchten Motorrad folgte und wartete, bis er die Fußrasten für den Sozius ausgeklappt hatte und aufgestiegen war. Ich setzte mich erst in Bewegung, als er mir seinen Helm hinhielt. Er sah aus, wie jener des Totenkopfs auf seiner Kutte. Klischee verpflichtete wohl, wenn man seinen Arsch auf einer Harley parkte.

Er schien meinen spöttischen Blick, mit dem ich den Helm betrachtete, ehe ich ihn ihm abnahm, bemerkt zu haben, denn als ich aufsah, grinste er schief und hob wortlos eine Schulter.

Auch ich blieb stumm, nahm ihm den Helm ab und setzte mich hinter ihn. Er brauchte keine Sekunde, um meine Hände zu nehmen und zu sich zu ziehen.

»Halt dich an mir fest und mach das, was ich mache«, hörte ich ihn noch sagen, dann sprang der Motor an und ich schlang meine Arme noch fester um seine Taille.

Es war ein merkwürdiges Gefühl, das Vibrieren der Maschine unter mir und die Nähe zu diesem Mann, dem ich gerade einfach vertrauen musste.

Ich wusste nicht mal, wann ich das letzte Mal in meinem Leben jemandem vertraut hatte. Ganz gewiss keinem Fremden, von dem ich einzig wusste, was das Internet über ihn ausgespuckt hatte und was nicht gerade eine Lanze für ihn brach. Aber das täte es in meinem Fall wohl auch nicht. Wenn es denn irgendetwas über mich wüsste.

Wir erreichten unser Ziel keine zehn Minuten später und ich staunte nicht schlecht, als es sich als eine ehemalige Werkstatt entpuppte. Der Firmenname war zwar verschwunden, aber der Hof sowie der Werkstattanbau am Wohnhaus ließen keinen anderen Schluss zu.

Das Werkstattor öffnete sich wie von Geisterhand – am Ende aber wohl eher durch eine elektronische Verriegelung – und ich grinste schief, als wir kurz darauf ins Innere fuhren.

Willkommen auf dem Motorradfriedhof. Ich wusste nicht so wirklich, was ich eigentlich erwartet hatte. Eine normale Garage vielleicht. Nicht jedoch, dass es hinter dem Tor noch immer aussah wie in einer Werkstatt. Eine Werkstatt, in der man wenigstens zwei Motorräder zu Tode gefoltert hatte. Grausam zu Tode gefoltert, in Einzelteile zerlegt und ihre Innereien auf dem Boden sauber aufgereiht. Da verstand mal einer die Männer. Ich hatte immer gedacht, die Dinger seien zum Fahren da. Aber was wusste ich schon von Typen wie jenem, der mir gerade mit der Hand aufs Bein klopfte und mich über seine Schulter angrinste, als ich umständlich und etwas steif abstieg, während ich am Verschluss des Helmes rumnestelte.

Warum zum Henker hatte ich plötzlich weiche Knie?

»Was dachtest du denn, wie es hier aussieht?«

Diesmal war es an mir, eine Schulter zu heben, und ich trat zur Seite, als er ebenfalls aufstand, mir den Helm abnahm und auf dem Sitz ablegte.

Ein merkwürdiges Gefühl von Befangenheit machte sich in mir breit, als er sich mir wieder zuwandte. Ich weigerte mich jedoch, dies als Unsicherheit zu betrachten.

Ich wollte diesen Mann. Und sei es nur deshalb, um ihn anschließend aus meinem System raus zu haben und wieder zu meinem Normalzustand zurückzukehren. Das Kopfkino der letzten Tage hatte mich fast in den Wahnsinn getrieben. Ich hoffte daher einfach, dass die Realität mir einen Dämpfer verpassen würde.

»Bekommst du gerade kalte Füße?«

Ich schnaubte und versuchte so zu tun, als hätte er mich nicht ertappt. »Warum sollte ich?«

»Ja, warum solltest du?« Sanfter Spott schwang in seiner Stimme mit und ich verbiss mir jeglichen weiteren Kommentar.

Ich hielt die Luft an, als er eine Hand hob und mit dem Zeigefinger mein Schlüsselbein nachzeichnete. Ausgehend von seiner Berührung begann meine Haut zu kribbeln und Wärme stieg in mir auf, als er seinen Finger langsam abwärts gleiten ließ, über den Rand meines Shirts hinweg und durch das Tal zwischen meinen Brüsten.

Sein Blick brannte auf mir, nahm den meinen gefangen und ich schluckte schwer bei der unverhohlenen Lust, die darin glitzerte. Lust, die in mir ihr Echo fand, meine Knie noch weicher werden und Bilder in meinem Kopf entstehen ließ, gegen die das Kopfkino der letzten Tage nicht mehr als ein schlechter Witz war.

Ich konnte nicht mal mehr blinzeln, als er mich auch schon an sich gerissen hatte. Seine Finger gruben sich in meine Haare, machten es mir unmöglich, ihm auszuweichen und mein Keuchen wurde erstickt von seinen Lippen.

Mein Kopfkino war ein Scheiß gegen die Realität. Sein Arm um meine Taille presste mich so fest gegen seinen Körper, dass ich nicht nur die Muskeln darin spüren konnte, sondern auch seinen Schwanz, der sich hart und groß, durch den Stoff seiner Jeans in meinen Unterleib drückte. Seine Finger rissen in meinen Haaren, bogen meinen Kopf zurück und ich stöhnte kehlig, als seine Zunge zwischen meine Lippen schlüpfte.

Nur dieses eine Mal, betete ich mir vor, während ich mich an ihm festkrallte und schließlich gegen ihn sank, als meine Knie nachgaben.

Als seine Hand sich von meinem Hinterkopf löste und er mich gleich darauf hochhob, schlang ich meine Arme um seinen Nacken. Meine Beine klammerten sich um seine Taille und ich stöhnte in unseren Kuss, als meine Pussy so fest gegen die Beule in seiner Hose gedrückt wurde.

Ich stand in Flammen, als er sich mit mir in Bewegung setzte. Die Augen geschlossen, hielt ich mich an ihm fest und wusste, dass er mich auch an Ort und Stelle hätte ficken können. Es war mir vollkommen egal. Schon jetzt war ich so nass, dass ich mir sicher war, dass es den Stoff meiner Pants tränkte, und die Leere in mir brannte. Nach ihm.

Nur am Rande bekam ich mit, dass das, worauf er mich kurz darauf sinken ließ, eine Couch war. Auch er schien nur wenig Geduld mitzubringen gerade. Sein Gewicht auf mir presste mich tiefer in die Kissen und ich löste die Klammer um seinen Hals, um mit den Fingern unter seine Kutte zu fahren und sie ihm von den Schultern zu schieben. Seine Lippen verließen die meinen, wanderten weiter, tiefer und ein heiserer Laut entwich mir, als er wenig zärtlich seine Zähne in die Haut meines Halses grub.

Die Kutte landete auf dem Boden und meine Fingernägel kratzten über seinen Rücken, als ich ungeduldig am Stoff des Shirts darunter zog. Er lachte leise und kurz spürte ich so etwas wie Verlust, als er sich über mir aufrichtete und das Shirt der Kutte folgen ließ. Wie von selbst glitten meine Hände an seinen Gürtel, nestelten ungeschickt daran herum und ich verfluchte das angespannte Zittern meiner Finger, das es mir unmöglich machte, diesen verflixten Gürtel zu öffnen.

Als seine Hände sich auf die meinen legten, sah ich zu ihm auf.

»Wenn hart und schnell nicht das ist, was du gerade willst, solltest du jetzt auf die Bremse treten, Schönheit.«

Eine Warnung. Eine, die ich nach einem halben Jahr Abstinenz und der Größe der Beule in seiner Hose mir vielleicht wirklich zu Herzen nehmen sollte, aber … ich konnte nicht. Stattdessen wurde mein Mund trocken und ich schluckte schwer, als er seine Hose öffnete und seinen Schwanz herausholte.

Er würde mir weh tun mit dem Ding, das stand schon mal fest. Und ich wollte genau das. Wie gebannt sah ich dabei zu, wie er ihn mit einer Hand umfasste, sich selbst massierte, und leckte mir über die Lippen, ehe ich es schaffte, wieder in sein Gesicht zu blicken. Blind tastete ich nach seinem Schwanz und lächelte, als er seine Hand unter der meinen wegzog und ich ihn fester packte.

Mit dem Daumen strich ich über die bereits feuchte Eichel und ein zufriedenes Gefühl stieg in mir auf, als ich ihn langsam zu wichsen begann.

»Keine leeren Versprechungen, Biker«, erwiderte ich heiser und lachte kehlig, als er mich daraufhin packte und auf den Bauch drehte. Seine Hände griffen an meinen Gürtel, öffneten ihn und schließlich auch meine Hose. Mir blieb kaum Zeit, mich auf Hände und Knie hochzudrücken, als er mir schon Hose und Slip auf die Hälfte meiner Schenkel heruntergezogen hatte. Seine Finger strichen über meine nasse Spalte und ich holte scharf Luft, als er mit den Fingerkuppen leicht in mich eindrang. Fuck! Allein das fühlte sich schon viel zu gut an. Dann waren seine Finger verschwunden und etwas anderes, größeres drängte sich leicht in mich.

Ich schrie auf, als er mit einem einzigen Stoß tief in mir versank. Meine Pussy brannte, mein Innerstes krampfte sich um den viel zu großen Eindringling und ich japste nach Luft, während seine Hand auf meiner Schulter mich daran hinderte, von ihm abzurücken.

»Sag nicht, dass ich dich nicht gewarnt habe.«

Seine Worte drangen nur undeutlich zu mir durch und ich brauchte noch viel länger, um ihren Inhalt zu erfassen, als er sich gleichzeitig langsam in mir zu bewegen begann.

Ich kämpfte darum, mich zu entspannen, während mein Körper versuchte, sich seiner Größe anzupassen. Die Reibung in mir, das Brennen, das er mit jedem Stoß verursachte, machte mich wahnsinnig. Schweiß bildete sich auf meiner Haut, ließ mein Shirt an mir kleben, während er sich immer wieder in mir vergrub. Immer tiefer stieß er in mich, bis ich das Klatschen hören konnte, wenn seine Hüften gegen meinen Arsch schlugen und dabei diese viel zu intensive Mischung aus Lust und Schmerz wie elektrische Stöße durch meinen Körper jagte.

Nur langsam gewöhnte mein Körper sich an ihn. Mit jedem tiefen Stoß jagte er eine neue Schmerzwelle durch meinen Körper, ließ meine Lust mit jedem Mal heißer auflodern und machte, dass mir die Nässe langsam die Beine hinunterlief, während ich Mühe hatte, meine eigenen Schreie zu unterdrücken, als ein Orgasmus sich langsam wie eine riesige Welle in mir aufbaute.

Gott. Genau das war es, wonach ich mich verzehrt hatte. Wie im Fieber streckte ich mich seinem Schwanz entgegen, versuchte seine Stöße abzufangen und wimmerte, wann immer er viel zu tief in mich stieß.

Ich war im Himmel. Und in der Hölle. Meine Finger krallten sich in den Bezug der Couch, meine Titten wippten im Rhythmus seiner Stöße und wie aus der Ferne hörte ich mein eigenes Stöhnen, als meine Nervenenden sich überluden und den unweigerlichen Höhepunkt ankündigten. Schneller und immer schneller stieß er in mich, sein Keuchen mischte sich mit meinen undefinierbaren Lauten und ich schrie meinen Orgasmus heraus, als er sich mit einem letzten, viel zu harten Stoß in mir entlud.

Ein Zittern durchlief meinen Körper und ich brach an Ort und Stelle zusammen, als ich langsam wieder in die Realität zurückfand. In meinem Rücken konnte ich ihn noch immer nach Luft ringen hören und ich schnurrte leise, als er mit einer Hand mein Shirt hochschob und mit den Fingerspitzen über die Konturen der Bilder darauf strich.

»Sickgirl«, hörte ich ihn amüsiert murmeln und grinste matt. Ich mochte den Klang meines Namens aus seinem Mund. »Ja, das passt.«

Mein Grinsen wurde breiter, als ich es schaffte, mich so weit wie möglich zu ihm umzudrehen und in sein Gesicht zu blicken.

»Und dabei haben wir gerade erst angefangen, Biker«, erwiderte ich und sah seine Augen aufblitzen. Ein lüsternes Grinsen legte sich auf seine Züge und ich biss mir auf die Unterlippe, als ich meinen Blick auf seinen Schwanz senkte.

»Das wird eine lange Nacht.«

Ich streckte die Arme nach ihm aus, als er sich gleich darauf zu mir herabbeugte, und zog ihn zu mir, bis unsere Lippen sich trafen.

Als ich mich leise aus dem Haus schlich, hatte die Dämmerung bereits eingesetzt. Zwischen meinen Beinen brannten sämtliche Höllenfeuer und die Erschöpfung riss genauso an meinen Gliedern wie der langsam einsetzende Muskelkater.

Wesley Rivers hatte gehalten, was er so großspurig behauptet hatte. Schon jetzt wusste ich, dass ich von dieser Nacht noch tagelang etwas haben würde. Mein Körper war übersät von seinen wenig zärtlichen Berührungen, die vielen Bissspuren, die er auf mir hinterlassen hatte, waren bereits jetzt zu sehen, und ich ahnte, dass in den nachfolgenden Stunden noch der eine oder andere blaue Fleck auf meiner Haut auftauchen würde. Aber auch er war nicht unversehrt in dieser Nacht geblieben. Und ich ertappte mich bei einem Lächeln ob der Erinnerung, während ich den Weg zurück zur Hauptstraße und Richtung meines Wagens einschlug.

Ich hatte nur ein einziges Problem. Ich wusste, dass ich nicht die Finger von ihm würde lassen können, wenn er es darauf anlegen sollte.

8

Wes

Ich erwachte, als etwas Sturm klingelte und gleichzeitig gegen die Haustür trommelte. Im ersten Moment orientierungslos, drehte ich mich auf die Seite und runzelte die Stirn, als der Platz neben mir im Bett leer war.

Der kleine Killer war weg und anhand der Helligkeit im Raum ahnte ich, dass Stoned gerade der Störenfried war. Ich ignorierte den Krach – wer seinen Schlüssel vergaß, war selbst schuld – und drehte mich wieder auf den Rücken.

Es wurmte mich, dass sie sich rausgeschlichen hatte, als wäre das hier nicht mehr als ein billiger One-Night-Stand. Was es wohl irgendwie auch war, aber …

»Scheiße.« Fluchend kam ich auf die Beine und angelte nach meiner Hose auf dem Fußboden, ehe ich hinab ins Erdgeschoss ging, wo der Nervtöter noch immer gegen die Tür hämmerte.

Ich hatte schon den Mund aufgemacht, um meinem Bruder was zum Thema Haustürschlüssel und ihre ordnungsgemäße Verwendung zu erklären, schloss ihn jedoch wieder, als nicht Stoned, sondern Pinhead vor mir stand, als ich die Tür aufriss.

Auf der Skala für schlechte Laune war er offensichtlich im Minusbereich angekommen. Wobei man sich da bei ihm nie so ganz sicher sein konnte. Immerhin war mir nicht mal klar, ob er überhaupt die notwendigen Muskeln besaß, die man zum Lächeln brauchte. In dreizehn Jahren hatte ich ihn zumindest noch nie dabei gesehen.

Ich ging zur Seite und ließ ihn eintreten, als er wortlos einen Schritt vormachte und mich mit gehobener Braue von oben bis unten musterte.

»Mit nem Löwen gerungen oder eine heiße Nacht gehabt?«

Ich grinste, als ich an mir hinabsah und die Kratzer auf meiner Brust bemerkte, die die Sick vergangene Nacht auf mir hinterlassen hatte.

»Beides«, konterte ich und überließ es ihm, mir zu folgen, als ich mich gleich darauf umdrehte und Richtung Küche ging. Das trockene Räuspern in meinem Rücken machte deutlich, dass augenscheinlich auch mein Rücken nicht besser aussah.

»Warum bist du hier?«, wandte ich mich schließlich an ihn, als die Kaffeemaschine langsam ihren Dienst aufnahm. Gegen den Küchentresen gelehnt sah ich zu ihm herüber, konnte in seiner Miene jedoch absolut nichts lesen. Keine Ahnung, warum ich es dennoch immer wieder versuchte.

»Weil die Scheiße langsam zum Himmel stinkt. Riechst du das nicht?«

Da war es wieder, dieses Miststück namens Paranoia, das gerade lachend in die Hände klatschte, während ich abzuschätzen versuchte, ob ich ihm wirklich trauen konnte.

Dreizehn Jahre kannte ich ihn inzwischen. Fünf Jahre davon war er Teil der Führungsetage der Lost Legion und somit länger als ich. Wir hatten nie Stress miteinander gehabt, aber eine enge Freundschaft war ebenso wenig entstanden. Er war loyal und machte gutes Geld mit den Untergrundkämpfen. Aber er war auch distanziert genug, um nie wirklich jemanden an sich heranzulassen. Scheiße, ich hatte ihn bisher nicht mal vollständig betrunken erlebt und die Male, die ich ihn beim Vögeln gesehen hatte, konnte ich nach all der Zeit an einer Hand abzählen.

Was wusste ich über den Mann vor mir also, außer, dass er von seinem kahlrasierten Schädel bis zu seinen Füßen kaum einen freien Fleck mehr auf seiner Haut hatte?

Er wohnte irgendwo am Rand des Countys, sein Unternehmen warf gutes Geld ab und er hatte sein Patch gleichzeitig mit seinem Spitznamen erworben, weil er vor neun Jahren einem Bruder mit einer Nagelpistole das Leben gerettet hatte. Keine rosige Geschichte, eher eine von den blutigeren und sie passte so sehr zu diesem durchtrainierten Mann, dass es einen schon nervös machen konnte in seiner Gegenwart.

Ach ja, und er war mein Buchhalter. Der Mann war ein Genie mit Zahlen.

»Das ist jetzt nicht dein Ernst, oder?« Seine Stimme glich einem Knurren und meine Hände ballten sich zu Fäusten bei dem kaum verhohlenen Ärger meines Gegenübers.

Es war an der Zeit, Russisches Roulette zu spielen. Oder ich würde noch ewig mit meiner Paranoia Walzer tanzen.

»Du hast ihn gewählt.«

Ich sah ihn zum ersten Mal lächeln. Kalt. Und ich war froh, als der Anflug einer Mimik schließlich wieder verschwand.

»Jeder macht mal einen Fehler.«

Wohl wahr. Und vielleicht machte ich gerade meinen, als ich tief Luft holte und zu reden begann.

Als wir am Abend beim Clubhaus ankamen, waren wir zu dritt und ich erfreute mich des Umstands, dass ich meiner Paranoia offensichtlich ins Knie gefickt hatte.

Dass ich alle meine Karten auf den Tisch gelegt hatte, schien das Eis zwischen Pin und mir gebrochen zu haben. Er sah es genauso. Auch er misstraute den Vorgängen der zurückliegenden Monate. Insbesondere seit er mitbekommen hatte, wie ein inzwischen ehemaliger Kunde auf einem seiner Kämpfe darüber gesprochen hatte, wie dieser von New Orleans regelrecht abgeworben worden war.

Die Sache wurde immer fantastischer und als schließlich Stoned in die Küche geplatzt war, brauchte er lediglich einen Blick in unsere begeisterten Gesichter zu werfen, um zu wissen, was in der Stunde zuvor gelaufen war.

Aber zumindest hatte ich endlich das Gefühl, Fortschritte gemacht zu haben. Pinhead besaß eine sehr zentrale Rolle in dem Konstrukt, das sich im Lauf der Jahrzehnte entwickelt hatte. Er war nicht nur offiziell der Schatzmeister des MC, sondern durch seine Anstellung als Buchhalter des Schrottplatzes auch jener Mensch, der dafür sorgte, dass unsere Bücher zumindest nach außen hin sauber waren. Er war damit der einzige, der wirklich *genau* wusste, wie es sowohl um den MC als auch den Schrottplatz wirtschaftlich bestellt war.

Zumindest war mir nun klar, dass Chad wirklich keine Gelder an uns vorbeischleuste oder krumme Dinger drehte. Zumindest nicht finanziell. Pin hatte – mit diesem gruseligen Lächeln im Gesicht – eingeräumt, dass Chad sich offensichtlich nicht an ihn heranwagte. Das war zumindest schon mal eine positive Nachricht. Genauso, wie er mir aus dem Stegreif gleich diverse Leute aus seinem Umfeld nennen konnte, bei denen er seine Hand dafür ins Feuer legte, dass ihre Loyalität Chad gegenüber empfindlich Schaden genommen hatte.

Offensichtlich war nicht überall gut angekommen, dass nach dem Tod meines Vaters nicht ich der neue President geworden war. Der Keil, den Chad in die Lost Legion getrieben hatte, reichte augenscheinlich erheblich tiefer, als ich es bisher angenommen hatte.

Aber das spielte mir letztlich nur in die Hände. So gab es zumindest den Hauch einer Chance, sich dieses Mannes zu entledigen, ohne gleich den kompletten MC zu zerreißen.

Der Witz an der Sache war, dass Chad keine Möglichkeit hatte, mich aus seinem Umfeld zu entfernen, ohne mich zu töten. Der MC und der Schrottplatz bildeten eine feste Einheit. Mit der Besonderheit, dass der Schrottplatz nicht dem MC, sondern der Familie Rivers und damit mir gehörte. Ein tatsächlich recht genialer Schachzug meines Vaters, der den MC zwar Ende der Siebziger selbst gegründet hatte, aber auf diese Weise dafür gesorgt hatte, dass er postwendend pleite wäre, sollte man sich von der Familie Rivers trennen. Ohne Schrottplatz keine Geldwäsche.

Viele Mitglieder waren nämlich ordentliche Angestellte des Schrottplatzes. Nicht, weil sie wirklich dort arbeiteten, sondern weil man ihnen so ganz offiziell ein Gehalt zahlen konnte für jene Dinge, die sie im Auftrag des MC machten. Gemäß unserer Bücher war der Schrottplatz übrigens einer der bestlaufendsten in Mississippi. Schmiergelder sorgten im Weiteren dafür, dass auch keiner genauer nachfragte, wie viel Altmetall wir tatsächlich durch die Presse jagten.

In dem Moment, in dem mein Vater entmachtet worden wäre, hätte er die Angestellten entlassen und der MC hätte keine Möglichkeit mehr gehabt, sich so aufzustellen, um seine Geschäfte weiter betreiben zu können.

Durch den Tod meines Vaters war das gesamte Erbe nun an mich gegangen. Und erst wenn ich starb und keinen Erben hatte, würde alles an den MC gehen. Bis dahin blieb alles, wie gehabt. Ich war Inhaber und Vize der Lost Legion und Chad war nicht nur der President, sondern auch mein Geschäftsführer. Ich konnte durchaus verstehen, warum Chad daher versuchte, mich aus dem Weg zu räumen.

Die Sonne war noch nicht ganz am Horizont verschwunden, als wir unsere Maschinen auf das Gelände des Clubhauses lenkten. Den Rest des Tages hatten wir an diesem Totalschaden einer Triumph Bonneville 750 gebastelt, die Stoned vor einigen Wochen aufgetrieben hatte. Weiß der Geier, warum er sich das Ding ans Bein band, ich kaufte ihm nicht ganz ab, dass er das Ding wirklich haben wollte. Mitunter war der Mann ja seltsam. Aber nach über dreißig Jahren hatte ich mich daran gewöhnt.

Keiner von uns scherte sich groß um den Prospect, der hastig zur Seite sprang und sich anschließend mühte, das Tor hinter uns wieder zuzubekommen, als wir auf den Hof fuhren.

Wenn ich ehrlich sein sollte, war mein Bedarf an Prospects inzwischen auch gedeckt. Spätestens seit jener besagten Nacht.

Wir ließen Stoned zurück im Hauptraum und marschierten direkt nach hinten, wo wir bereits von Chad erwartet wurden. Wir waren die Ersten, die eintrafen, und schweigend ließen wir uns am Tisch auf unseren angestammten Plätzen nieder.

Der Schriftzug über der Tür starrte mich höhnisch an, als ich hochsah. *By honor and arms.* Mein Vater hatte deswegen schon vor Gericht gestanden und erstaunlicherweise mit Verweis auf das Landesmotto gewonnen. Nein, so ganz dumm war der alte Sack nicht gewesen. Nur eventuell ein wenig größenwahnsinnig.

Jetzt hingegen verspottete mich der Schriftzug lediglich, während ich in diesem Schmierenstück saß und darauf wartete, dass zwei weitere Männer auftauchten, von denen ich bei dem einen wusste, dass er zu Chad gehörte, und bei dem anderen mir nicht sicher war, auf welcher Seite er stand, um mit jenem Mann zu reden, den ich lieber gestern als heute tot sehen wollte, aber offiziell President nannte, weil ich nicht abschätzen konnte, wie viele Menschen ich hinter mir hatte.

Knapp fünfzig Mitglieder zählte der MC. Das Chapter, das Chad mehr oder minder in New Orleans aufgezogen hatte, weitere zwanzig. Männer, die sich gegenüberstanden, wenn die Sache hier esaklieren sollte. Aber das hier war nicht South Central. Straßenschlachten waren ein NoGo.

Silent und Jag tauchten im Abstand weniger Minuten auf und ich wandte meinen Kopf in Richtung Chad, als die Tür ins Schloss gefallen war.

»Was sagt New Orleans?«

Chad schwieg eine Weile und rieb sich über seinen langsam grau werdenden Bart in seinem Versuch, einen Spannungsbogen aufzubauen.

»Zweiundzwanzig und sie sind einverstanden.«

Das war immer noch besser als fünfundzwanzig. Außerdem hatten wir keine andere Wahl, wenn wir nicht riskieren wollten, zahlungsunfähig zu werden. Es hingen zu viele Menschen davon ab, dass der Schrottplatz Gehälter zahlen konnte.

Die Entscheidung war einstimmig, wobei Pin und ich es vermieden, einander anzusehen.

»Noch eine andere Sache.« Chads Stimme ließ mich wieder in meinen Stuhl zurücksinken, von dem ich mich gerade hatte erheben wollen. »Carl ist seit ein paar Tagen verschwunden.«

Der Prospect, den ich entsorgt und bei meinem Cousin den Schweinen überlassen hatte. Es hatte wirklich seine Vorteile, dass jene verhängnisvolle Nacht vor einigen Wochen unsere Familienbande reaktiviert hatte.

»Hat der Junge etwa kalte Füße bekommen?« Pins beißender Spott ließ die übrigen unterdrückt lachen und auch ich gab mir Mühe, Erheiterung zu heucheln.

»Er weiß nichts und kann nichts ausplaudern. Abhaken«, setzte ich dann hinzu und sah, wie Silent und Pin knapp nickten. Und schließlich auch Chad, der kurz zögerte, dann jedoch nachgab.

»Ich möchte einen neuen Anwärter vorschlagen.«

Bittere Galle stieg in meinen Mund, als Chad nun diese Kehre nahm. Natürlich. Um noch einen seiner Handlanger hier unterzubringen.

»Ich denke, es reicht erst mal.« Nicht von mir, sondern von Silent, der ausnahmsweise einen ganzen Satz zustande gebracht hatte. Und er sprach mir damit aus der Seele.

»Wir sind groß genug und in Anbetracht der Finanzen und Absatzprobleme halte ich es für eine schlechte Idee, vorerst Neue aufzunehmen.« Pinhead lieferte das Totschlagargument, dem Chad sich beugen musste, und entspannt lehnte ich mich zurück, während ich darum kämpfte, mir das Lächeln zu verbeißen.

Diese Runde ging an uns. Ich konnte es in Chads Blick sehen, dass er zu überspielen versuchte, wie wenig ihm die Reaktion schmeckte. Genauso, wie er wusste, dass das Thema damit vom Tisch war.

Eine halbe Stunde später warf ich mich mit einem Bier in der Hand neben Stoned auf die Couch, der mit finsterem Blick Löcher in die Luft starrte.

»Hast du deine Frau mit einem Stein erschlagen?«

Irgendwann würde er mich dafür umbringen, dessen war ich mir sicher.

Seinen Spitznamen hatte er nämlich nicht, weil er kiffte, sondern aufgrund eines kleinen Malheurs, das er sich mit fünfzehn geleistet hatte. Ich gab zu, dass ich nicht ganz unschuldig daran war, dass der Name sich seither eingebrannt hatte.

Stoned, eigentlich Bill, war damals im sturztrunkenen Zustand auf die Idee gekommen, nach einer Party bei seiner jüngsten Flamme vorbeizusehen. Da ihr Vater kein Interesse daran hatte, dass seine Tochter sich mit dem Sohn eines Bikers abgab, konnte er jedoch schlecht klingeln. Schon gar nicht mitten in der Nacht, weshalb er sich entschieden hatte, Kieselsteine an ihr Fenster zu werfen, um sie nach draußen zu locken.

Dumm nur, wenn man so betrunken war, dass man die Größe der Steine nicht mehr einschätzen konnte. Und noch viel dümmer, wenn das Fenster sperrangelweit offenstand.

Er traf und das arme Mädel wurde mit fünf Stichen im Krankenhaus genäht. Nach dieser Spontansteinigung war dann auch irgendwie die Luft aus der Beziehung raus.

Dass ich zu dem Zeitpunkt danebengestanden hatte, war jedoch kein Grund gewesen, ihn nicht über Monate hinweg damit aufzuziehen. Bis der Name sich bei jedem im Ort verewigt hatte. Stoned hatte daraufhin über Wochen nicht mit mir gesprochen und war noch heute der festen Überzeugung, dass man keine Feinde brauchte, wenn man mich zum Freund hatte. Etwas, das ich wiederum so gar nicht nachvollziehen konnte.

»Nici geht es bestens«, erwiderte mein bester Kumpel leicht säuerlich und für einen kurzen Moment beneidete ich ihn um seine Frau.

Nici hatte nie ein Wort darüber verloren, dass sie zwar mit Stoned verheiratet war, ihn aber mit dem MC teilen musste. Ich hatte sie vor Jahren mal danach befragt, ihre Reaktion darauf war eine gehobene Schulter gewesen, gepaart mit einem trockenen *Gekauft wie gesehen.* Ja, man konnte sagen, dass Stoned mit unserer örtlichen Zeitungsmaus einen Glücksgriff gemacht hatte. Auch wenn sie ihn konsequent auf der Couch übernachten ließ, wenn er den Bogen mal überspannte. Nach sieben Jahren schien er sich damit jedoch arrangiert zu haben.

Wenn Nici also nicht der Grund für seine Laune war, konnte es nur am Rest liegen. Einen Rest, den wir jedoch nicht hier würden ansprechen können, weshalb auch ich stumm blieb, mich zurücklehnte und verfolgte, wie eine der Frauen, die hier immer rumgeisterten und teilweise sogar lebten, lachend vor Donnie davonlief. Direkt in unsere Richtung.

Ich grinste, als sie wenige Sekunden später auf Stoneds Schoß saß und sich an ihn klammerte.

Die Kleine war neu hier. Man schien vergessen zu haben, sie darüber zu informieren, dass ausgerechnet dieser Mann so treu war, dass er demnächst seinen Namen von Stoned zu Saint würde ändern müssen. Na, dann lernte sie es halt jetzt.

»Vergiss es, Süße.« Mein Kumpel fackelte auch nicht lang und schob sie an mich weiter.

Die Brüste, die sich fast im gleichen Moment groß und voll vor meinen Augen erhoben, waren wirklich nicht zu verachten. Im Reflex legte ich einen Arm um die Kleine und meine andere Hand wanderte auf ihren nackten Oberschenkel.

Doch, sie war süß. Keine Ahnung, warum sie sich diesen Ort ausgesucht hatte zum Leben. Aber ich ging davon aus, dass diese Frauen ihre eigenen Gründe hatten, aus denen sie sich gezielt das Umfeld eines MC suchten. Vielleicht das Image, vielleicht die Aussicht auf harten Sex. Vielleicht aber auch ganz was anderes. Es ging mich nichts an. Wer sich zu Freiwild machen wollte, hatte hier die allerbesten Voraussetzungen.

Ihre Finger gingen in meine Haare, lösten das Zopfgummi darin und ich grinste, während meine Gedanken jedoch zu einer anderen Frau wanderten, die vor nicht mal vierundzwanzig Stunden exakt das gleiche getan hatte.

Eine Frau, die ohne jeglichen Kommentar einfach aus meinem Bett verschwunden war, und die mir einen Ständer verpasste, in dem Moment, in dem ich mich an sie erinnerte.

»Sorry, bei mir hast du auch kein Glück.«

Die Kleine zog eine Schnute, trollte sich aber, als ich sie von meinem Schoß schob. Und ich grinste, als ich Stoneds irritierten Gesichtsausdruck aus dem Augenwinkel bemerkte. Das Verhalten war für mich doch relativ unüblich. Das wusste sogar ich.

»Wer sind Sie und was haben Sie mit meinem Bruder angestellt?«

Mein Grinsen verbreiterte sich, ehe ich einen tiefen Schluck von meinem Bier nahm.

»Der Löwe von gestern Nacht?«

Es war nicht so, dass ich mit den Kratzern nicht von gleich zwei Männern den ganzen Tag über aufgezogen worden war.

»Alter! Wer ist die Frau?«

»Kennst du nicht.« Bei meinen Worten konnte ich sehen, wie es hinter seiner Stirn zu rattern begann.

»Die Neue?« Er grinste und ich fragte mich, wieso er von ihr gewusst und ich es so völlig verpeilt hatte. »Nicht schlecht. Aber ganz richtig ticken kann sie auch nicht, oder? Wer kauft denn so eine Hütte?«

Vermutlich nur Menschen, deren Augen vor Begeisterung zu leuchten begannen, wenn man sie *Sickgirl* nannte.

Wie es kam, dass ich drei Stunden später vor ihrem Haus stand, konnte ich tatsächlich nicht sagen. Nachdem die Party im Clubhaus zu sehr eskaliert war, um sie ohne Alkohol mitzumachen, den ich seit meinem ersten *Unfall* nur noch bedingt trank, und mir nicht der Sinn danach stand, irgendeine Frau zu vögeln, hatte ich mich aus dem Staub gemacht. Eigentlich hatte ich geplant, einen spontanen Ausflug zu machen. Allein. Um den Kopf frei zu bekommen. Um jene Ruhe wiederzufinden, die ich seit dem Tod meines Vaters vermisste. Einfach fahren und die Welt für einen kurzen Augenblick vergessen.

Dann stand ich auf der Zufahrt zu ihrem Haus und sah auf die Frau, die bereits mit verschränkten Armen im Türrahmen lehnte. Natürlich hatte sie mich gehört.

Sie blieb reglos in der Tür stehen, als ich meine Maschine abstellte und auf sie zukam. Ihr Blick klebte dabei so sehr an mir wie meiner an ihr.

Keiner von uns sagte ein Wort, als ich schließlich dicht vor ihr stand. Wortlos legte sie eine Hand in meinen Nacken, zog mich zu sich herab und stellte sich auf die Zehenspitzen. Meine Hände legten sich auf ihre Taille, zogen sie an mich und ich hörte ihr Seufzen, als ich sie küsste.

Wie schon in der vergangenen Nacht schenkten wir uns nichts. Wie ausgehungert fielen wir übereinander her, die Lippen so hart aufeinander gepresst, dass es ein Wunder war, dass unsere Zähne nicht gegeneinander schlugen. Es war wie ein Kampf. Um die Vormacht. Mit unserer eigenen Erregung, die wie ein Buschbrand aufloderte.

Als ich sie hochhob, schlang sie ihre Beine um mich. Ihre Finger krallten sich in meine Haare, rissen daran und blind schob ich sie ins Haus rein und weiter, bis ich den Weg in ihr Schlafzimmer gefunden hatte.

Es war mir scheißegal, dass dort nur eine Matratze auf Paletten stand.

Wie im Fieber bog sie sich mir entgegen, als ich sie darauf ablegte und unter mir begrub, während keiner von uns in der Lage schien, den Kuss auch nur für eine Sekunde zu unterbrechen. Ihre Finger wanderten meinen Rücken hinab, schoben das Shirt nach oben und endlich schaffte ich es, mich von ihren Lippen zu lösen. Auf Knien richtete ich mich über ihr auf, entledigte mich Kutte und Shirt und ließ beides zu Boden fallen.

Der Anblick, den sie mir bot, raubte mir für einen Moment den Atem. Ihre Locken breiteten sich wild über die Kissen aus, ihr Blick war verschleiert, ihre Lippen leicht geöffnet. Ihre Brüste hoben sich bei jedem schweren Atemzug, der geräuschvoll über ihre Lippen drang. Und mein Herz setzte für einen kurzen Moment aus, als sie die Hand hob und mit den Fingern über die Kratzer strich, die sie selbst dort hinterlassen hatte.

Ich glaubte, noch nie eine schönere Frau gesehen zu haben.

Ich kannte Lust. In all ihren Facetten. Ich hatte den Überblick darüber verloren, wie viele Frauen ich in meinem Leben gefickt hatte. Doch gerade im Moment kam es mir vor, als wäre es das erste Mal. Der Hunger in ihrem Blick, als sie ihre Hand an mir hinabgleiten ließ, über meinen Bauch bis auf die Kante meiner Hose, jagte ein Kribbeln durch mich hindurch, ließ meinen Schwanz sich schmerzhaft gegen sein enges Gefängnis drücken und ich stöhnte leise, als ihre Hand weiter hinabglitt und über die Beule in meiner Hose strich.

Ihre Berührung brannte selbst durch meine Jeans hindurch, reichte tiefer, viel tiefer, als ich es für möglich gehalten hätte.

Stoned hatte recht gehabt. Etwas hatte sich verändert. Bei mir. In mir. Und die Verrückte unter mir war schuld daran.

Sie richtete sich auf die Ellenbogen auf, als ich ihr das T-Shirt hochschob. Zog es sich schließlich selbst über den Kopf und ich hörte, wie sie geräuschvoll nach Luft schnappte, als ich ihren BH öffnete und ihn dem Shirt folgen ließ.

Eine Gänsehaut entstand auf ihrer Haut, als ich meine Hände auf ihre Taille legte, ihre Seiten entlang an ihr hinauffuhr und schließlich ihre Brüste umfasste. Im Schein der kleinen Lampe neben ihrem provisorischen Bett, konnte ich die Male sehen, die ich auf ihrer Haut hinterlassen hatte. Und die Tattoos, die ihren Körper zierten.

Um die Narben zu verstecken. Bereits in der vergangenen Nacht war mir aufgefallen, dass ihre Anordnung nicht zufällig war. Jedes Bild auf ihrem Körper sollte etwas überdecken. Die Aufmerksamkeit ablenken von dem, was darunter lag. In der letzten Nacht hatte ich keinen Sinn dafür gehabt. Heute hingegen fraß sich dieser Gedanke in mein Herz.

Ich wusste nichts über die Frau vor mir, die plötzlich viel verletzlicher wirkte, als sie sich den Anschein gab. Aber, verdammt noch mal, ich wollte alles über sie erfahren.

»Ich tu dir nicht weh.« Die Worte waren heraus, noch ehe ich begriff, dass ich sie hatte sagen wollen. Der Schmerz, der daraufhin in ihrem Blick aufflackerte, tat mir beinahe selbst weh.

Aber sie sagte kein Wort. Stattdessen legte sie eine Hand in meinen Nacken und zog mich herab. Ihre Beine schlangen sich um meine Taille und ich stöhnte, als sie ihr Becken an meinem rieb.

Ich ließ es geschehen, als sie sich mit mir herumdrehte, bis ich unter ihr lag. Meine Hände legten sich auf ihre Hüften und meine Finger krallten sich in ihre Haut, als sie ihre Lippen auf meinen Hals presste.

Mit den Lippen erkundete sie meinen Körper. Verteilte Küsse auf der überhitzten Haut, leckte sich einen Pfad an mir hinab und stöhnend hob ich mein Becken an, als sie an meiner Hose nestelte und sie schließlich an mir hinabzog.

Ich konnte mich nicht mehr erinnern, wann ich zuletzt einer Frau die Führung im Bett überlassen hatte. Aber sie schien es zu brauchen und ich ließ sie gewähren. Eine Hand in ihre Haare gekrallt, hielt ich still, als sie mit der Zunge meinen Schwanz erkundete, die ersten Tropfen davon leckte, und stöhnte, als sie weiter hinabwanderte und gleichzeitig ihre Hand um mich schloss.

Wenige Sekunden später war ich mir sicher, dass sie für den Rest ihres Lebens mit mir tun und lassen konnte, was sie wollte. Mit Lippen und Zunge spielte sie an meinen Eiern. Saugte, knabberte, leckte, während sie es mir mit ihrer kleinen Hand besorgte, bis ich Mühe hatte, sie nicht einfach zu packen und so hart zu ficken, dass sie um Hilfe schrie. Meine Oberschenkel zitterten vor Anspannung und ich musste mich zwingen, sie nicht auf meinen Schwanz zu drücken und tief in ihrer Kehle abzuspritzen.

Als sie urplötzlich von mir abließ, fehlte nicht viel, um genau das nachzuholen. Meine Eier schmerzten, mein Schwanz auch und ich stöhnte erleichtert, als sie sich über mich kniete, bis ihre kleine, enge Spalte dicht über meinem Schwanz schwebte.

Ich hielt die Luft an, als sie sich langsam auf mich sinken ließ. Nass und eng schloss sie sich um mich und fasziniert sah ich dabei zu, wie ich Zentimeter um Zentimeter in ihr versank. Die Muskeln in ihrem Schoß zogen sich fest um mich zusammen, lockerten sich wieder und keuchend ließ ich den Kopf ins Kissen sinken, als sie begann mich auf diese Weise zu massieren, während sie sich keinen Millimeter auf mir bewegte. Ihre Hände stützten sich auf meiner Brust ab, ihre Nägel gruben sich fest in meine Haut und ich wusste, dass sie auch dieses Mal Spuren hinterlassen würde.

Mein Geduldsfaden riss. Mit einer Hand in ihren Haaren, die andere auf ihrer Taille, riss ich sie mit mir herum, bis sie unter mir lag. Meine Hand glitt zur Innenseite ihres Oberschenkels, drückte ihn zur Seite und ich hörte sie scharf Luft holen, als ich mich so noch tiefer in ihr vergrub.

»Genug gespielt, Sickgirl. Ich bin dran.«

Verdammt, ich liebte ihre kleinen, heiseren Schreie, wenn ich sie fickte, schon jetzt.

Als ich wieder zu mir kam, lag ich schwer atmend neben ihr. Mit den Fingerspitzen fuhr ich über ihre Seite, spürte die unregelmäßigen Erhebungen ihrer Haut, dort, wo sie sie mit einem Mandala überdeckt hatte. Eine Brandnarbe. Keine kleine und ich fragte mich, wie sie dorthin gekommen war.

»Du kannst jetzt gehen.«

Ich erstarrte bei der Kälte in ihrer Stimme.

»Hast du mich nicht gehört?« Abrupt richtete sie sich neben mir auf und starrte mit verengten Lidern auf mich herab. »Ich sagte, du sollst verschwinden, Biker.«

Es kam nicht oft vor, dass ich sprachlos war. Das war einer dieser Momente. Mein erster Impuls war es, sie an mich zu ziehen, doch als sie meine Hand wegschlug, ließ ich es bleiben.

Das Sickgirl hatte sich ganz eindeutig in jenen Pitbull verwandelt, der schon Dwayne fast an die Kehle gegangen war. Ich verstand nur nicht, warum. Allerdings war offensichtlich, dass sie es mir auch nicht erklären würde. Also tat ich, was sie verlangte, und räumte das Feld.

9

Mary Jane

Die Beine angezogen blieb ich liegen, während ich lauschte, wie die Tür hinter ihm ins Schloss fiel. Ein Motorrad heulte draußen auf und ich presste die Kiefer aufeinander, als er schließlich vom Hof fuhr. Im ersten Gang und viel zu schnell, damit es mir auch ja nicht entging. Arschloch.

Die Tränen kamen, als das Geräusch der verfluchten Harley in der Ferne verklang.

Scheiße.

Die Bilder vor meinem geistigen Auge waren mir wohl vertraut. Und sie schmerzten wie eine offene Wunde. Seit einem halben Jahr.

Jensen … wie er in der Küche stand, weil er unbedingt für mich kochen wollte. Seinen traurigen Blick, den er mir immer dann geschenkt hatte, wenn ich ihn ausschloss. An sein etwas hilfloses Lachen, das er für meinen Zynismus reserviert hatte.

An das Blut.

Es hatte im Flur an den Wänden geklebt, wo die erste Kugel ihn getroffen hatte. Und in der Küche, wo ich ihn am Ende gefunden hatte.

Ich hatte ihm nicht mal eine Beerdigung schenken können. Er war einfach aus dieser Welt verschwunden.

Ich schaffte es nur knapp ins Bad und zum Klo, bevor ich den Inhalt meines Magens auf die Fliesen verteilen konnte.

Noch am nächsten Morgen waren meine Knie weich und mein Magen fühlte sich an, als hätte ich Seife gegessen. Ich ignorierte daher auch die Kaffeemaschine und schwenkte zu schwarzem Tee um, in der Hoffnung, dass er mir dabei helfen würde, wieder klar im Kopf zu werden.

Ich hatte Scheiße gebaut. So richtig.

Es war nie mein Plan gewesen, Wesley Rivers an mich heranzulassen. Wie er es dennoch geschafft hatte, war mir ein Rätsel.

Ich musste ihn wieder loswerden. Und das schnell. Noch mal würde ich das nicht aushalten. Ich war nicht dafür geschaffen, mit Menschen umzugehen. Es gab Dinge, die ich nicht konnte. Das gehörte dazu. Ich wollte die Verantwortung nicht übernehmen, die ich automatisch hatte, wenn ich jemanden in mein Leben ließ. Es war besser so.

Hatte ich denn aus der Vergangenheit nicht genug gelernt?

Mein Magen zog sich um den viel zu heißen Tee zusammen, als ich damit kämpfte, mich nicht in meinen Erinnerungen zu verlieren. Es nützte niemandem etwas, wenn ich mich in einen weiteren Zusammenbruch katapultierte.

»Mary Jane Peasley, du bist die dümmste Frau auf diesem Planeten.«

Ein bitteres Lächeln ließ meine Lippen verkrampfen, als ich überlegte, wie Milans Leute wohl reagieren würden, wenn sie mich so sähen.

Sickgirl. Die Wahnsinnige, die keine Ahnung hatte, wie viele Menschen sie in Milans Auftrag bereits entsorgt hatte. Weil es sie nicht interessiert hatte. Eiskalt. Berechnend. Tödlich. Krank. So sah man mich. Ich hatte viel dafür getan, dass es so war.

Es hatte mich nie berührt, was ich für den Mann getan hatte, dem ich mein Leben verdankte. Aber jetzt saß ich hier und weinte. Schon wieder.

Sechs Tage vergrub ich mich in meinem Haus. Strich Wände, reinigte den Boden und tauschte die letzten Dielen aus, bis sich langsam so etwas wie eine Wohnung entwickelte. Immer wieder ertappte ich mich dabei, auf mein Handy zu starren. Bis ich mir klar machte, dass Wes sich darauf gar nicht melden konnte. Er hatte meine Nummer gar nicht.

Aber Rome war ein kleiner Ort. Natürlich begegnete man sich. Zufällig. Aus der Ferne. Und jedes Mal schnitt es mir absurderweise ins Herz, wenn ich ihn auf die Entfernung sah. Ich begann, bei jedem Motorrad, das auch nur entfernt an mein Ohr drang, zu erstarren.

Dieser verdammte Biker war mir unter die Haut gegangen. Wie er das geschafft hatte, war mir ein Rätsel. Aber er hatte es getan. Ich wollte ihn dafür hassen. Dann wollte ich mir einreden, dass ich mir das alles nur einbildete, während ich mich jeden Tag bis zur vollständigen Erschöpfung an meinem Haus abarbeitete, Möbel bestellte und wirklich alles unternahm, um nicht mehr an ihn denken zu müssen. Ich verbrannte die Überreste der Küche, bis eine dicke Rußwolke über meinem Grundstück schwebte, versuchte das freizulegen, was von meinem erbärmlichen Grundstück übrig war, in der Hoffnung, die Illusion eines Gartens zu zaubern. Ich tat wirklich alles, um nicht denken zu müssen.

Nur nachts gelang mir das nicht. Ich träumte sogar von ihm.

Ich tu dir nicht weh. Seine Worte bei unserer letzten Begegnung verfolgten mich, tauchten immer dann in meinem Kopf auf, wenn ich am wenigsten mit ihnen rechnete. In diesem unseligen Zustand kurz vor dem Einschlafen rissen sie mich aus dem Halbschlaf und ließen mich mit verkrampften Muskeln und einem dicken Kloß in meinem Hals zurück.

Es war der Vorabend des sechsten Tages, als ich vor mir selbst kapitulierte.

Wieder mal hatte ich ihn in der Stadt gesehen, als ich auf dem Weg in den Supermarkt gewesen war. Er hatte mit anderen etwas weiter die Straße hinauf geparkt gehabt und schien auf etwas oder jemanden gewartet zu haben.

Sein Blick, als er mich entdeckt hatte, hatte mich beinahe zerrissen. Hastig hatte ich weggesehen, nicht in der Lage, ihm stand zu halten. Hatte mich in den Supermarkt geflüchtet und zwischen den Gängen versteckt, weil ich die absurde Angst hatte, dass er mir folgen würde. Ich hatte sogar kurz überlegt, Mississippi zu verlassen. Zu flüchten. Wieder mal.

Weil ich mein Rückgrat verloren hatte. Weil ich zu kaputt war, um mein Leben normal zu leben.

Tränen liefen mir über die Wangen, als ich im Wagen saß und den Schlüssel umdrehte. Ächzend sprang die Karre an und mein Blick verschwamm, als ich ihn durch den Innenraum gleiten ließ. Über das schwarze Leder der durchgehenden Sitzbank, das Wurzelholz des Armaturenbretts in die vier Aussparungen für die Anzeigen eingelassen waren statt einer großen.

Es war absoluter Zufall, dass ich diesen Wagen in exakt dieser Ausführung gefunden hatte. Ich liebte ihn. Und ich litt jedes Mal, wenn ich in ihm saß.

Es war nicht schwer, den Weg zu seinem Haus zu finden. Im Leerlauf ließ ich den Wagen die Straße entlang rollen, parkte dann jedoch ein Stück weiter am Straßenrand, statt ihn auf den Hof zu fahren, der zu seinem Haus gehörte. Verunsicherung ließ mich dann sitzen bleiben. Die Finger fest um das Lenkrad geklammert saß ich da und starrte blicklos nach draußen.

Konnte ich das wirklich tun?

Ich wusste es nicht. Aber ich würde es auch nicht herausfinden, indem ich einfach nur hier saß. Also stand ich schließlich mit weichen Knien auf und marschierte gen Haus.

Musik dröhnte mir aus der Werkstatt entgegen, lenkte meine Schritte zu dem nur angelehnten Tor, ehe ich kurz davor stehen blieb.

Was, wenn er gar nicht allein wäre? Was, wenn er nicht nur männlichen Besuch …

Schwer holte ich Luft und zwang mich dazu, meine Gedanken zur Seite zu schieben, die mich dazu bringen wollten, jetzt den Schwanz einzuziehen.

Er sah auf, als ich die Werkstatt betrat und das Tor hinter mir zuzog. Das Kreischen von schwerem Metal dröhnte durch den Raum und wie angenagelt blieb ich dicht hinter dem Tor stehen, als er nach etwas auf dem Boden griff und die Musik kurz darauf verstummte.

»Hey.« Der wohl dümmste Einstieg, den ich hatte finden können, und ich schluckte schwer gegen den Knoten in meinem Hals an, der entstand, als er die Brauen zusammenzog.

»Was willst du hier?« Nein, er war definitiv nicht erfreut mich zu sehen.

»Ich hätte nicht so harsch sein sollen«, platzte ich nach einer kleinen Weile heraus, in der wir uns nur anstarrten, und sah, wie ein Muskel in seiner Wange zuckte, als er die Kiefer zusammenpresste. Schließlich kam er auf die Beine und wies mit dem Kinn Richtung Tür zum Wohnhaus. Dann wandte er sich ab und überließ es mir, ihm zu folgen.

Ich ging ihm nach, durch den Windfang, den Flur entlang und weiter, bis er in der Küche anhielt. Den Rücken mir zugewandt stand er vor dem Waschbecken und stumm starrte ich auf das tätowierte Color auf seinem Rücken, als er den Wasserhahn aufdrehte und sich die Hände wusch. Der Kerl hatte sich das Ding echt eintätowiert? Es gab Dinge, die ich nicht verstehen musste.

Er ließ sich Zeit und zögernd ging ich weiter in den Raum, zog die Tür ran, um eventuelle Zuhörer auszuschließen, und trat schließlich von einem Bein auf das andere, bis er sich die Hände abtrocknete, zu mir umdrehte und mit verschränkten Armen gegen die Küchenzeile sinken ließ.

»Entschuldigung akzeptiert. Weiter?«

Ich wusste nicht mehr, wann ich mich das letzte Mal in meinem Leben so sehr geschämt hatte. Oder so durchschaut gefühlt.

»Es ist nur ... Wes ... ich ...« Ich wusste selbst, dass ich stammelte.

»Was. Willst. Du. Hier?«

Die unverhohlene Wut in seiner Stimme ließ mich zusammenzucken. Dann jedoch gab ich mir einen Ruck.

»Ich mag den Sex mit dir. Aber ich kann das nicht.«

Seine eine Braue schoss in die Höhe und mit zusammengepressten Lippen ließ ich es über mich ergehen, als er mich von oben bis unten musterte.

»Was möchtest du mir damit sagen, Mary Jane? Dass Ficken okay ist? Sind das deine Konditionen? Ficken ja – Nähe nein?«

Aus seinem Mund klang das irgendwie ekelig.

»Ich glaube, ich gehe jetzt besser«, presste ich leise hervor, wandte mich ab und wollte den Raum verlassen. Ich hatte sogar schon die Hand an der Klinke, doch zuckte ich zusammen, als er plötzlich hinter mir war und die Tür mit einem lauten Knall ins Schloss schlug. Die Hand über meinem Kopf gegen das Holz gepresst, blieb er dicht hinter mir stehen und mein ganzer Körper verkrampfte, als er erneut zu sprechen ansetzte.

»Du gehst nirgends hin, Fräulein.« Ich konnte seinen schweren Atem hinter mir hören. Als würde er gerade um seine Fassung kämpfen und stocksteif blieb ich stehen. Das hatte man also davon, wenn man einen Stier auf der Weide reizte. »Du bist wirklich verdammt sexy, aber ... wenn ich ficken will, dann kann ich das problemlos an anderer Stelle.«

Seine Worte waren ein Schlag in mein Gesicht und ich schloss die Augen, als Tränen meine Sicht verschwimmen ließen.

»Lass mich gehen, Wes«, wisperte ich, wohl wissend, dass es zwecklos war. Er war noch nicht fertig. Also blieb ich mit geballten Fäusten stehen und presste die Lider zusammen, um ihm nicht zu zeigen, wie sehr er mich gerade verletzte.

»Wie hast du dir das vorgestellt? Dass ich vorbeikomme, dich vögel und wieder verschwinde, ehe ich dir zu nahe kommen kann?«

Meine Fingernägel gruben sich tief in meine Handflächen, während ich froh war, dass er hinter mir stand. Weil er so wenigstens nicht sehen konnte, dass Tränen über meine Wangen liefen.

»Dafür, Mary Jane, kannst du dir einen Callboy suchen. Der fickt dich, wann du willst und wie du es willst. Er stellt auch keine Fragen. Der nimmt dein Geld und verpisst sich dann wieder.«

»Hör auf! Bitte!« Ich schluchzte und es war mir inzwischen scheißegal, ob er es mitbekam.

»Nein, das werde ich nicht.« Und nach einem tiefen Atemzug leiser: »Du kannst mich haben. Aber dafür musst du auch etwas geben.«

Seine Worte hingen im Raum, zerrten an mir und schließlich sank ich, die Arme voran, gegen die Tür, bis meine Stirn an meinen Unterarmen lehnte.

»Ich weiß nicht, ob ich das kann, Wes«, erwiderte ich leise und staunte selbst bei der Heiserkeit in meiner Stimme.

Ich hielt still, als seine andere Hand sich auf meine Seite legte. An jene Stelle, an der seit bereits einigen Jahren das Mandala großzügig meine Haut bedeckte. Seine Finger streichelten sacht darüber und ich schniefte bei der ungewohnten Zärtlichkeit dieser kleinen Geste.

»Dann lass es uns herausfinden.«

Ich gestand mir ein, dass es Angst war, was meinen Magen sich zusammenziehen ließ, als ich mich umdrehte und zu ihm aufsah. Angst vor dem, was er von mir verlangte. Angst davor, dass es genauso enden würde wie mit Jensen.

»Warum ich?«

Seine Hand legte sich auf meine Wange und ich schloss die Augen, als er mit dem Daumen meinen Jochbogen entlangstrich.

»Ich weiß es nicht. Vielleicht weil ich noch nie einer Frau begegnet bin, die mir so ähnlich ist.«

Ich seufzte leise, als er sich herabbeugte und mit den Lippen über die meinen strich. Zärtlich. Suchend. Als ob auch er sich nicht sicher war, was hier gerade geschah.

»Warum bist du nach Hayes gekommen, Killer?«

Mein Instinkt riet mir, ihn von mir zu schieben. Doch als er den Kopf hob und ich seinen Blick suchte, tat ich nichts dergleichen. Ich konnte es einfach nicht.

»Nenn mich nicht so.«

»Warum nicht?« Sein Lächeln ging mir bis ins Mark. Er wusste, was ich war.

»Weil ich im Ruhestand bin«, presste ich mühsam heraus.

»Dafür hast du dir den denkbar schlechtesten Ort ausgesucht.« Leichter Spott schwang in seiner Stimme mit und ich lächelte matt, dankbar darum, dass er nicht weiter nachfragte.

»Ich bin berühmt für meine schlechten Entscheidungen.« Nie wieder Dartpfeile. Wirklich nicht.

Schweigen breitete sich zwischen uns aus. Ein Schweigen, das mich nervös werden ließ. Ich wusste nicht, was ich nun tun sollte. Er hatte mich erfolgreich in die Ecke gedrängt und dabei Dinge aus mir herausbekommen, die ich in den Marianengraben meiner angeknacksten Psyche geworfen zu haben glaubte. Jetzt fühlte ich mich nackt. Verletzlich. Und ich wusste, dass es genau das war, was er damit hatte erreichen wollen.

»Würdest du mich jetzt endlich küssen und ins Bett schleppen, du verfluchter Biker?«

Er grinste. »Zu Befehl, Ma'am.«

Doch obwohl ich es selbst initiiert hatte, quietschte ich erschreckt auf, als er mich fast im gleichen Moment packte und über die Schulter warf.

Es war … anders dieses Mal. Irgendetwas hatte sich verändert zwischen uns, als er mich auf dem Bett ablegte und Stück für Stück den Stoff von meinem Körper entfernte.

Ich gab zu, es machte mir eine Scheißangst.

Dennoch klammerte ich mich an ihn, presste meine Lippen auf seine Schulter und barg mein Gesicht an seinem Hals, als ein Gefühl, das von ganz weit unten aus meiner verkorksten Psyche zu kommen schien, mir die Luft abschnürte.

Dieses Mal hatte nichts mit jener Wildheit der vorigen Male zu tun. Seine Zärtlichkeit ließ mich zittern, als er meinen Körper erkundete. Mit den Händen, den Lippen. Immer wieder kämpfte ich mit dem verzweifelten Reflex, ihn von mir zu schieben, wegzulaufen, während ich mich ihm gleichzeitig entgegenbog. Mit den Händen in seinen Haaren hielt ich ihn fest. Seufzte, als er an mir hinabglitt und zog meine Beine auseinander, als er mit den Lippen über meine Scham strich.

Ich schrie seinen Namen, als er mich mit seiner Zunge zum Höhepunkt trieb. Die Füße in die Matratze gestemmt, bäumte ich mich auf und hielt ihn fest, als ich schwach zurück ins Kissen sank, schlang meine Arme um ihn, als er an mir hinaufglitt und sein Becken dabei zwischen meine Schenkel schob. Wie eine Ertrinkende klammerte ich mich an ihn und mein Körper verkrampfte für einen Moment, als er in mich eindrang.

»Es tut weh, Wes.« Ich wisperte die Worte an seinem Hals. Worte, die nichts mit einem physischen Schmerz zu tun hatten. Und er verstand mich. Ich konnte es spüren, als er die Arme um mich schlang, mich darin barg und kleine Küsse auf meiner Schläfe verteilte.

»Nur am Anfang. Es wird besser. Versprochen.«

Ich wollte ihm wirklich glauben.

Als er sich auf seine Unterarme aufrichtete, schlang ich die Beine um ihn, sah hinauf in sein Gesicht und schluckte bei dem kleinen Lächeln, mit dem er mich bedachte. Seine Hände umfassten mein Gesicht, seine Daumen strichen über meine Wangen und stöhnend schloss ich die Augen, als er sich in mir zu bewegen begann. Langsam, tief. Innig. Brachte die Hitze in meinen Körper zurück und ich ließ mich fallen in dieses fremde Gefühl von Nähe, das sich in mir entspann.

Meine Finger gruben sich ins Kissen, als seine Bewegungen in mir schneller wurden, härter, und mir kleine heisere Laute entlockten, während ein weiterer Höhepunkt wie eine Sturmflut in mir aufstieg. Rastlos wand ich mich unter ihm, hob mich ihm entgegen und meine Finger krallten sich in seine Seiten, als er mich über die Kante hinaus und in meinen Orgasmus trieb.

Er folgte mir. Tief in mir vergraben ließ er sich von meinem Höhepunkt mitreißen und ich hielt mich an ihm fest und lauschte dem heftigen Schlagen seines Herzens.

Erst Stunden später kamen wir endlich zur Ruhe. Immer wieder waren wir übereinander hergefallen. Mal zärtlich, mal wild. Bis wir beide zu erschöpft waren, um noch länger wach zu bleiben. Und ich dämmerte schon weg, als er einen Arm um mich schlang und mit dem Rücken an seine Brust zog.

»Wenn du morgen früh nicht hier bist, versohl ich dir den Arsch, dass du die nächste Woche auf dem Bauch schläfst!«

Ich schmunzelte und legte meine Hand über die seine, während ich mich dichter an ihn schmiegte.

»Versprochen?«

»Mit einem Gürtel, Sick.«

Mein Grinsen wurde breiter. Seine Stimme klang schleppend, er war fast eingeschlafen, und auch an mir zerrte die Müdigkeit.

»Führe mich nicht in Versuchung«, flüsterte ich und schloss die Augen, als er daraufhin seine Finger mit den meinen verhakte.

10

Wes

Ich kam zu mir, als die Frau in meinem Bett zu schreien begann. Schlagartig war ich wach und nachdem ich mich mit einem kurzen Blick versichert hatte, dass niemand sonst im Raum war, zog ich Mary Jane in meine Arme.

Oder ich versuchte es. Sie schlief noch immer, aber sie schlug dabei um sich, sodass ich schließlich ihre Handgelenke packte und einen Arm um ihre Taille schlang, um sie dazu zu bekommen, still zu halten.

Ihr Körper war schweißnass und sie strampelte in meinem Griff. Aber sie wachte auch nicht auf.

»Mary Jane!« Ich schrie sie regelrecht an und endlich öffneten sich ihre Lider.

Im ersten Moment war ihr Blick leer. Dann blinzelte sie, sah zu mir auf und meine Kehle wurde eng bei der Fassungslosigkeit, die sich plötzlich darin spiegelte.

»Sie haben ihn meinetwegen umgebracht.« Ihre Stimme klang erstickt und ich zog sie fester an mich, als sie im gleichen Moment zu weinen begann.

Ich hielt sie fest, als sie sich von Schluchzern geschüttelt an mich presste. Ihre Arme schlangen sich um meine Taille und etwas hilflos streichelte ich ihren Rücken, in der Hoffnung, dass sie sich von allein wieder beruhigen würde.

Ich hatte keine Ahnung, was sie gerade so durchschüttelte, oder was ihre Worte zu bedeuten hatten. Und ich musste mich zwingen, ihr Zeit zu lassen, bis sie sich wieder beruhigt hatte und aus den Schluchzern erschöpftes Schniefen wurde.

»Was ist passiert?«

Im ersten Moment schlangen sich ihre Arme noch fester um mich, dann lockerte sie ihren Griff wieder und ich schwieg, als sie, das Gesicht an meine Schulter gelehnt, zu reden begann.

»Ich habe Jensen vor drei Jahren kennengelernt. Beim Einkaufen.« Sie lachte leise. Bitter. »Damals hatte ich das Bedürfnis nach einer Beziehung. Nach ein wenig Normalität in meinem Leben. Jensen war dafür einfach perfekt und wir wurden ein Paar. Nach ein paar Monaten ist er bei mir eingezogen.« Sie unterbrach sich für einen Moment und ich schwieg, bis sie von allein fortfuhr: »Er hat nie erfahren, was ich bin. Für ihn war ich immer die durchgeknallte Erbin, die ab und an mal für ein paar Tage verschwand.«

Als sie zu mir aufsah, schluckte ich schwer bei dem tiefen Schmerz in ihrem Blick. Und ich merkte erst, dass ich die Hand gehoben hatte, um über ihre Wange zu streichen, als sie kaum merklich den Kopf schüttelte.

»Er hat sich so wahnsinnig um mich bemüht. Aber ich konnte es einfach nicht. Ich war nicht in der Lage, mich auf diesen Mann einzulassen. Auf seine Normalität. Es war nicht fair von mir. Er hatte was Besseres verdient.« Ihr Blick brach und sie presste die Lippen zusammen. Als sie weitersprach, klang ihre Stimme heiser und Tränen glitzerten in ihren blicklosen Augen. Sie war gerade ganz weit weg. »Ich hatte einen Job erledigt und war gerade auf dem Heimweg. Als ich nach Hause kam …« Tief holte sie Luft, quälte sich, um auch das Folgende sagen zu können. »Es war eine Racheaktion. Man wollte mich damit treffen. Sie sind bei mir eingebrochen, als ich nicht da war. Hatten Jensen noch im Flur erwischt, nicht lebensgefährlich, aber schwer verwundet. Bis in die Küche hat er es noch geschafft. Da habe ich ihn dann gefunden. Er hatte gerade das Essen für uns vorbereitet, den Tisch gedeckt … Kerzen … Er hatte mich überraschen wollen.« Eine Träne lief über ihre Wange, doch wich sie zurück, als ich sie wegstreichen wollte. »Ich habe ihn nicht mal beerdigen können. Ich habe den Reinigungsdienst angerufen, meine Tasche gepackt und das Haus nie wieder betreten.«

Wieder versank sie für einen Moment in tiefem Schweigen. Es war ihr anzusehen, dass sie das soeben Erzählte noch mal durchlebte. Als sie mich dann ansah, schnürte ihr Blick mir die Luft ab. Die Reue darin. Ihr Schmerz.

»Weißt du, was das Schlimmste daran ist? Ich hatte mich gerade dazu durchgerungen, ihn zu verlassen. Ich hatte endlich vor mir selbst zugeben können, dass die Beziehung mit ihm nichts weiter als eine fixe Idee von mir war.«

»Mary …« Ihre abwehrend gehobene Hand ließ mich verstummen.

»Nicht. Mary Jane ist schon sehr lange tot. Ich hatte geglaubt, sie wieder zurückholen zu können, aber …« Das Lächeln, das nun in ihre Züge trat, war zynisch. »Ich bin, was ich bin. Die Frau, die loszog und alle Männer erschoss, die dabei gewesen waren. Das kleine Mädchen aus Georgia werde ich nie wieder sein. Mein Name ist *Sick*. Wie in *Sickgirl.«*

Ich wusste nicht, was ich darauf sagen sollte. Aber sie schien auch keine Antwort zu erwarten. Stattdessen lehnte sie sich wieder an mich und vergrub ihr Gesicht an meiner Schulter.

Sie hatte sich mir gegenüber geöffnet, einen winzigen Einblick in das gegeben, was sie hinter der harten Schale zu verstecken suchte. Aber da war noch mehr. Die Frau vor mir kam mir wie ein Eisberg vor. Im ersten Moment sah er winzig klein aus. Weil neunzig Prozent unter der Oberfläche verborgen waren.

Ich wollte mehr davon.

Ich wollte das Sickgirl aus Portland genauso kennenlernen wie die kleine Mary Jane aus Georgia. Ich wollte wissen, was geschehen war, dass sie die eine für tot erklärt hatte.

Mary Jane

Als ich die Treppe hinunter ging, fühlte ich mich so unsicher, wie schon seit Jahren nicht mehr. Ich war am späten Morgen in seinem Bett aufgewacht. Allein. Aber die Musik, die gedämpft aus dem Erdgeschoss nach oben drang, machte klar, dass er da war.

Im Licht des Tages war es mir plötzlich unangenehm, was ich ihm in der Nacht erzählt hatte. Das war wohl einer der schwächsten Momente der zurückliegenden Jahre gewesen. Und ich gab zu, dass das Bedürfnis, mich heimlich davonzuschleichen und nie wieder ein Wort mit ihm zu wechseln, groß war.

Wesley Rivers wusste bereits jetzt mehr von mir, als Jensen in über zwei Jahren herausbekommen hatte.

Ich konnte es noch immer nicht fassen, dass ich ihm das alles erzählt hatte. Warum? Die Frage hämmerte durch meinen Schädel, ließ mein Herz rasen und mich unschlüssig im Flur stehen bleiben.

»Die Treppe ist übrigens nicht so leise, dass ich dich nicht gehört hätte.«

Gefühlt zog sich mein gesamter Körper bei den unvermittelten Worten zusammen. Dann gab ich mir einen Ruck und ging die wenigen Schritte zur Küche.

»Guten Morgen.«

Wieder Mal traf mich sein Anblick unvorbereitet. Lediglich mit einer Jeans bekleidet, die blonden Haare offen ins Gesicht fallend, lehnte er gegen die Küchenzeile, die Arme vor der Brust verschränkt und hielt einen Kaffeebecher in der Hand. Und mein Mund wurde trocken, als ich ihn so sah.

Es war das erste Mal, dass ich mir die Zeit nahm, ihn eingehender zu studieren. Den Raben, der von seiner Schulter bis auf seine Brust reichte und dessen Flügel den Totenkopf im Zentrum berührte. Der Schriftzug unterhalb seiner Brust, direkt über den harten Bauchmuskeln war zwar aufgrund seiner massiven Fraktura kaum zu entziffern, aber ich konnte mir an zwei Fingern abzählen, was da stand. Vier Worte. Ist klar. Ein byzantinische Kreuz bedeckte den mir zugewandten Oberarm und enthüllte in seinem Inneren einen Sensenmann. Mit einem Lächeln sah ich auf meinen Oberschenkel hinab.

»Guten Morgen«, schaffte ich es endlich, seinen Gruß zu erwidern, und zwang mich zu einem Lächeln. Wenn möglich, war meine Unsicherheit sogar noch größer geworden.

»Kaffee?« Er deutete auf die Kaffeemaschine und ich nickte schwach.

»Frühstück?«

Er grinste, während er einen Becher aus dem Schrank nahm, auffüllte und auf den Tisch stellte.

»Im Diner? Ich habe nichts im Haus.«

Das Pisskaff hatte einen Diner?

Er musste mir die Verwirrung angesehen haben, denn er lachte, während er gleichzeitig den Kopf schüttelte.

»Du solltest anfangen, dich mit deiner Umwelt auseinanderzusetzen. Dir scheint entgangen zu sein, dass hier eine Interstate vorbeiführt. Die Fernfahrer finden einen Diner gar nicht mal so übel, auf dem Weg nach New Orleans.«

»Die Hillbillies wahrscheinlich auch nicht.« Natürlich konnte ich es nicht lassen, einen patzigen Spruch zu machen, nachdem er Salz in meine Wunde streuen musste.

»Wir sind gar nicht so übel.«

»Redest du von Hayes mit seiner zauberhaften Arbeitslosenquote oder von dem nach Motoröl riechenden Männer-Rudel, mit dem du dich abgibst?« Dass ich es übertrieben hatte, war mir schon klar, noch ehe ich meinen Satz beenden konnte.

»Übertreib es nicht, Sick.« Jeglicher Humor war von ihm gewichen und ich schluckte bei der Kälte, die plötzlich von ihm auszugehen schien.

Wesley Rivers war mehr als nur dieser dreiste Kerl, der mir den letzten Nerv raubte. Hinter seinem Spott und seiner Dreistigkeit steckte ein Mann, den man nicht unterschätzen sollte.

Ich war mir zudem sicher, dass das *Vice* auf seiner Kutte nicht aus Langeweile da aufgetaucht war.

»Tut mir leid.« Ich meinte es ernst. Ich wusste ja selbst nicht mal, was mich zu der abfälligen Bemerkung getrieben hatte. Und ich ahnte, dass es besser war, wenn ich das auch nicht hinterfragte.

»Also, was ist jetzt? Diner?«

Als ich in sein Gesicht sah, lächelte er. Die Kälte war wieder verschwunden. Und ich spürte, wie ich langsam nickte.

Es war seltsam, sich mit Wes in der Öffentlichkeit zu zeigen. Vor allem, als ich begriff, dass es genau das war, was er damit beabsichtigt hatte. Er hatte gewollt, dass man uns zusammen sah. Hayes war klein. Und auch wenn der Diner in der Nähe der Interstate und damit nicht direkt in Rome lag, war nun wohl sichergestellt, dass das Gerücht sich verbreiten würde, dass der Vize der Lost Legion was mit der Neuen im County hatte.

Ob ich mich deswegen ärgern sollte? Ein Teil von mir wollte das. Dringend. Der andere hingegen freute sich wie ein kleines Kind.

Das Kind in mir kam allerdings ins Trudeln, als der dritte Kerl mit Kutte auftauchte und nicht nur auf die Distanz grüßte, sondern sich mit Schwung neben Wes auf die Bank warf. Der bullige Kerl studierte mich erst aufmerksam, ehe er Wes ansah, grinste und nickte. Eine völlig wortlose Kommunikation, die Wes mit dem gleichen Grinsen beantwortete.

»Das ist also der Löwe von neulich? Nett.«

Ich konnte meine Finger nicht davon abhalten, gereizt auf die Tischplatte zu trommeln.

»Du hängst an deinen Eiern, oder?« Der Spruch war raus, noch ehe ich mich davon hatte abhalten können.

»Sick, das war ein Kompliment. Du kannst die Krallen wieder einfahren.« Es war übrigens nicht hilfreich, dass ich das kaum unterdrückte Lachen dabei in Wes' Stimme hörte.

»An dem ruiniere ich mir nicht die Fingernägel. Keine Sorge.« Ich hob demonstrativ meine Hände in die Höhe und beide Kerle fingen daraufhin an zu lachen. Toll. Man fand mich also witzig.

»Daddy!« Ein kleiner Junge kam auf unsere Sitzgruppe zugelaufen und mit gehobener Braue verfolgte ich, wie der Kleine sich auf den bulligen Kerl neben Wes stürzte und dieser ihn hochhob und auf seinen Schoß setzte.

Schräges Bild. Biker mit Kind. Das wollte jetzt so gar nicht in meine gepflegten Vorurteile passen. Genauso wenig wie die Frau, die sich mit einem Säugling auf dem Arm nun zu uns gesellte.

Ich schätzte sie auf wenig älter als mich. Durchschnittliche Größe und eine sehr frauliche Figur, die in einer klassischen schwarzen Stoffhose und einer figurbetonten weinroten Bluse steckte. Ihr dunkelbraunes Haar war zu einem hohen Pferdeschwanz zusammengebunden, ein leichtes Make-up betonte ihr Gesicht und die hohen Wangenknochen. Eine klassische Schönheit.

Sie passte so gar nicht zu dem Kerl, der mir gegenübersaß und die Frau mit einem Lächeln bedachte, bei dem sich mir das Herz zusammenzog.

»Was immer Stoned auch getan hat, ich entschuldige mich schon jetzt dafür. Wes und er sind zusammen unausstehlich.« Sie zwinkerte mir zu und ich spürte, wie mir die Röte in die Wangen schoss, als sie das Kind auf ihre Hüfte schob und mir eine Hand entgegenstreckte. »Ich bin Nici. Der Kerl da ist mein Mann. Und unsere Kinder: Josh und Tori.«

Stoned? Der Kerl sah nicht aus, als ob er kiffte. Aber was wusste ich schon?

»Sick«, erwiderte ich daraufhin im Reflex und sah, wie die fein geschwungenen Brauen der Frau kurz nach oben rutschten. Doch als ob sie es sich anders überlegt hätte, hob sie kaum merklich die Schultern und beließ es dabei.

Der kleine Josh lenkte meine Aufmerksamkeit auf sich, als er die Arme auffordernd nach Wes ausstreckte, der sich auch nicht lang bitten ließ und den Racker vom Schoß seines Vaters auf den seinen zog.

Böser Biker, kleines Kind. Ich war mir jetzt schon sicher, dass ich Jahre brauchen würde, um das Bild verarbeiten zu können, während ich dabei zusah, wie der Junge begeistert nach einer Strähne von Wes' Haaren griff und daran zu ziehen begann.

Ich war mir sicher, dass mein Mund offen stehen blieb, als dieser die Finger des Kleinen mit erstaunlicher Behutsamkeit wieder daraus löste und festhielt.

»Du bist zu alt, um in meinen Haaren zu ziehen, kleiner Terrorist.«

Der Junge quietschte daraufhin vergnügt und ich verbiss mir ein Schmunzeln, als Wes seine Hand losließ, nur um sie gleich darauf wieder festzuhalten, als der Junge erneut nach seinen Haaren greifen wollte.

Es war nicht zu übersehen, wie groß die Zuneigung zwischen dem Kleinen und ihm war.

»Ich glaube, da hinten wird gerade ein Platz für uns frei, Stoned.« Der demonstrative Unterton in Nicis Stimme ging selbst an diesem Bullen nicht vorbei, der im ersten Moment zögerte, dann jedoch einknickte und den strampelnden Josh vom Schoß seines Freundes zog. Umständlich kam er auf die Beine, das vor Begeisterung lachende Kind dabei wie ein Paket unter den Arm geklemmt, und warf einen Blick in meine Richtung.

»Dann lass ich euch Turteltauben mal wieder alleine. Wir sehen uns nachher, Wes.«

Wenn ich nicht wirklich hungrig gewesen wäre, hätte ich ihm dafür meinen Teller mit den Pancakes an den Kopf geworfen. Leider waren sie zu gut, um derart verschwendet zu werden. Also murmelte ich einen Gruß in Richtung seiner Frau und zog es vor, ihn stoisch zu ignorieren.

Natürlich wusste ich, dass mein Ärger lediglich meiner Überforderung zuzuschreiben war. Ich war solche Dinge einfach nicht gewöhnt. Ich hatte mir nicht umsonst das Haus in Scappoose damals gekauft. So hatte es nur sehr selten zu solchen Begegnungen kommen können, nachdem Jensen bei mir eingezogen war. Begegnungen mit seinen Freunden, die allesamt in Portland lebten, waren nie zufällig gewesen. Und ich hatte schlichtweg keine Freunde.

»Das hast du mit Absicht gemacht«, maulte ich, den Blick auf den Teller gerichtet, während ich den nächsten Pancake in Ahornsirup regelrecht ersäufte und anschließend mit der Gabel zerteilte.

»Nein, dass Stoned mit seiner Familie hier auftaucht, war nicht einkalkuliert.«

Was nichts anderes hieß, als dass er alles andere durchaus exakt so geplant hatte. Sein bester Kumpel – ich war mir sicher, dass Stoned genau das war – war dabei lediglich das Sahnehäubchen.

Als seine Hand sich um mein Handgelenk legte, hielt ich still und sah zu ihm auf. Das nachsichtige Lächeln, das mich dabei traf, ließ meinen Magen sich zusammenziehen und verlegen wandte ich den Blick zurück auf meinen Teller.

»Ich werde das hier nicht verheimlichen, Sick. Weder vor meinen Brüdern noch vor dem Rest von Hayes. Das ist auch gar nicht möglich.«

Ich wusste nicht, was ich mit dem Gefühl anfangen sollte, das bei seinen Worten in mir aufkam. Es ließ mein Herz sich überschlagen und meinen Magen verkrampfen. Meine Fingerspitzen kribbelten und obwohl ich das dringende Bedürfnis hatte, mich seiner Hand um mein Gelenk zu entziehen, wollte ich andererseits dümmlich grinsen.

»Ich kenne sowas nicht.« Ich war vollkommen ehrlich … und schämte mich dafür.

Ich war ein emotionaler Krüppel. Nicht erst seit Jensen.

Seine Hand ließ die meine los, legte sich unter mein Kinn und ich schluckte schwer, als er es anhob, bis ich in sein Gesicht sah.

Da war kein Spott in seinem Blick. Nur Wärme und etwas, das ich für Zuneigung halten könnte und eine Verwirrung in mir auslöste, bei der ich Mühe hatte, mich der Berührung nicht zu entziehen.

»Normalerweise fängt man mit Dating an. Man geht miteinander aus und wird in der Öffentlichkeit zusammen gesehen. Man lernt die Freunde des jeweils anderen kennen und irgendwann stellt man den neuen Partner der Familie vor.«

Wie in diesen verdammten TV-Serien. Aber mein Leben war keine Daily Soap. Es war ein verfickter Haufen Scheiße. Und ich würde mir eher einen Arm abhacken, als dass ich ihn meinen Eltern vorstellte.

Milan … Die Erinnerung kam wie aus dem Nichts. Plötzlich sah ich mich selbst in einer Nacht vor fünfzehn Jahren, wie ich in einem Müllcontainer hinter einem Restaurant auf der Suche nach Essen war. Und Milan, der im Schein einer Straßenlaterne darauf wartete, dass ich aus dem Container wieder herauskam.

Es gibt bessere Arten zu überleben. Ich würde vermutlich nie vergessen, wie er mich angesprochen hatte in jener Nacht. In dieser unnachahmlichen ruhigen Art, die einen nie wissen ließ, was gerade in ihm vorging.

Zu dem Zeitpunkt hatte ich bereits seit zwei Jahren auf der Straße gelebt. War Ordnungshütern und der Fürsorge aus dem Weg gegangen, hatte mit Obdachlosen und Junkies um mein Essen gekämpft. Ich hatte gelernt, mich in diesem Haufen Scheiße zu behaupten, hatte aufgehört, mich für die Dinge zu schämen, die ich tat, um zu überleben.

Bis heute hatte ich nicht herausgefunden, was ihn in jener Nacht dazu bewogen hatte, mich anzusprechen. Doch als er da gestanden hatte, hatte ich zum ersten Mal wieder Scham empfunden. Scham für meine zerrissene und verdreckte Kleidung, dafür, dass ich nach dem Müll riechen musste, den ich zuvor so großzügig durchwühlt hatte.

Milan war darüber hinweggegangen, als ich vor ihm zurückgewichen war. Wir hatten uns in einer Sackgasse befunden und er hatte den einzigen Fluchtweg versperrt.

Er hätte alles mögliche mit mir machen können. Stattdessen hatte er einfach da gestanden und gewartet, bis ich aufgehört hatte, mich nach einer Möglichkeit umzusehen, mich gegen ihn zu verteidigen.

Ich kenne schlechtere Arten zu überleben, hatte ich schließlich erwidert und er hatte genickt. Er hatte nicht hinterfragt, was ich da soeben über mich selbst preisgegeben hatte. Er hatte gewusst, dass ich nicht mehr verraten würde. Etwas, das ich bis heute nicht getan hatte.

Ich hatte nie erfahren, warum er mir in jener Nacht angeboten hatte, mit ihm zu kommen. Genauso wenig, wie ich herausgefunden hatte, warum ich mit ihm gegangen war. Mit einem Fremden.

Wer nahm schon ein Straßenkind bei sich auf?

Er hätte mich töten können. Foltern, vergewaltigen. Nur zum Spaß. Wer vermisste schon eine Obdachlose? Wenn man auf der Straße lebte, musste man mit allem rechnen. Niemand reichte einem die Hand, ohne etwas dafür zu verlangen. Das hatte ich schnell gelernt. Wie ich gelernt hatte, dass Misstrauen mir das Leben rettete. *Sei wachsam, sei auf der Hut. Lass niemanden an dich heran.* Diese Grundsätze hatten mich davor bewahrt, auf der Straße draufzugehen. Bis *er* auftauchte.

»Wo bist du gerade?«

Blinzelnd kehrte ich in die Gegenwart zurück und sah Wes an, der leicht irritiert die Brauen gehoben hatte. Hitze kroch in meine Wangen und hastig räusperte ich mich, um das kratzige Gefühl im Hals loszuwerden.

»Es ist nichts.«

Ich log. Er wusste das. Aber er verlor kein Wort darüber.

11

Wes

Leise Countrymusik spielte im Führerhaus des Trucks, wurde fast übertönt vom tiefen Brummen des Motors. Monroe saß neben mir auf dem Beifahrersitz, entspannt gegen die Tür gelehnt, einen Fuß gegen das Handschuhfach gestemmt.

Wir hatten vor kurzem Slidell passiert und fuhren über den Lake Pontchartrain. Vor uns konnte ich den Jeep sehen, in dem Stoned, Dozer und North saßen. Es war alles so, wie es sein sollte.

Wenn man von der gespannten Stille zwischen uns absah, die sich hielt, seit wir in diesen Truck gestiegen waren.

Monroe und ich hatten die ganze Zeit kaum ein Wort miteinander gewechselt. Die Blicke, die er mir jedoch immer wieder zuwarf, besagten deutlich, dass er es wollte.

»Du solltest es ausspucken, bevor wir in New Orleans sind.« Ich ahnte, worum es ihm gerade ging. Ahnte, dass ihn die gleichen Dinge beschäftigten wie mich. Und dass damit nicht die Kleine gemeint war, mit der er mich am Vormittag im Diner gesehen hatte.

»Ich habe ein schlechtes Gefühl bei der Sache, Ice.«

Ich lächelte leicht. *Ice,* die ziemlich schlecht gemachte Retourkutsche von Stoned für seinen Spitznamen, hatte sich nie wirklich durchsetzen können. Ich hörte es nur ab und an. Meist in Momenten wie jetzt. Wenn es ernst zu werden begann.

»Das habe ich auch.«

Es war die Wahrheit. Wir waren mit einem Haufen Altmetall im angehängten Auflieger auf dem Weg nach New Orleans. Zwischen dem Altmetall lagerten Waffen im Wert von mehreren zehntausend Dollar. Waffen, die an das New Orleanser Chapter übergeben werden sollten.

Eine Routine, was hier gerade geschah. Dennoch schlug auch mein Bauchgefühl an, je näher wir unserem Ziel kamen. Weil ich der gesamten Kiste nicht traute.

Wir waren nicht umsonst bewaffnet. Ein Hoch auf das Waffengesetz unseres Nachbarstaates, das sich so gar nicht daran stören wollte, wenn sich jeder Depp eine Waffe zulegte und bei sich trug. So mussten wir uns zumindest keine Gedanken darum machen, in einer zufälligen Kontrolle hängen zu bleiben, nur weil wir Waffen bei uns trugen. Die Papiere und auch der Kaufvertrag für das Altmetall, das wir geladen hatten, waren sauber. Und die Wahrscheinlichkeit, dass die Bullen die darin versteckten Waffen fanden, doch denkbar gering.

»Ich trau New Orleans nicht.« Monroes Satz hing plötzlich wie Blei zwischen uns.

»Ich auch nicht«, ließ ich mich auf den Tanz ein, den wir da gerade begonnen hatten.

»Seit dein Alter tot ist, ist es komisch geworden.«

»Eigentlich schon vorher«, erwiderte ich und sah Monroe von der Seite zustimmend nicken.

»Warum bist du eigentlich nicht der neue President geworden?«

Ich grinste und warf ihm einen kurzen Blick zu. »Vielleicht, weil die Hälfte von euch noch das Bild im Kopf hat, wie ich mit Windeln am Arsch über den Hof gerannt bin?«

Er quittierte es mit dem rasselnden Lachen eines langjährigen Rauchers.

»Und du warst so niedlich«, erwiderte er, wurde dann jedoch ernst. »Ich mag Chad nicht.«

»Was soll ich dazu jetzt sagen, Monroe?« Als ich diesmal zu ihm rübersah, strich er sich nachdenklich mit der Hand über seinen halb ergrauten Bart. Eine Geste, mit der ich quasi aufgewachsen war. Monroe war schon Clubmember gewesen, als ich auf die Welt gekommen war. Ich war mir ziemlich sicher, bei mehr als einer Gelegenheit früher auf seinem Schoß gesessen zu haben.

»Die Wahrheit.«

»Ich will ihn loswerden. Lieber gestern als heute.« Monroe musste nicht alles wissen, was in den zurückliegenden Wochen passiert war. Er wusste ja nicht mal von der Sache mit den Drogen, die mein Vater eingefädelt hatte. Manchmal musste man die Toten einfach ruhen lassen.

»Dann sollten wir das in Angriff nehmen, bevor uns die Scheiße um die Ohren fliegt.«

Wir. Das Wort, das mir schon vor Monaten abhanden gekommen war.

Der Schlag auf den Hinterkopf, den Monroe mir fast im gleichen Moment verpasste, entlockte mir ein Lächeln.

»Idiot. So haben wir dich nicht erzogen. Wie willst du denn so President werden?«

Kaum eine Dreiviertelstunde später erreichten wir in der einbrechenden Dämmerung unser Ziel. Ein Schotterplatz in der Nähe von Six Flags, einem Vergnügungspark, der seit Catrina ein Lost Place am Rande von New Orleans war, und dessen Achterbahn sich gerade wie ein skurriles Mahnmal in den Himmel reckte. Die Endzeitszenerie erschien mir fast wie die passende Untermalung für das Treffen, das uns bevorstand.

Die Stimmung zwischen Monroe und mir hatte sich merklich gelöst seit unserer kurzen Unterhaltung. Auch ohne ein weiteres Wort anschließend darüber verloren zu haben, hatte es die einstige Vertrautheit wieder hergestellt und in Gedanken trat ich meiner Paranoia einmal mehr in den Arsch.

Ich hätte mehr Vertrauen haben müssen. Mein Fehler. Aber es schien nicht, als ob es inzwischen zu spät wäre, um daran etwas zu ändern.

Wir wurden bereits erwartet. Ein Truck und ein unauffälliger Van parkten am Rand, im Lichtkegel seiner Scheinwerfer erkannte ich gleich sieben Männer, von denen wir erwartet wurden.

Ein Drittel des gesamten Clubs, wenn unsere Informationen stimmten und er nicht zwischenzeitlich gewachsen war. Etwas, das ich aktuell nicht ausschließen wollte.

Kurz gesagt: Es stand fünf zu sieben. Wobei die sieben Mann einen Heimvorteil besaßen. Mein schlechtes Gefühl wuchs daher auch mit jedem Meter, den wir uns näherten.

Ich nickte Stoned knapp zu, als ich aus der Fahrerkabine sprang und mich Roy näherte, dem President des Chapters.

Wie auch wir trugen die Männer keine Kutten. An einem Abend wie diesem wohl auch besser. Es gab Gründe, die es ratsam machten, so unauffällig wie möglich in der Öffentlichkeit zu bleiben. Aber genau deshalb war es für mich auch gerade schwierig, zu erkennen, mit wem wir es zu tun hatten. Roy kannte ich, immerhin war es keine Seltenheit, dass man über Videotelefonie miteinander in Kontakt trat. Etwas, das man für diesen Handel hier ebenso hätte machen können. Statt alles im Geheimen zwischen Roy und Chad abzuwickeln, um uns dann hier her zu jagen. Doch außer dem kürzlich ebenfalls *zufällig* verstorbenen Vize, Donovan Lyle, und Roy, dem President, waren die übrigen Gesichter mir fremd geblieben die letzten Jahre. Zum Teufel, es hätte sogar ein Bulle darunter sein können.

Roy und ich begrüßten uns mit Handschlag. Der vierschrotige Mann besaß eine Pranke, die die meine beinahe zerquetschte, und ein Blick in sein zerfurchtes Gesicht verriet mir, dass genau das auch seine Absicht gewesen war. Nichts, was seine Sympathiepunkte bei mir vermehrt hätte.

»Ihr habt alles?«

Ich nickte, während ich froh war, dass meine vier Begleiter sich derweil hinter mir aufgebaut hatten und das Treiben mit wachsamen Blicken verfolgten. Wie schon Monroe schienen auch die anderen zu spüren, dass irgendwas im Busch war. Auch wenn vermutlich keiner von ihnen sagen konnte, was genau. Und kurz fragte ich mich, ob Stoned eine ähnliche Unterhaltung im Wagen geführt hatte wie ich mit meinem Begleiter.

Noch nie hatte ich eine so gespannte Atmosphäre zwischen zwei Chaptern erlebt. Es fühlte sich an, als würde lediglich ein winziger Funke fehlen, um das Pulverfass explodieren zu lassen. Und als ich den *Kaufvertrag* für den Auflieger mitsamt Inhalt aus meiner Gesäßtasche holen wollte, konnte ich sehen, wie wenigstens zwei der Männer mir gegenüber mehr oder minder verstohlen nach ihren Waffen griffen.

Das war eine super Basis, um Geschäfte zu machen. Oder auch nur um überhaupt etwas miteinander zu tun zu haben. Ich kam mir gerade eher vor wie bei Verhandlungen mit einem verfeindeten Club, weniger bei einer Übergabe zwischen zwei Chaptern.

Die Lage entspannte sich nur allmählich wieder, als ich den Kaufvertrag betont langsam hervorholte, auseinanderfaltete und Roy hinhielt.

»Deine Unterschrift fehlt noch, dann koppeln wir ab und sind gleich wieder verschwunden.« Ich hatte keine Lust, länger als nötig hier zu bleiben.

Roy schien das ganz ähnlich zu sehen, denn er nahm den Vertrag, überflog ihn hastig und nickte am Ende, ehe er einen Stift aus seiner Jacke hervorholte und sein Bein anwinkelte, um sein Autogramm drunter zu setzen.

»Wir finden alles wie besprochen vor?«

Ich nickte. Per Mail war vor einigen Tagen ein Plan an ihn rausgegangen, der aufzeichnete, an welchen Punkten in dem Haufen Metall sich die eigentliche Ware befand.

»Schaut nach.«

So viel also zum Vertrauen. Traumhaft. Im schlimmsten Fall würden wir jetzt ewig hier rumstehen und darauf warten, dass sie jede einzelne verdammte Waffe in dem Anhänger fanden.

Als ich mich zu meinen Begleitern umwandte, sah ich die kaum verhohlene Verärgerung der vier. Doch als ich mit dem Kinn Richtung Auflieger wies, kamen sie dennoch in Bewegung. Das war nicht der Moment für lange Diskussionen. Die Spannung in der Luft ließ mir die Nackenhaare zu Berge stehen und ich war mir sicher, dass es jedem einzelnen von ihnen ähnlich erging. Aktuell konnten wir nichts anderes tun, als dem nachzukommen, was verlangt wurde. Hinterher würden sich die Karten neu mischen. Dafür würde ich sorgen. Mein Bedürfnis, dieses Chapter zusammen mit Chad zum Teufel zu jagen, wuchs mit jeder Minute.

Stumm sah ich Monroe und North dabei zu, wie sie die Seite des Aufliegers entriegelten und damit allen Anwesenden den geladenen Inhalt präsentierten: Einen Haufen Schrott, der offiziell als qualitativ hochwertiges Altmetall verkauft worden war. Keine Ahnung, was die Jungs anschließend mit dem Mist machen würden. Jetzt jedoch sah ich dabei zu, wie einer von ihnen mit dem Ausdruck unserer *Schatzkarte* darauf zuging und die Reihe entlang marschierte, bis er vor einem der Fächer stehen blieb. Er löste den Balken, dann die Transportsicherung, stocherte ein wenig und … Ich konnte nicht sagen, dass ich nicht erleichtert war, als bei der Stichprobe umgehend eine der geladenen AKs zutage kam.

»Treffer!« Der Kerl grinste so überheblich, dass ich ihm kurzfristig die Fresse polieren wollte.

Stattdessen wandte ich mich an Roy: »Gut. Dann war es das wohl.«

»Jep.« Er nickte zufrieden, während er mich jedoch nicht aus den Augen ließ.

Nein, es würde definitiv keinen Smalltalk zwischen uns geben. Und wir würden auch nicht ewig warten müssen.

Ich überließ es Monroe, den Hänger abzukuppeln und unseren Truck zur Seite zu fahren. Ein weiterer Handschlag zwischen Roy und mir und kurze Zeit darauf sah ich zu, wie die sieben Männer sich mitsamt ihres Trucks und dem Auflieger entfernten.

»Es ist nichts passiert.« Stoned war neben mich getreten und ich konnte jedem einzelnen gerade anmerken, wie die Spannung von ihnen abfiel.

»Das glaube ich erst, wenn wir ohne Zwischenfall wieder in Hayes sind.«

Der Schuss, der wenige Sekunden später die Stille zerriss, galt mir und er hätte getroffen, wenn Monroe nicht genau diesen Moment gewählt hätte, um in meine Richtung zu gehen und damit direkt in die Schusslinie hinein. Beim zweiten Schuss hingegen hatte ich weniger Glück.

Mary Jane

Nachdem ich Wes gegen Mittag bei diesem Clubhaus abgesetzt hatte, von dem ich bisher nur gehört hatte, war ich einmal mehr in den örtlichen Baumarkt gefahren und hatte mir eine Gartenliege gekauft.

Ich konnte mich nicht mal daran erinnern, ob ich überhaupt jemals ein Sonnenbad in auch nur irgendeinem Garten genommen hatte. Aber irgendwie hatte mir der Sinn danach gestanden. Zur Feier des Tages hatte ich sogar ein Buch mitgenommen. Der Einfachheit halber auch im Baumarkt, der netterweise ein Regal voller Bücher in der Nähe der Kasse aufgebaut hatte. Keine Ahnung, was ich da gekauft hatte, aber ich hatte schon da gewusst, dass das Buch nicht mehr werden würde, als ein Alibi, während ich meinen Gedanken nachhing. Vielleicht hätte ich mich für den Anfang mit einer Zeitschrift begnügen sollen. Ich las nämlich nicht mehr, seit ich elf war. Dennoch lag ich später am Tag in meinem Garten und hielt das

Buch krampfhaft in meinen Händen, während meine Gedanken beinahe mit jeder gelesenen Zeile abschweiften.

Wes' Verhalten hatte mich durcheinander gebracht. Mehr, als ich vor ihm hatte zugeben wollen.

Er meinte es wirklich ernst. Mit mir. Aber Wes war nicht Jensen. Was einerseits toll, andererseits aber auch eine Katastrophe war.

Wes würde nicht akzeptieren, was Jensen nahezu klaglos hingenommen hatte. Schon jetzt hatte er viel zu viel von mir erfahren. Dinge, über die ich nie hatte reden wollen.

Ich hatte geglaubt, in diesem Sumpf endlich meinen Frieden zu finden. Meine Vergangenheit hinter mir lassen und ein normales Leben führen zu können. Mein Denkfehler wurde mir tatsächlich erst jetzt bewusst. Wo immer ich auch hinging, meine Vergangenheit würde ich nie zurücklassen können.

Wes würde nicht akzeptieren, wenn ich ihn so ausschloss, wie ich Jensen ausgeschlossen hatte. Jetzt stand ich also vor der Wahl, Wes aus meinem Leben rauszuwerfen oder aber ihn in mein Leben zu lassen. Ganz. Denn dass er nichts Halbes wollte, war nicht zu übersehen gewesen. Nicht vergangenen Abend und erst recht nicht heute Vormittag, als er mich inoffiziell der Welt vorgestellt hatte.

Er hatte nämlich recht. Hayes war so klein, dass es sich vermutlich wie ein Lauffeuer verbreiten würde, dass einer der berüchtigtsten Männer des Countys sich ganz offiziell mit einer Frau eingelassen hatte.

Ein Teil von mir verlangte, dass ich ihn aus meinem Leben wieder entfernte, bevor er größeren Schaden anrichten konnte. Bevor er Dinge von mir wissen wollte, die ich nicht mal selbst wissen wollte. Ein anderer Teil strampelte allein bei der Vorstellung schon mit den Beinen.

Ich mochte Wes. Ich mochte diesen Mann, dessen Dreistigkeit mich immer wieder in den Wahnsinn trieb. Einen Biker, um das Maß voll zu machen, und somit Teil einer Personengruppe, mit der ich mich niemals hatte auseinandersetzen wollen.

Weil ich ihre Cliquenwirtschaft nicht begriff. Weil ich nicht kapierte, nach welchen Regeln sie spielten. Und weil ich ihr in sich geschlossenes System nie verstanden hatte.

Milan hatte mich dafür stets belächelt. Sie alle hatten es. Diese Kerle waren mein ganz persönliches rotes Tuch gewesen. Aber man hatte es akzeptiert und mich soweit möglich aus allem, was mit diesen Kerlen zu tun hatte, rausgehalten.

Und jetzt hatte ich mich wie eine läufige Hündin dem nächstbesten davon an den Hals geworfen? Tickte ich noch ganz sauber?

Ganz offensichtlich nicht. Nicht nur, dass ich nie wieder jemanden in mein Leben hatte lassen wollen, bei Wes schien ich drauf und dran, sogar noch weiter zu gehen.

Ich hatte vergangene Nacht nicht gelogen. Ich hatte Jensen nie geliebt. Vielmehr war er ein Mittel zum Zweck gewesen. Ich hatte ihn gemocht. Und ich hatte um ihn getrauert, nachdem er so grausam hingerichtet worden war. Meinetwegen.

Jensen war ein anständiger Mann gewesen. Außer ein paar Geschwindigkeitsübertretungen hatte er sich vermutlich nie etwas zu schulden kommen lassen. Genau deshalb hätte ich mich nie auf ihn einlassen dürfen. Ich war nicht gut für ihn gewesen. Ich hatte ihn benutzt, für nichts anderes, als mein eigenes Ego. Für die Illusion von Normalität. Eine Normalität, die ich nie besessen hatte.

Am Ende war das Einzige, was ich für diesen Mann hatte tun können, mich an jenen Männern zu rächen, die ihn getötet hatten. Um danach zu begreifen, dass Rache keinen Frieden brachte.

Wesley Rivers war anders. Wie er es schon gesagt hatte: Wir waren uns viel zu ähnlich. Wir kamen aus ähnlichen Welten. Und jeder von uns hatte gelernt, darin zu leben. Oder zu überleben.

Aber es gab einen entscheidenden Unterschied: Im Gegensatz zu mir war er nicht kaputt.

Konnte ich das einem Menschen wirklich antun?

Wieder zerrte diese leise Stimme an mir, flüsterte mir zu, dass ich ihn wegschieben sollte. Flüchten … Wie ich es schon mein ganzes Leben hindurch getan hatte.

Ich war immer weggerannt. Weil es das Einfachste gewesen zu sein schien in den jeweiligen Momenten.

Erst jetzt begriff ich, dass ich am Ende auch vor Milan davongelaufen war. Vor dem einzigen Menschen, der jemals auch nur den Hauch einer Vorstellung davon bekommen hatte, wer und was ich eigentlich war.

Als die Sonne hinter den Bäumen versank und die Schatten länger wurden, stand ich auf. Ich hatte keine fünf Seiten meines Buches geschafft. Nur eines hatte ich hinbekommen: zu weinen. Wieder mal.

Gereizt wischte ich die verräterischen Tränen weg, ließ die Liege, wo sie war, und ging zurück ins Haus. Vielleicht war der neu gelieferte Fernseher ja eher in der Lage, mich von mir selbst abzulenken.

12

Wes

Mein Arm brannte wie sämtliche Höllenfeuer. Natürlich hatte die Kugel nicht glatt durchgehen können, sondern war irgendwo auf der Hälfte stecken geblieben.

Traumhaft, aber immer noch besser als tot zu sein. Wie Monroe. Er hatte es nicht geschafft. Und ich wäre ebenso tot gewesen, wenn er mich nicht noch im Sturz weggerissen hätte, sodass die zweite Kugel statt meines Herzens meinen Oberarm zerlöchert hatte.

Ich hatte keine Ahnung, wie wir es Sally sagen sollten, dass die Leiche ihres Mannes gerade im Kofferraum des Jeeps lag. Der Anschlag hatte mir gegolten. Allein mir. Nach dem zweiten Schuss hatte es keine weiteren Schüsse gegeben, von jenen mal abgesehen, die meine Brüder abgefeuert hatten, um den Schützen wenn schon nicht zu treffen, so doch zumindest in seiner Deckung zu halten.

»Lebst du noch?« Bei Stoneds Frage vom Fahrersitz rollte ich mit den Augen.

»Nein.«

»Arschloch.«

»Er macht noch Witze, er kommt durch, Stoned. Also führ dich nicht auf wie eine Pussy und gib Gas.« Norths Einwurf entrang Stoned einen gemurmelten Fluch und ich zwang mich zu einem Grinsen.

Aufs Gas treten war so eine Sache. Schneller als die Geschwindigkeitsbegrenzungen es zuließen, konnten wir nicht fahren. Nicht, ohne angehalten zu werden. Und keiner von uns wollte meine Schusswunde oder den Toten im Kofferraum erklären.

Aber wir konnten auch nicht einfach ins nächstbeste Krankenhaus fahren. Auch das würde die Bullen auf den Plan rufen. Schussverletzungen mussten von Krankenhäusern gemeldet werden. Also war es so sicher wie das Amen in der Kirche, dass sie auftauchen und Fragen stellen würden. Und das konnten wir noch viel weniger gebrauchen.

Eine eingehende Nachricht auf Norths Handy zerriss die Spannung im Wagen.

»Pin hat Zack aus dem Bett gezerrt und erwartet uns.«

Sehr gut. Der Doc war informiert. Pin lebte am südlichen Rand des Countys. Sein Haus war somit der nächstgelegene Zufluchtsort. Nach der Scheiße vorhin hatte ich definitiv kein Bedürfnis, zurück ins Clubhaus und direkt in Chads Arme zu rennen.

Wir erreichten den riesigen Kasten, den Pins Eltern ihm aufs Auge gedrückt hatten, ehe sie sich vor einigen Jahren ins Ausland abgesetzt hatten, knapp eine halbe Stunde später. Wie bereits per Messenger angekündigt, begrüßte uns noch in der Auffahrt Zacks Maschine und mit einem unterdrückten Stöhnen ließ ich den Kopf zurücksinken. Geschafft.

North und Stoned mussten mich stützen. Inzwischen hatte der Blutverlust mich so weit geschwächt, dass ich es allein nicht mal mehr aus dem Wagen geschafft hätte, und mit einem Naserümpfen bemerkte ich, dass der provisorische Druckverband auf der Wunde seinen Geist aufgegeben hatte.

Zack und Pin empfingen uns, kaum dass die Wagentür hinter mir zugefallen war. Wortlos packten die beiden mich und schleiften mich fast ins Haus, als meine Beine einknickten.

»Er macht noch Witze!« Norths Worte hinter mir entlockten mir tatsächlich ein Lächeln. Dann wurde die Welt um mich herum immer dunkler und ich fiel in dichte Schwärze.

Als ich wieder zu mir kam, schien die Sonne ins Zimmer. Ich lag in einem Bett. Oder vielmehr auf einer Matratze, die man direkt auf den Boden gelegt hatte. Anhand der Deckenhöhe und der zweiflügeligen Fenster schloss ich, dass ich nach wie vor in Pinheads Haus untergebracht sein musste. Probeweise bewegte ich meinen Arm in der Schlinge, die man mir umgebunden hatte, und verzog das Gesicht, als er sich mit einem wenig charmanten Pochen zurückmeldete.

Ich fühlte mich, als wäre ein kompletter Truck über mich gerollt. Meine Lippen waren trocken, meine Zunge klebte am Gaumen und mit dem gesunden Arm angelte ich nach der Wasserflasche, die jemand an meiner Schlafstätte zurückgelassen hatte.

Meine Hände zitterten und ich fluchte, als der Versuch, die Flasche aufzudrehen, im ersten Moment misslang und ein scharfer Schmerz durch meinen linken Arm schoss. So wurde das also schon mal nichts. Steif wie mein eigener Großvater richtete ich mich daher mühsam auf, bis ich mit dem Rücken an der Wand lehnte und die Flasche zwischen die Knie klemmen konnte.

Auch das Wasser, das ich anschließend gierig runterstürzte, half nicht dabei, mich besser zu fühlen. Stattdessen rebellierte mein Magen und mit einem Stöhnen ließ ich den Kopf gegen die Wand fallen, als gleich darauf die Tür aufflog.

»Die Prinzessin ist wieder wach!«

Ich hasste Stoned. Zumindest für ein paar Sekunden. Doch noch ehe ich ihm genau das sagen konnte, platzten noch mehr Menschen in den Raum. Um nicht zu sagen: alle.

»Was wird das hier? Homecoming? Und was hat mir dieser Fleischer von einem Arzt eingeflößt?«

Stoned schüttelte den Kopf, als hielte er mich für den größten Idioten aller Zeiten. Pin hob eine Braue und North grinste breit.

»Okay, er ist quasi wie neu.« Das war Zack, der sich just in diesem Moment wenig zimperlich durch die herumstehenden Männer pflügte und zu mir ans Bett trat.

»Du hast ne Menge Blut verloren, Kumpel. Die nächsten Tage solltest du den Ball daher mehr als nur flach halten. Die Kugel hat ein Stück vom Knochen erwischt. Das braucht seine Weile. Fahren kannste damit erst mal knicken.«

»Definiere *Weile,* Doc.« Mir war klar, dass mir seine Antwort nicht gefallen würde.

»Vier Wochen?«

Ich schnaubte. »Vergiss es.«

»Du kannst dich ja von der kleinen Sick fahren lassen solange.« Stoneds beherztes Sticheln führte dazu, dass sich wieder jegliche Aufmerksamkeit auf mich richtete und ich mich fühlte wie bei einem Tennis-Match.

»Dann habe ich das gestern richtig gehört? Du hast dir ne Frau geangelt?«

»Eher einen Löwen«, warf Stoned ein und ich hatte die Lacher auf meiner Seite.

»Schön, dass dir das auch mal passiert.«

»Wie lang ist die letzte jetzt her? Fünf Jahre?«

Die Stimmen gingen wild durcheinander, teilten sich auf in Glückwünsche und Beileidsbekundungen für Sick und etwas hilflos sah ich zu Pinhead, dem Einzigen in der Runde, der gerade die Klappe hielt.

Er quittierte es mit einem kaum merklichen Heben der Schultern, ehe er sich an die anderen wandte.

»Raus mit euch!«

Eines musste man dem Mann lassen. Er war selbst dann noch einschüchternd, wenn man ihn kannte.

Ich rutschte wieder in eine liegende Position und kaum, dass die Tür sich geschlossen hatte, fielen mir die Augen zu.

Als ich einige Stunden später erneut aufwachte, fühlte ich mich erheblich besser. Zumindest schaffte ich es, aufzustehen, das angrenzende Bad nicht nur zu finden, sondern sogar die Dusche zu benutzen, um dann ungelenk und fluchend in die Hose zu steigen, die mir jemand hingelegt hatte. Da es nicht meine eigene war, ging ich davon aus, dass meine den Abend nicht überlebt hatte.

Barfuß und mit nacktem Oberkörper gelangte ich schließlich ins Wohnzimmer im Erdgeschoss. Und obwohl der Weg wirklich nicht weit gewesen war, fühlte ich mich etwas schummrig, als ich den riesigen Raum betrat und mich auf die Couch sinken ließ, als Dozer und Zack nahezu gleichzeitig davon aufsprangen und mir Platz machten.

»Ihr werdet irgendwann mal sehr liebevolle Ehefrauen abgeben.«

Dankenswerterweise wurde mein schmerzerfülltes Stöhnen, als ich mich im Reflex mit dem verletzten Arm abstützen wollte, von ihrem dramatischen übertönt.

»Weiß es Sally schon?«

Schlagartig war jegliche Erheiterung verschwunden.

»Rachel ist bei ihr.« Norths Ol' Lady und zudem die Tochter von Monroe und Sally und ein bleischweres Gefühl senkte sich auf meine Brust.

Ich hätte es Sally sagen müssen. Ihr Mann war meinetwegen gestorben. Vollkommen unnötig gestorben. Weil ich viel zu spät damit begonnen hatte, die Vorgänge im MC in Frage zu stellen. Ich hätte es nie so weit kommen lassen dürfen.

Ich hätte Chad in jener verdammten Nacht zusammen mit meinem Vater entsorgen sollen. Er hätte nie President werden dürfen.

Hätte, könnte, sollte … Die Übelkeit die in mir aufstieg, hatte definitiv nichts mit dem Zeug zu tun, das der Doc mir eingeflößt hatte.

»Wes …«

Ich hob abwehrend die Hand und Stoned verstummte. Ich wusste, was er sagen wollte. Wusste, dass er es mir leicht machen wollte. Mir logisch darlegen wollte, warum nicht *ich* schuld an der ganzen Misere war.

Aber ich wollte nicht. Ich *wollte* schuld sein.

»Das war Chads dritter Versuch«, setzte ich an und sah, wie alle mich fragend ansahen. Zeit, die Dinge zu erklären. Für alle. »Der erste war ein kleiner *Unfall* auf dem Schrottplatz mit einem blanken Stromkabel und einer manipulierten Sicherung. Dann hat er vor kurzem einen Prospect auf mich angesetzt.«

»Carl.« Offenbar war das für Dozer, der sich mit dem Prospect recht gut verstanden hatte, etwas Neues gewesen.

»Und jetzt ein Scharfschütze.« Ich war mir doch ziemlich sicher, dass es einer gewesen sein musste. Der Schuss war aus der Distanz gekommen. Vermutlich hatte der Scheißkerl die ganze Zeit nur auf den Moment gewartet, in dem Roy mit seinen Leuten wieder abzog.

Ich musste wohl dem Schicksal dafür dankbar sein, dass er eindeutig nicht gut genug gewesen war, um mich beim zweiten Anlauf zu erwischen. Und Monroe.

Mary Jane … Der Gedanke kam so unvermittelt, dass ich im ersten Moment selbst überrascht davon war.

Aber ich wusste, dass ich die Möglichkeit nicht ausschließen durfte. Ich konnte es mir nicht leisten, einen weiteren Fehler zu machen. Mary Jane Peasley war ein Profi. Das gestern wäre somit genau ihr Ding gewesen.

Ich wollte nicht, dass es so war. Aber im Moment fiel mir auch keine bessere Lösung ein. Ich musste auch diese Möglichkeit in Betracht ziehen. Ob ich es wollte oder nicht.

»Ich will, dass ihr Sick überwacht. Ich muss wissen, ob sie für die Sache verantwortlich ist. Findet raus, ob sie mit Chad unter einer Decke steckt.« Allgemeine Überraschung schlug mir entgegen. Allerdings war ich auch nicht in der Stimmung, das zu erklären. »Seid einfach vorsichtig dabei und lasst euch nicht von ihr erwischen.«

13

Mary Jane

Eine Woche lang hörte und sah ich nichts von ihm. Und zwar wirklich nichts. Nicht mal zufällig. Wes schien wie vom Erdboden verschluckt.

Anfangs dachte ich mir noch nichts dabei. Zumindest redete ich mir das ein, während ein mieses Gefühl an mir zu nagen begann, das jedoch stärker wurde, je mehr Zeit verstrich.

Irgendwann ertappte ich mich dabei, dass ich meinen Wagen in die Straße lenkte, in der er wohnte. Es kostete mich eine Menge Nerven, mich anschließend dazu zu bewegen, *nicht* bei ihm vorbeizufahren, sondern vorher wieder abzubiegen.

Danach konnte ich es nicht mehr ignorieren. Wes' Verschwinden verletzte mich. Etwas, womit ich so nicht gerechnet hätte.

Dann wurde ich wütend. Wütend, weil er es geschafft hatte, mir unter die Haut zu gehen. Wütend darüber, dass es ihn ganz offensichtlich einen Scheiß interessiert hatte. Er hatte die Neue gevögelt und sich anschließend aus dem Staub gemacht. Ich war nun wohl ganz offiziell eine Kerbe in seinem Bettpfosten.

Der erste Krüppel von einem Baum im Garten fiel, als ich darüber nachdachte, wie viele Frauen er seitdem wohl gefickt hatte. Der zweite Baum ging zu Boden, als ich mir bewusst machte, dass ich verarscht worden war … und dass ich mich ganz offensichtlich hatte verarschen lassen.

Ich hätte es besser wissen müssen. Die Biker, die ich aus Portland zumindest flüchtig kannte, besaßen eine Sexualmoral, gegen die selbst ich wie die Jungfrau Maria aussah. Frauen waren schmückendes Beiwerk oder einfach etwas, das man benutzen konnte.

Toll, Sick. Das hast du wirklich gut gemacht. Wieso hatte ich eigentlich erwartet, dass es ausgerechnet bei ihm anders wäre?

Weil er heiß genug war, dass er nur mit dem kleinen Finger winken musste, um eine Frau zu bekommen? Weil er ja *ach so vertrauenswürdig* bei unserer ersten Begegnung gewirkt hatte? Weil ich genau dieser Typus Frau war, mit dem man es ernst meinte?

Der dritte Krüppelbaum fiel bei diesem letzten Gedanken und wutentbrannt warf ich die Axt in das wild wuchernde Gras, als ich mit meiner freien Hand über mein Gesicht rieb und Feuchtigkeit darauf fand, die ich leider nicht damit erklären konnte, dass ich in der brütenden Hitze mit einer Axt durch meinen Witz von einem Garten rannte.

Super. Jetzt mutierte ich auch noch zur Heulsuse.

Ich konnte mich nicht mehr daran erinnern, jemals in meinem Leben so viel geheult zu haben. Als Kind vielleicht, aber das hatte man mir ziemlich schnell ausgetrieben gehabt. Und später hatte ich gar keine Möglichkeit mehr dazu bekommen. Tränen waren ein Luxus, der Frauen vorbehalten war, die mit Cocktailkleidchen und lächerlichen Stöckelschuhen in Bars rumhängen konnten. Ich hatte für so etwas einfach keine Zeit.

Es musste an der Luft in diesem verdammten County liegen. Ganz bestimmt nicht an dem Kerl.

Meine Wut reichte aus, um die drei gefällten Krüppel zu Brennholz zu verarbeiten. Nicht, dass ich das in absehbarer Zeit brauchen würde. Selbst im Winter sanken die Temperaturen hier selten unter zehn Grad. Aber die körperliche Arbeit half mir, die Gedanken zur Seite zu schieben und weitere Tränen zu verhindern, als ich am Abend ins Bett ging. Irgendwann war ich einfach zu erschöpft, um noch die Kraft für unsinnige Tränen zu haben.

Ich hatte bekommen, was ich wollte. Eigentlich sollte ich daher zufrieden sein. Ich hatte mit diesem verfluchten Biker ins Bett gewollt und ich war mit ihm im Bett gewesen. Mehrfach sogar. Was war also mein verdammtes Problem?

Vor wenigen Tagen hatte ich noch Panik geschoben, weil er sich in mein Leben hatte drängen wollen. Jetzt war ich verletzt, weil er es nicht tat? Ich sollte dankbar sein, immerhin hatte ich nun eine Sorge weniger.

Trotzdem hörte es einfach nicht auf, weh zu tun.

Wes

Der Doc hatte mich eiskalt belogen. Das wurde mir klar, als mein Arm bereits nach zehn Tagen wieder fast wie neu war. Und kurz war ich versucht, ihm den Hals umzudrehen, als ich ihn darauf ansprach und seinen triumphierenden Blick bemerkte.

»Als Arzt kennt man seine Patienten irgendwann. Und wenn ich dir vier Wochen sage, weiß ich, dass du dich zumindest zwei davon an meine Anweisungen halten wirst«, hatte er auf meine Nachfrage hin gemeint und sich grinsend zurückgelehnt.

Nur weil ich es an seiner Stelle genauso gemacht hätte, hieß das noch lange nicht, dass ich es witzig fand, wenn es andersherum war. Das war vermutlich der Nachteil, wenn die Menschen um einen herum einen viel zu gut kannten. Man wurde hoffnungslos ausgetrickst – natürlich nur zum eigenen Besten.

Die ganze Zeit über hatte ich mich von allem zurückgezogen. Selbst den Freitag Abend im Clubhaus hatte ich ausfallen lassen. Ich hatte nicht mal eine Erklärung geliefert. Ich war einfach nicht aufgetaucht und hatte es Chad überlassen, seine Rückschlüsse daraus zu ziehen.

Um ein Zeichen zu setzen.

Jetzt war es an der Zeit, die ganze Sache eskalieren zu lassen. Chads dritter missglückter Mordversuch hatte es unmöglich werden lassen, weiterhin still zu bleiben und zu versuchen, die Sache im Verborgenen zu regeln. Für jeden von uns.

Nach besagtem Abend tauchten sie bei mir auf. Alle. Zunächst vereinzelt, dann in kleinen Gruppen. Und am Ende der zweiten Woche verspürte ich Scham, wenn ich daran dachte, wie sehr das Verhalten Chads und meines Vaters dazu geführt hatte, dass ich diesen Männern misstraut hatte.

Wir waren Brüder. Einige von ihnen hatten mich aufwachsen sehen. Wir hatten eine Menge Scheiße miteinander durchgemacht. Von Schwierigkeiten mit anderen Clubs, über die üblichen Probleme, die unsere weniger legalen Aktivitäten mit sich brachten, bis hin zu familiären Tragödien. Wir hatten alles zusammen durchgestanden. Todesfälle, Hochzeiten, Aufnahme neuer Clubmitglieder, Geburten, Krankenbesuche … einfach alles.

Jetzt konnte ich keinem anderen als mir selbst den Vorwurf machen, dass mein Vertrauen gelitten hatte. Sie hatten mir keinen Grund dazu geliefert. Stattdessen waren sie da. All jene, die zuvor geschwiegen hatten. Weil sie selbst nicht gewusst hatten, was sie tun sollten.

Und keiner von ihnen wollte erleben, dass Chad als President auf Monroes Beerdigung in drei Tagen stand.

Das waren wir Monroe und seiner Frau schuldig. *Ich* war es den beiden schuldig.

Wir hatten es tatsächlich geschafft, einen Arzt dazu zu bekommen, einen Totenschein mit *natürlicher Todesursache* auszustellen, trotz der zwei Löcher in Monroes Brustkorb. So konnten wir unseren Bruder wenigstens offiziell beerdigen und mussten ihn nicht irgendwo in den Sümpfen bestatten. Seit *unser* Doc seine Zulassung verloren hatte, waren solche Dinge erheblich schwieriger geworden.

Es war ungewöhnlich still, als ich das Clubhaus betrat. Obwohl ich es selbst initiiert hatte, irritierte es mich im ersten Moment. So hatte ich es hier selten erlebt. Keine Musik, nur ernste, verschlossene Mienen, denen die innere Anspannung deutlich anzusehen war, und die eine oder andere Waffe, die alles andere als verdeckt getragen wurde. Man rechnete nicht nur mit allem, man war auch zu allem bereit. Und obwohl ich hoffte, dass es nicht dazu kommen würde, war es ein gutes Gefühl.

Fast dreißig Personen hatten sich hier eingefunden. All jene, die sich an mich gewandt hatten. Jene, deren Loyalität ungebrochen war – dem Club gegenüber – und ich nickte ihnen knapp zu, ehe ich mich auf eine Couch am Rand setzte.

Chad würde kommen. Dafür hatte ich gesorgt.

Chad tauchte pünktlich eine halbe Stunde später auf. Zusammen mit Silent. Um ihn nicht vorzuwarnen, hatte ich alle ihre Maschinen abseits vom Clubhaus und damit außer Sicht parken lassen. Er musste also im ersten Moment davon ausgegangen sein, dass wir allein hier wären. Es war Freitag Vormittag, wer keinen Job auf dem Schrottplatz hatte, ging normalerweise anderer Arbeit nach.

»Hallo Chad.«

Die Verblüffung war ihm deutlich anzumerken, als er in den Raum kam. Dann verengten sich seine Lider, als er mich auf der Couch ausmachte. Ich schenkte ihm ein wenig freundliches Lächeln.

»Ich dachte, du hattest mit mir reden wollen.« Sein Tonfall klang frostig und die Kiefermuskeln traten deutlich hervor, als ich mich betont langsam von der Couch erhob.

»Das ist richtig.« Ich ließ ihn zappeln und mit einiger Genugtuung konnte ich beobachten, dass die Situation ihn merklich aus dem Konzept brachte. Seine Hände ballten sich zu Fäusten, lockerten sich wieder, als wollte er sich dazu zwingen, sich wieder zu entspannen, und immer wieder glitt sein Blick über die reglosen Mienen der übrigen Anwesenden.

»Warum wolltest du mich sprechen?«

»Kannst du dir das nicht denken?« Nein, mein Lächeln wurde auch jetzt nicht eine Spur freundlicher. Und in Chads Gesicht konnte ich sehen, wie sein Ärger über mein Verhalten wuchs.

»Hör auf, deine Spiele mit mir zu spielen, Wes.«

Ich war mir sicher, dass mein darauffolgendes Heben einer Braue in etwa das war, was Chad gerade meinte.

»Ich bin mir nicht sicher, wer von uns beiden hier Spiele spielt, Chad.«

Nun bröckelte auch der Rest seiner kümmerlichen Selbstbeherrschung.

»Was erlaubst du dir? Hast du vergessen, mit wem du hier sprichst?«

Ich seufzte demonstrativ und warf einen kurzen Blick in die Runde, ehe ich an Silent hängen blieb, der mit verschränkten Armen und ausdrucksloser Miene neben Chad stand. Er war einer der wenigen, die in den vergangenen beiden Wochen nicht bei mir aufgetaucht waren. Nach wie vor war ich unschlüssig, was ich davon halten sollte. Ich kannte Silent seit fast zehn Jahren. War es so, wie es gerade aussah?

»Mit dem ehemaligen President.«

Chad lief wie auf Kommando rot an. Sein Mund öffnete sich und ich war mir sicher, dass er gerade nichts Nettes in meine Richtung hatte brüllen wollen, als Silent seine Pranke schwer auf dessen Schulter fallen ließ.

Ich verbiss mir ein diesmal wirklich amüsiertes Grinsen, als Chad zu Silent aufsah, der ihn locker um einen halben Kopf überragte und ihn mit dem Zeigefinger der anderen Hand anwies, seine Kutte auszuziehen.

Es war durchaus faszinierend, was Silent alles ausdrücken konnte, ohne dabei auch nur ein Wort zu verlieren. Und es tat gut zu wissen, dass er auf unserer Seite stand.

»Du kannst das jetzt selbstverständlich kompliziert machen«, fügte ich hinzu, als Chad sich nicht rührte. »Aber das würde lediglich dazu führen, dass ich sie dir abnehme. Ich habe übrigens nichts dagegen, dir dabei den einen oder anderen Knochen zu brechen. Du entscheidest.«

Ich gab zu, dass ich ein wenig enttäuscht war, als Chad wenige Sekunden später tatsächlich die Kutte auszog. Ich hätte nichts dagegen gehabt, ihm dabei behilflich zu sein.

»Du hast zwei Tage, um von hier zu verschwinden.« Chads Wut brodelte so dicht unter der Oberfläche, dass ich mir kurz nicht sicher war, ob er mich nicht trotz der Lage, in der er steckte, angreifen würde. Abschätzend ging sein Blick über die Anwesenden, ehe er mich erneut ansah. Wenn Blicke töten könnten, wäre ich jetzt mausetot.

»Das wirst du bereuen, Wes.«

»Achtundvierzig Stunden. Ab jetzt.«

Man hätte eine Stecknadel fallen hören können in der gespannten Stille, die sich daraufhin zwischen uns breit machte. Jeder von uns wartete darauf, dass irgendetwas geschah.

Aber es kam nichts. Nach Sekunden, die sich wie Minuten angefühlt hatten, drehte Chad sich einfach auf dem Absatz um und verließ wortlos das Gebäude.

Die Stille im Raum hielt sogar noch an, als Chads Maschine in der Ferne verklungen war. Jedem von uns war bewusst, dass dies erst der Anfang war. Nicht das Ende.

Chad würde sich nicht kampflos aus dem Staub machen und das hier war keine Schulhofkabbelei gewesen. In den kommenden Tagen würde sich zeigen, wer mit ihm verschwand und wer nicht. Und wie fest er mit dem Chapter in New Orleans tatsächlich verknüpft war.

Ich legte meine Hand dafür ins Feuer, dass das komplette Ding auf seinem Mist gewachsen war und in den nächsten Wochen die Hölle losbrechen würde. Wenn mich nicht alles täuschte, war New Orleans sein Versuch, den Waffenhandel im County und weit darüber hinaus an sich zu reißen. Er würde damit jetzt nicht einfach aufhören.

Ein Sturm zog auf. Es war an der Zeit, die Gartenstühle reinzuholen.

»Das gehört dann wohl jetzt dir.«

Es war Silent, der plötzlich ungewöhnlich redselig vor mir stand und mir etwas Schwarzes unter die Nase hielt. Das Patch, das Chad bis vor wenigen Minuten noch als President ausgewiesen hatte. Doch als ich danach greifen wollte, zog er es weg und schüttelte grinsend den Kopf.

»Kutte her.«

Als ich diesmal in die Runde sah, grinsten auch die übrigen und ich sah Pinhead, der mit verschränkten Armen entspannt gegen den verwaisten Tresen lehnte, nicken.

»Das hätten wir viel früher machen sollen. Viel Spaß mit Nadel und Faden.«

Ich konnte mich nicht so recht entscheiden, ob das Gefühl, das in mir aufkam, als ich meine Kutte auszog und Silent überreichte, ein *Nach Hause kommen* war oder Stolz. Oder beides zusammen.

Das war wohl gerade einer der angespanntesten Momente, die der Club in den zurückliegenden Jahren erlebt hatte. Aber die Freude war echt, als Silent das *Vice-Patch* abtrennte und es unbeachtet zu Boden segelte. Gratulationen, Jubel … alles brandete im gleichen Moment auf und ich verlor den Überblick, wer mir am Ende gerade auf die Schulter klopfte oder mich umarmte. Jemand drehte die Musik auf und als ich von irgendwoher ein Bier in die Hand gedrückt bekam, hob ich amüsiert die Schultern. Irgendwo auf dieser Welt war es bestimmt gerade fünf Uhr.

14

Mary Jane

Nachdem auch die zweite Woche ohne jegliches Lebenszeichen von diesem verfluchten Biker verstrichen war, war ich an dem Punkt angekommen, dass ich meine eigene Lüge glaubte: Wesley Rivers interessierte mich einen Scheiß. Und es tat mir auch nicht weh, dass er sich so vollkommen in Luft aufgelöst zu haben schien, dass man sich nicht mal mehr zufällig begegnete. In einer Kleinstadt. Mit zweitausend Einwohnern.

Natürlich hatte ich mitbekommen, dass irgendwas vor sich ging. Denn auch ich musste einkaufen gehen und in einem so überschaubaren Ort war es wohl eine Selbstverständlichkeit, wenn der neueste Klatsch und Tratsch auf offener Straße getauscht wurde. Da schien es auch niemanden zu stören, dass *die Fremde* es mitbekam, weil es eben nur diesen einen verdammten Supermarkt gab.

Ich sollte künftig im nächsten County meine Einkäufe tätigen. Das würde vermutlich meine neuerdings viel zu empfindlichen Nerven schonen.

Da ich aber stur war – oder dumm, ich wollte mich da nicht festlegen –, fuhr ich auch weiterhin nach Rome und lauschte. Mehr oder minder freiwillig.

Es hatte einen Toten gegeben. Irgendwie schien nicht mal die Oma vor mir an der Kasse zu glauben, dass es ein normaler Todesfall gewesen sein könnte.

Der ganze Ort schien sich wie ein ausgehungertes Tier auf diese Geschichte zu stürzen und kurz spürte sogar ich die Faszination, die von diesen wilden Spekulationen ausgingen. Bis ich mich selbst dabei erwischte, wie ich darüber sinnierte, ob es einen Zusammenhang zwischen Wes' Verschwinden und dem toten Biker gab.

Dann schob ich es jedoch wieder von mir. Es brachte mich absolut nicht weiter, mir darüber den Kopf zu zerbrechen. Der Scheißkerl hatte sich aus dem Staub gemacht. Die Gründe dafür waren nachrangig. Trotzdem kaufte ich mir am Ende eine Zeitung und starrte auf die halbseitige Todesanzeige darin.

Die Beerdigung war für Montag Mittag angesetzt.

Am Montag Morgen stieg ich in meinen Wagen und fuhr nach Jackson zum Sightseeing.

Wes

Es wurde eine wunderschöne Beerdigung. Und gleichzeitig die Hölle.

Natürlich war mir klar, dass Menschen starben. An vielen Dingen. Manchmal auch wegen des Jobs. Das alles war mir nicht neu. Es war definitiv auch nicht die erste Beerdigung, auf der ich stand. Aber ich ertrug es nicht, Sally und Rachel am Grab stehen zu sehen, wohl wissend, dass das alles hätte verhindert werden können. Dass *ich* es hätte verhindern können.

Monroe war sinnlos gestorben. Und es gab nichts, was ich sagen oder tun konnte, um das ungeschehen zu machen. Oder um seiner Frau und seiner Tochter den Schmerz zu nehmen.

»Er wusste, welches Risiko er einging, Wes. Wir alle wussten es.«

Ich hatte nicht mitbekommen, dass die Gesellschaft sich gerade aufzulösen begann, um zurück zum Clubhaus zu fahren.

Doch plötzlich stand Sally vor mir und ihr Anblick schnürte mir die Luft ab.

»Es hätte nie so weit kommen dürfen.«

Ihr trauriges Lächeln brachte meinen Magen zum Verkrampfen und ich ließ es geschehen, als sie sich bei mir einhakte und Richtung Friedhofsausgang zog.

»Sei nicht so hart zu dir, Wes. Niemand hätte das wissen können.«

Ich wollte ihr widersprechen. Wollte ihr ins Gesicht sagen, dass sie falsch lag. Dass sie alle falsch lagen. Ihr Blick, die Trauer und das Verständnis darin, ließ mich dann jedoch innehalten.

»Es tut mir so unendlich leid, Sally. Du weißt, dass du nur etwas sagen musst, wenn du was brauchst?«

Auf halbem Weg blieb sie plötzlich stehen und wandte sich mir wieder zu. Die braun gefärbten Haare streng aus dem Gesicht gekämmt, waren die vielen Falten um ihre hellen Augen nicht zu übersehen. Lachfalten. Aber in ihren Augen glitzerten Tränen.

»Das weiß ich«, erwiderte sie heiser und ich hielt sie fest, als sie die Arme um mich schlang.

»Er hat dich geliebt, weißt du?« Als sie den Kopf hob, war ihr Make-up verlaufen, aber sie lächelte, den Blick in die Vergangenheit gerichtet. Und auch ich lächelte, während ich an meine Kindheit zurückdachte.

»Das weiß ich.«

Stunden später ging es mir immer noch nicht besser. Die drückende Stimmung der Trauerfeier hatte einen bitteren Geschmack bei mir hinterlassen. Genauso, wie der Punkt, der noch vor mir lag.

Jag.

Mit Chads Verschwinden waren noch weitere Männer wortlos verschwunden. Damit hatte ich gerechnet. Jag hingegen hatte nicht zu ihnen gehört. Aber nicht mal Stoned, den ich inzwischen zum Vize gemacht hatte, hatte protestiert, als ich erklärte, dass ich ihn nicht mehr im Club haben wollte. Jag war sein Onkel, sein letztes noch lebendes Familienmitglied. Und es war ihm anzusehen, dass meine Entscheidung ihn hart traf. Genauso hart, wie der Vertrauensbruch.

Wir hatten uns darauf verständigt, damit bis nach der Beerdigung zu warten. Und das war exakt jetzt.

Ich folgte Jag, als er sich verabschiedete und nach draußen zu seinem Bike ging. Und ich legte eine Hand auf seine Schulter, noch ehe er aufsteigen konnte.

»Wir müssen reden.«

Resignation stand in seinem Blick, als er sich zu mir umwandte. Er wusste, was kommen würde. Kommen musste. Vielleicht war er nie so tief in Chads Angelegenheiten verstrickt gewesen, dass er das gesamte Spielfeld hatte überblicken können. Aber er war dabei gewesen. Er hatte *gewusst,* auf was er sich eingelassen hatte.

»Ich habe nie jemandem schaden wollen, Wes.«

Ich nickte. Das war mir durchaus klar. Aber es änderte nichts.

»Ich habe dich gesehen, als ihr euch mit New Orleans getroffen habt.«

Jag war dreißig Jahre älter als ich. Falten hatten sich tief in sein Gesicht gegraben und eine fast verblasste weiße Narbe hob sich von seiner gebräunten Wange ab. Eine Narbe, die er aus seiner Zeit bei der Navy zurückbehalten hatte. Kurz bevor er vom *Judge Advocate's General Corpse*, dem er seinen Namen verdankte, für sechs Monate eingebuchtet worden war. Warum hatte er nie jemandem erzählt. Allerdings hatte auch nie jemand danach gefragt.

Die Zeit bei der Navy hatte ihn nicht gebrochen. Jetzt stand er mit hängenden Schultern vor mir und wirkte um einiges älter als die etwas mehr als sechzig Jahre, die er tatsächlich zählte.

»Warum?«

»Geld?« Er gab sich keine Mühe, sich rauszureden. Etwas, wofür ich ihn fast schon wieder bewunderte.

Jag arbeitete auf dem Schrottplatz. Als einfacher Angestellter. Er hatte immer nur bedingt mit dem Waffenhandel zu tun gehabt. Und seit er zu alt war, um Aufgaben zu übernehmen, die zusätzlich entlohnt wurden, war sein Einkommen noch weiter gesunken. Ich wusste, dass er zwei Kinder hatte. Kinder, die nicht bei ihm lebten und von denen eines in Missouri aufs College ging.

»Du hättest etwas sagen können.«

Der Blick, mit dem er mich daraufhin bedachte, wurde spöttisch.

»Das habe ich, Wes. Dein Vater hat nicht zugehört.« Bei seinen Worten verkrampfte sich mein Kiefer.

Vielleicht hatte mein Vater zugehört, aber die angeschlagenen Finanzen hatten es ihm nicht ermöglicht. Vielleicht hatte er aber auch tatsächlich nicht zugehört, als Jag um Hilfe gebeten hatte. Zuzutrauen wäre meinem alten Herrn beides gewesen. Es spielte jedoch keine Rolle mehr. Die Dinge waren geschehen. Jeder hatte seine Entscheidungen getroffen. Nichts davon war mehr zu ändern.

»Es tut mir leid, Jag.« Ich meinte es vollkommen ernst.

Der alte Mann nickte und entrang sich ein gequältes Lächeln.

»Du weißt, was jetzt kommt.«

Er nickte. »Im Guten?«

Stumm sah ich dabei zu, wie er seine Kutte auszog und sie mir hinhielt. Mit steifen Fingern nahm ich sie ihm schließlich ab, ehe ich es schaffte zu nicken.

»Im Guten.«

Ich sah ihm nach, als er sich auf sein Motorrad setzte. Und ich ging einen Schritt zurück, als er es startete und kurz darauf vom Hof rollte.

Erst danach warf ich einen Blick zurück zum Haus. Stoned stand auf der Veranda, sein Gesicht zur Maske erstarrt. Nein, für keinen von uns war das eine einfache Entscheidung gewesen.

Ich nickte ihm zu, dann ging ich zu meiner eigenen Maschine und wohl zum ersten Mal in meinem Leben spürte ich Erleichterung, als ich das Clubhaus hinter mir ließ.

Ich fuhr, bis die Sonne unterging, vermied dabei die Interstate, fuhr über Schleichwege, Dörfer und immer weiter gen Süden. Bis die Kälte des Fahrtwindes in meinen Körper kroch und das Denken langsam weniger wurde. Ich brauchte die Ruhe. Die Einsamkeit, in der nichts mehr von Bedeutung war. Und ich begrüßte die Kälte, die meine Finger taub werden ließ und meinen Körper dumpf.

Erst kurz vor Biloxi machte ich kehrt.

Zwei Wochen lang hatte ich mich von allem ferngehalten. Auch von Mary Jane. Zwei Wochen, in denen ich sie hatte beobachten lassen. Mit dem Ergebnis, dass es nichts zu geben schien, was sie mit Chad verband. Irgendwo tief in mir hatte ich das gewusst. Oder gehofft. Aber ich hatte mir nicht sicher sein können, bis Chad tatsächlich mit Ablauf der Frist aus dem County verschwunden war und die kleine Kratzbürste nach wie vor eifrig auf ihrem Grundstück werkelte.

Das Sickgirl war eine komplizierte Mischung aus Geheimnissen in einer verdammt harten Schale. Sie trug ihre spröde Art vor sich her wie einen Schutzschild. Dahinter lag eine zutiefst verletzte Frau. In jener einen Nacht, die sie bei mir verbracht hatte, hatte ich einen kleinen Einblick in dieses Wesen erhalten, das um einiges zerbrechlicher war, als sie bereit war, auch nur vor sich selbst zuzugeben. Auf jene Mary Jane, die sie hinter dem Sickgirl zu verbergen versuchte.

Sie war eine Herausforderung. Eine lebende, atmende Kampfansage. Ihre kratzbürstige Art provozierte mich, brachte meine Nervenbahnen zum Knistern und weckte in mir den Wunsch, sie immer weiter aufzustacheln. Um das wütende Funkeln in ihren dunklen Augen zu sehen. Sie hingegen im Arm zu halten und zuzusehen, wie sie schlief, weckte eine Zärtlichkeit in mir, die mir den Atem raubte.

Mary Jane Peasley war mir vom ersten Moment an unter die Haut gegangen. Etwas, das vor ihr keine andere Frau geschafft hatte. Ihr wechselhaftes Wesen berührte etwas in mir, das viel zu lange brach gelegen hatte.

Es war nicht so, dass ich die Freiheit liebte, die ich in den zurückliegenden Jahren in vollen Zügen genossen hatte. Vielmehr war es so, dass ich nie einer Frau begegnet war, die diesen Teil von mir angesprochen hatte. Bis sie in jener Nacht mit geladener Schrotflinte vor mir gestanden hatte.

Es war an der Zeit, zu ihr zurückzukehren.

Mary Jane

Natürlich hörte ich das Motorrad, das lautstark auf mein Grundstück fuhr. Und natürlich wusste ich auch, wer mich da gerade aufsuchte. Aber entgegen der vorangegangenen Male weigerte ich mich, ihm entgegen zu kommen. Stattdessen klammerte ich mich an meine Wut auf diesen verdammten Biker, der gerade gegen meine Tür klopfte, nachdem ich das Klingeln ignoriert hatte.

»Mach die Tür auf, Sick.« Seine Stimme drang nur gedämpft durch das Holz und kurz war ich versucht, den Fernseher einfach lauter zu drehen, um meine Ruhe zu haben. Dann jedoch musste selbst ich einsehen, wie kindisch das wäre.

Ich wollte ihn nicht sehen. Wollte den Mann nicht wiedersehen, dem ich viel zu viel von mir verraten hatte. Aus einer Schwäche heraus. Nur um dann zu erleben, wie er sich einfach verpisste, nachdem er mir weisgemacht hatte, dass er es ernst meinte. Ich wollte nicht, dass er mitbekam, wie sehr mich sein Verhalten verletzt hatte.

Denn das hatte es. Die eiskalte Killerin. Die Wahnsinnige. Sie war verletzt. Weil sie jemanden an sich hatte herankommen lassen, der es nicht wert gewesen war.

»Verschwinde, verfluchter Biker!« Ich brüllte gegen das Trommeln an meiner Tür an, was ihn sich endlich unterbrechen ließ.

»Wenn du mich anschreien willst, dann mach das ohne eine beschissene Tür zwischen uns.«

»Ich will dich nicht sehen.« Noch immer bewegte ich mich kein Stück auf der Couch. Stattdessen zog ich die Beine dichter an mich, bis meine Knie fast auf Augenhöhe waren.

»Du lügst.«

Arschloch. »Verschwinde!«, rief ich trotzig zurück, während ich jedoch tatsächlich den Drang ignorieren musste, aufzustehen und die Tür zu öffnen.

Ich wollte ihn wirklich anschreien. Auf ihn einschlagen, weinen und mich von ihm trösten lassen. Es war aberwitzig, aber das Gefühl hielt sich hartnäckig. Und es ließ meine Wut auf ihn noch weiter steigen.

»Ich trete dir auch die Tür ein, Sick.« Selbst durch das Holz hindurch konnte ich seine Erheiterung hören und mit einem Satz kam ich auf die Beine, blieb dann jedoch unschlüssig stehen.

»Drei.«

Ich machte einen Schritt in Richtung Tür.

»Zwei.«

Überrascht merkte ich, dass ich plötzlich vor der Tür stand. Und ich hatte die Hand schon fast an der Klinke, als ich innehielt.

»Eins und ich weiß, dass du hinter der Tür stehst.«

Ich lief knallrot an und riss die Tür auf.

»Braves Mädchen.«

Meine Hand landete in seinem Gesicht.

»Geht es dir jetzt besser?« Er gab sich keine Mühe, seine Belustigung vor mir zu verbergen.

»Nein.« Ich ertappte mich, wie ich dabei auf meine Füße starrte.

Seine Finger unter meinem Kinn zwangen mich schließlich dazu, wieder zu ihm aufzusehen. Mein Handabdruck zeichnete sich rot auf seiner Wange ab, aber ich weigerte mich, ein schlechtes Gewissen deswegen zu bekommen.

»Du bist sauer.«

Ich wich einen Schritt zurück, verschränkte die Arme vor der Brust und hob die Schultern. Er hatte keine Frage gestellt. Es war überflüssig, ihm eine Antwort zu geben.

»Du hast gedacht, ich lass dich sitzen.«

Wieder hob ich lediglich die Schultern, während ich meinen Blick über ihn gleiten ließ. Trotz der Temperaturen steckte er in einer Lederjacke, offen über einem schwarzen Tankshirt. Die unvermeidliche Kutte obendrüber und ich runzelte die Stirn, als ich auf Herzhöhe hängen blieb. Da stand nicht mehr *Vice* auf dem Patch. Offensichtlich war so einiges in den zurückliegenden Wochen geschehen, worüber mich der Klatsch im Ort nicht informiert hatte.

Warum auch immer, es beruhigte meine funkensprühenden Nerven ein wenig. Es hatte einen Grund gegeben, aus dem er so lange verschwunden gewesen war.

»Man macht sich nicht einfach aus dem Staub, Wes.« Bittere Galle stieg in meinen Mund, als ich etwas begriff, kaum dass ich die Worte ausgesprochen hatte. Worte, die mir nur all zu vertraut waren: Jensen hatte sie bei mehr als einer Gelegenheit zu mir gesagt.

Ich hatte es damals nicht einen Deut besser gemacht. Wann immer ich einen Job zu erledigen hatte, hatte ich einfach meine Tasche gepackt und war verschwunden. Ich hatte ihm nie gesagt, wohin ich ging. Oder wie lang.

Erst jetzt begriff ich, wie sehr ihn das verletzt haben musste. So sehr, wie es mich gerade verletzte.

Schweigen hing zwischen uns wie eine Gewitterwolke zur Regenzeit. Da waren viel zu viele Dinge, die zwischen uns unausgesprochen waren. Die *ich* nicht ausgesprochen hatte. Er wusste darum. Das konnte ich in seinen Augen sehen.

»Warum fällt es dir so schwer zu vertrauen?«

Ich erstarrte. Da war sie. Die Frage, die ich nicht beantworten wollte. Aber die ich würde beantworten müssen. Stumm sah ich ihn an, während meine Gedanken sich plötzlich überschlugen. Wo sollte ich anfangen? Wo konnte ich überhaupt anfangen? Ich war nicht bereit, ihm so viel zu erklären. Noch nicht. Vielleicht nie.

Dass ich zu lang geschwiegen hatte, erkannte ich, als er fortfuhr.

»Gibt es überhaupt einen Menschen, dem du vertraust?«

Ein Bild überlagerte plötzlich die Realität. Das Bild eines Mannes. Milans.

»Ja.« Der heisere Klang meiner eigenen Stimme jagte mir einen Schauer über den Rücken. Mein Puls raste, dabei war doch gar nichts geschehen …

»Erzähl mir von ihm.«

Etwas schnürte mir die Kehle zu und ich schluckte, zwang mich dann jedoch zum Reden. Irgendetwas in mir *wollte,* dass ich ihm davon erzählte.

»Mein Boss. Er hat mich von der Straße geholt. Mir ein Zuhause gegeben. Ein Dach über dem Kopf. Essen.« Jedes Wort war ein Kampf gegen den Knoten in meinem Hals. Etwas zog mich dabei in die Tiefe, drängte danach, ihn rauszuschmeißen, auf ihn loszugehen. Stattdessen blieb ich mit verschränkten Armen stehen, um mich genau davon abzuhalten. Ich war verdammt schlecht darin, über mich zu reden.

»Wie lang ist das her?«

»Fünfzehn Jahre.«

»Was hat er dafür verlangt?« Wes' Gesichtsausdruck ließ keinen Rückschluss auf seine Gedanken zu und Tränen brannten in meinen Augen, als ich mich an jene Zeit erinnerte.

»Nichts.« Meine Stimme brach, als mir diese einfache Wahrheit zum ersten Mal bewusst wurde.

Milan hatte nie irgendetwas von mir verlangt. Er hatte nicht mal Fragen gestellt. Ich war es, die entschieden hatte, in seinen

Dienst zu treten. Es war meine Art gewesen, zumindest einen Bruchteil dessen zurückzugeben, was er für mich getan hatte. Im ersten Moment hatte Milan, der zu dem Zeitpunkt gerade die Geschäfte seines Vaters übernommen hatte, sogar gezögert.

Du weißt, dass ich das nicht von dir verlange? Er hatte erst nachgegeben, als ich daraufhin genickt hatte.

Als Milan mich in jener Nacht im Müllcontainer gefunden hatte, war er selbst erst einundzwanzig Jahre alt gewesen. Doch schon damals hatte er erheblich reifer gewirkt. Ich hatte nie herausgefunden, warum er das getan hatte. Der Kronprinz der Familie Zivanovic. Damals noch der Enforcer seines Vaters. Des mächtigsten Mannes der organisierten Kriminalität Portlands. Die Familie Zivanovic kontrollierte nahezu alles: den Drogenhandel, das Wettgeschäft, die Prostitution. Sein Vater führte sein Imperium mit eiserner Hand. Wer gegen seine Regeln verstieß, machte Bekanntschaft mit seinem ältesten Sohn. Milan.

Ich hatte keine drei Wochen gebraucht, um zu erfahren, dass man ihm bereits in diesem Alter den Beinamen *Henker* gegeben hatte. Umso erstaunlicher war es, dass er mich ohne jegliche Gegenleistung bei sich aufgenommen hatte. Er hatte sich um mich gekümmert, als wäre ich seine kleine Schwester, während sein Ruf ein ganz anderes Bild von ihm zeichnete.

Ich war mit zwei älteren Brüdern aufgewachsen. Aber nie hatte ich jene Zuneigung für sie entwickeln können wie zu jenem ruhigen, ernsten Mann, bei dem ich den größten Teil meines Lebens verbracht hatte.

Er hatte mich nie angefasst. Mich nie geschlagen. Nicht mal angeschrien.

Es war mir schwer gefallen, mich an ein normales Leben zu gewöhnen. Zu der Schule zu gehen, auf der er mich angemeldet hatte. Mich in den Ablauf seines Haushaltes einzufügen. Ich war aggressiv gewesen, psychisch hart angeschlagen. Aber er hatte jede Eskapade von mir einfach ausgehalten.

Milan Zivanovic war der einzige Mensch auf dieser Welt, der meine Loyalität und mein Vertrauen besaß.

Am Ende hatte ich ihn genauso hinter mir gelassen, wie ich alles in meinem Leben zurückgelassen hatte. Auf der Flucht vor mir selbst.

Wes

Ich hatte mit vielem gerechnet, als ich bei ihr aufgetaucht war. Ich hatte sie zwei Wochen ohne jede Erklärung allein lassen. Natürlich war sie wütend. Ich hatte mich auf Streit eingestellt gehabt. Auf Vorwürfe, Geschrei. Nicht jedoch auf die Fassungslosigkeit, die sich nun in ihren Augen spiegelte. Als ob irgendeine Erkenntnis gerade ihr gesamtes Leben auf den Kopf gestellt hatte.

»Wieso hast du auf der Straße gelebt?« Die Fragmente, die sie mir soeben geliefert hatte, hatten nur noch mehr Fragen bei mir aufgeworfen.

Ich wusste, dass ich mich gerade auf sehr dünnem Eis befand. Mary Jane war es nicht gewöhnt, über ihre Vergangenheit zu sprechen. Dennoch hatte ich das Gefühl, dass es keinen besseren Moment als jetzt gab, um damit anzufangen. Sie hatte die Tür einen Spalt breit aufgezogen. Und ich war Schwein genug, meinen Fuß nötigenfalls auch mit Gewalt dazwischenzuschieben.

»Weil ich es Zuhause nicht mehr ausgehalten hatte.« Sie flüsterte mehr, denn dass sie sprach, und ich sah das verräterische Glitzern in ihren Augen.

»Wie alt warst du damals?« Auch ich flüsterte inzwischen, als ob ich so würde verhindern können, dass sie zumachte, wenn ich zu weit ging.

»Als ich weglief? Elf.«

Jede Faser meines Körpers verkrampfte sich bei ihrer erstickten Antwort. Kein Kind der Welt rannte in diesem Alter ohne triftigen Grund einfach davon, um auf der Straße zu leben.

»Warum?« Ich hasste mich dafür, ihr diese Frage zu stellen. Und instinktiv bereitete ich mich darauf vor, dass ihre Antwort mir einen Tiefschlag verpassen würde.

»Weil ich endlich selbst entscheiden wollte, wer mich fickt.«

Ihre Worte schnitten wie ein Messer in meine Eingeweide. Ich hatte es vermutet und befürchtet. Es ausgesprochen zu hören, war jedoch um einiges schlimmer, als ich es mir vorgestellt hatte.

»Halt mich fest, Wes.« Ihre Stimme war hoch und dünn und ich war schon bei ihr, noch bevor sie ihr Flehen beenden konnte.

Ich hielt sie fest, spürte, wie sie die Arme um meine Taille schlang und ihr Gesicht an meiner Brust barg. Sie zitterte am ganzen Leib. Aber sie weinte nicht, während sie in ihren Gefühlen und ihrer Vergangenheit zu ertrinken drohte. Sie gab keinen einzigen Laut von sich, klammerte sich nur mit einer Verzweiflung an mich, die mein Herz in Millionen Teile zerfetzte.

Die kleine Mary Jane war durch die Hölle gegangen. Doch das Sickgirl aus Portland irrte, wenn es glaubte, dass das Mädchen von damals tot war. Mary Jane aus Georgia lebte. Und sie war verdammt schwer verletzt.

15

Mary Jane

Ich wusste, dass ich einen meiner Blackouts gehabt haben musste, als ich mich auf Wes' Schoß wiederfand. Irgendwann hatte er sich augenscheinlich mit mir im Arm auf die Couch gesetzt.

Ich hatte nichts davon mitbekommen. Wieder mal. Wieder mal hatten die Bilder meiner Vergangenheit die Gegenwart überlagert. Das Schreien, das Schluchzen eines Kindes in meinem Kopf. Das Flehen.

Der größte Teil meiner Kindheit lag in gnädiger Dunkelheit. Nur hin und wieder tauchten einzelne Bilder daraus auf. Zerrissen den Schleier von Stabilität, den ich mir im Lauf der Jahre antrainiert hatte. Ich fürchtete diese Momente, die wie eine Urgewalt über mich hereinbrachen und mit nichts zu kontrollieren waren.

Seit Jensens Tod waren sie häufiger vorgekommen. Ich brauchte keinen Psychoklempner, um zu begreifen, dass die Schuld, die ich mir an seinem Tod gab, der Auslöser war.

Mit Schuld kannte ich mich aus. Denn das war das Gefühl meiner Kindheit. Meine Mutter hatte mir die Schuld daran gegeben, was mein Vater mit mir tat. Ich hatte mir die Schuld dafür gegeben, dass er meine Mutter schlug. Dass er mich schlug, weil ich nicht sein konnte, wie er mich wollte. Genauso, wie er mir die Schuld daran gab, dass er die Finger nicht von mir lassen konnte. Bis ich mir schließlich selbst die Schuld daran gegeben hatte.

Ich konnte mich nicht mehr daran erinnern, was genau er alles getan hatte. Diese Erinnerungen schlummerten in der Dunkelheit tief in mir. Aber ich erinnerte mich an das Gefühl. Die Schmerzen. Die Übelkeit. Die Scham. Den Selbsthass. Die Verzweiflung.

Manchmal war es besser, sich nicht an alles erinnern zu können.

Ich war frühreif gewesen, so frühreif, dass es niemandem aufgefallen war, dass ich als Elfjährige nachts durch die Straßen lief. Nur so hatte ich es in dem Alter geschafft, nicht nur von Zuhause abzuhauen, sondern auch mit der Bahn quer durch die USA zu reisen. Ich hatte so viel Welt wie möglich zwischen uns bringen wollen. In Portland war ich schließlich gestrandet. Ich hatte gebettelt, geklaut, hatte unter Brücken und auf Lüftungsgittern geschlafen. Ich hatte in Mülltonnen nach Essen gewühlt … und ich war kurz davor gewesen, auf den Strich zu gehen, als Milan mich fand.

Nur langsam schaffte ich es, mich wieder auf meine Umgebung zu konzentrieren. Der Blackout hatte mich Kraft gekostet. Wie jedes Mal hatte er mich schwach und hilflos zurückgelassen und ein wenig schämte ich mich jetzt dafür. Normalerweise zog ich es vor, in solchen Momenten allein zu sein.

»Du bist ganz kalt.« Ich war mit einer Hand unter seine offenstehende Jacke gefahren, hatte plötzlich das dringende Bedürfnis verspürt, ihm noch näher zu sein. Seinen Herzschlag unter meinen Fingern, seinen Geruch in meiner Nase, die ich fest an seinen Hals gedrückt hatte. Erst jetzt bemerkte ich, wie ausgekühlt sein Körper war, überall dort, wo der meine ihn nicht erwärmt hatte.

»Ich war noch unterwegs.«

Mit gerunzelter Stirn sah ich zu ihm auf, als er im gleichen Moment seine Hand über die meine legte. »Nach der Beerdigung?«

Er nickte und schien zu akzeptieren, dass ich nicht darüber reden wollte, was soeben geschehen war.

»Tut mir leid für dich.«

Seine Hand drückte die meine fester und ein schmerzlicher Ausdruck huschte über sein Gesicht. »Er hat mir damit das Leben gerettet.«

»Willst du drüber reden?«

Es fühlte sich merkwürdig an, diese Frage zu stellen. Eine Frage, die ich noch nie jemandem gestellt hatte. Nicht mal Jensen, bei dem ich plötzlich immer weniger verstand, wie er es so lange mit mir ausgehalten hatte.

»Du willst wirklich alles wissen?« Es war kein Spott in seiner Stimme. Vielmehr ein Necken und mein Herz geriet ins Stolpern, als ich die Wärme darin erkannte, die bewirkte, dass die Dämonen in meinem Kopf langsam leiser wurden. Dann nickte ich langsam. Und ich schloss die Augen und schmiegte mich an ihn, als er zu reden begann.

Als er fertig war, war ich sprachlos. Inzwischen lagen wir nebeneinander auf der Couch, er hatte seine Jacke ausgezogen, den Arm um meine Taille gelegt und ich war unfähig, das Gefühl zu beschreiben, das mich erfasst hatte.

Ich war mir sicher, dass er mir nichts verschwiegen hatte. Nichts von dem, was in den vergangenen beiden Wochen geschehen war, und auch nichts von dem, was zuvor gewesen war.

Jetzt wusste ich, warum er mit dem anderen Typen mitten in der Nacht auf meinem Grundstück aufgetaucht war. Warum er so lange verschwunden gewesen war. Und warum ich mit meinen Fingern über die fast verheilte Wunde in seinem Oberarm streichen konnte.

Ich war mir sehr sicher, dass noch nie ein Mensch mir gegenüber so offen gewesen war. Nicht weil sie es nicht gewollt hatten – Jensen hatte das ganz bestimmt –, sondern weil ich es nie zugelassen hatte. Stattdessen war ich immer weggelaufen, wenn es auch nur danach ausgesehen hatte.

»Versprichst du mir etwas?« Mein Herz raste plötzlich, ich konnte das Zittern in meiner Stimme hören. Und ich schluckte, als er mich daraufhin mit fragend gehobener Braue ansah.

»Lass mich nie wieder zwei Wochen hängen, du Arsch.«

Er grinste und ich verzog nur halb amüsiert die Lippen, als er mir daraufhin mit einer Hand über die Wange strich.

»Das heißt richtig: Lass mich bitte nicht mehr so lange allein. Ich mache mir Sorgen um dich.« Erheiterung lag in seiner Stimme, provozierte mich, doch als ich mich von ihm lösen wollte, rollte er sich plötzlich auf mich und fing meine Hände ein, als ich ihn von mir schieben wollte. Was ungefähr genauso schwierig war, wie das Lachen zu unterdrücken, das in mir aufsteigen wollte.

»Du arroganter …«

Sein Kuss unterbrach mich. Seine Lippen pressten sich auf die meinen, seine Zunge eroberte meinen Mundraum und kurz bäumte ich mich unter ihm auf in der Hoffnung, ihn abzuwerfen.

Dann gab ich nach.

Ich wusste nicht, was dieser Mann an sich hatte, dass er mich nur ansehen musste, um meine Knie weich werden zu lassen. Ich begriff einfach nicht, wie er es immer wieder schaffte, mich erst zu provozieren, um mich dann nach jeder noch so winzigen Berührung von ihm hungern zu lassen.

Aber er tat es. Jedes Mal. Sein Kuss setzte mich in Flammen, ließ mich ihn mit einer Wildheit erwidern, die mir fremd war. Sehnsucht. Ein Gefühl, das mich im gleichen Maße ängstigte, wie es mich anstachelte. Bis ich mich ihm entgegenbog. Bis ich keuchend unter ihm lag, als der Kuss endete, er den Kopf hob und sich suchend im Raum umsah.

»Was hast du vor?« Sofort war mein Misstrauen geweckt. Etwas, das ihm ein kleines Lächeln entlockte.

»Deine nachgiebige Stimmung ausnutzen.«

Mit gerunzelter Stirn blieb ich liegen, als er im gleichen Moment auf die Beine kam und zu der kleinen Ansammlung an Werkzeug rüberging, die nach wie vor im Wohnzimmer nahe der Haustür lag.

Ein flaues Gefühl breitete sich in meinem Magen aus, als er kurz darauf mit einem Verlängerungskabel in der Hand zur Couch zurückkehrte.

»Wes?« Drei kleine Buchstaben, die alle Skepsis ausdrückten, die mich befiel, während ich ihm dabei zusah, wie er das Kabel um den Fuß der Couch schlang.

Dennoch blieb ich, wo ich war, als er zu mir zurückkam und sich neben mich legte, die beiden Enden des Kabels nach wie vor in den Händen.

»Vertraust du mir?«

»Nein.«

Sein Blick besagte deutlich, dass er mit nichts anderem gerechnet hatte. Und ich kniff die Lider zusammen, als er gleich darauf leicht grinste.

»Dann werden wir das jetzt üben.«

Er brauchte keine dreißig Sekunden, um meine Hände einzufangen, über meinen Kopf zu ziehen und das Kabel darumzuwickeln. Trotz meiner Gegenwehr lag ich am Ende keuchend und mit über dem Kopf gefesselten Armen vor ihm auf der Couch. Ich war echt weich geworden.

»Du dreckiger …« Seine Hand legte sich auf meinen Mund, erstickte den Rest meiner Worte und ich sah, wie er leicht den Kopf schüttelte.

»Du musst wirklich an deiner Ausdrucksweise arbeiten.«

Ich schnaubte gereizt, antworten war zurzeit leider keine Option.

Und ich hielt mit klopfendem Herzen still, als ich die Zärtlichkeit in seinem Blick bemerkte.

»Es wird nicht funktionieren, wenn wir nicht lernen, einander zu vertrauen, Mary Jane. Aber ich kann dir noch so viel erzählen oder versprechen. Du wirst es erst glauben, wenn du es erlebst.« Er zwinkerte mir zu und ich schluckte gegen den Knoten an, der bei seinen Worten in meinem Hals entstanden war. Mein Herz raste inzwischen wie nach einem Dauerlauf. Erneut versuchte ich, mich unter ihm herauszuwinden, doch alles, was geschah, war, dass er zwischen meine Beine rutschte und mich mit seinem Gewicht tiefer in die Couch drückte.

»Es gibt nichts, wovor du Angst haben musst.«

Ich hielt still, während ich gleichzeitig das Gefühl hatte, wahnsinnig zu werden. Doch als Wes kurz darauf seine Hand von meinem Mund nahm, blieb ich stumm. Den Blick fest mit dem seinen verhakt, blieb ich unter ihm liegen und versuchte, mein wild pochendes Herz wieder zur Ruhe zu bekommen.

»Mach mich los, Wes.« Meine Stimme klang viel zu heiser und brüchig, als dass ihm entgehen konnte, wie recht er mit seinen Worten gehabt hatte. Ich hatte eine Scheißangst, um genau zu sein. Und sie wurde nicht einen Deut kleiner, als er langsam den Kopf schüttelte.

»Damit du dann genau das tust, was du immer tust? Die Kontrolle behalten, damit niemand die Chance hat, dir nahe zu kommen? Damit *ich* keine Chance habe, dir zu nahe zu kommen?« Erneut schüttelte er den Kopf und ich verbiss mir jegliche impulsive Antwort darauf. »Das mache ich nicht mit, Mary Jane.«

Sein Blick wurde weich und eine Gänsehaut entstand auf meinen Armen, als er eine Hand hob und federleicht mit den Fingern meinen Kiefer entlangfuhr.

»Ich kann verstehen, warum du das getan hast. Du hast dich damit schützen wollen. Ich bewundere die Stärke, mit der du das hinbekommen hast, aber …« Sein Finger legte sich auf meinen Mund, als ich protestieren wollte. »Jetzt ist es an der Zeit, dass du lernst, auch mal schwach zu sein. Mal nicht die Kontrolle zu haben.«

Im ersten Moment war ich nicht in der Lage, ihm darauf eine Antwort zu geben. Schweiß war zwischen meinen Schulterblättern entstanden, mein Herz raste noch immer, aber das Gefühl in meinem Magen erzählte eine andere Geschichte.

Ein Teil von mir war so unendlich müde. Er sehnte sich nach dem, was Wes gerade von mir verlangte.

Dass mein ganzer Körper verkrampft war, begriff ich erst, als ich mich vorsichtig unter ihm entspannte. Noch immer jagte die Angst mir kalte Schauer über die Haut, aber ich wollte es versuchen. Wenigstens das.

Ich hatte nie gelernt, was er gerade von mir verlangte. Aber gerade im Moment sehnte ich mich danach. Nach dem leisen Versprechen, das darin mitschwang.

Nach dem warmen Lächeln, das er mir schenkte, als er spürte, wie ich mich langsam unter ihm entspannte.

Ich schloss die Augen, als er sich langsam herabbeugte. Und ich hielt die Luft an, als seine Lippen die meinen berührten. Vorsichtig, zärtlich.

Es gab keinerlei Geräusch, als irgendetwas in mir zerbrach, dennoch ging dieser Moment wie eine heiße Flut durch meinen gesamten Körper, ließ mich den Rücken durchbiegen, bis ich mich auf den Schultern hochdrücken konnte. Seinem Kuss entgegen. Unsere Zungen trafen sich, als ich meine Lippen öffnete, und ich seufzte unterdrückt, als er daraufhin sein Gewicht auf mir verlagerte, bis ich seinen harten Schwanz fest an meiner Scham spüren konnte. Meine Finger kribbelten, wollten ihn berühren. Die harten Muskeln nachfahren, seine Haut spüren … Doch das Kabel hinderte mich erneut daran, als ich mich instinktiv dagegen stemmte.

Es war ungewohnt, nicht aktiv werden zu können. Und es überforderte mich, dass ich ihm so sämtliche Führung überlassen musste. Führung, die ich im Normalfall nie aus den Händen gegeben hätte. Ich bestimmte, wie der Sex verlief. Egal, wie hart es auch wurde, ich diktierte.

Nervosität stieg in mir auf, als seine Hände an mir hinabglitten, mein Shirt hochschoben und ich seine Lippen wenig später auf dem Mandala an meiner Seite spürte. Auf der Brandnarbe darin.

»Was ist passiert?«

Ich wusste, worauf seine Frage abzielte, und im ersten Moment stockte mein Atem und mein Kiefer verkrampfte. Dann gab ich nach.

»Kochendes Wasser. Ich war neun.« Meine Stimme klang wie nach einem Dauerlauf und ich holte scharf Luft, als eine Hand auf meinen Oberschenkel glitt. Dort, wo der Sensenmann eine identische Narbe überdeckte.

»Ja, da auch.«

Er fragte nicht weiter nach. Als ob er spürte, dass ich noch nicht bereit war, die Frage dahinter zu beantworten. Ich war noch nicht in der Lage, mich jenen Dingen zu stellen, die ich im Lauf der vergangenen Jahre mit Bildern überdeckt hatte. Um sie nicht mehr jeden Tag im Spiegel sehen zu müssen. Um nicht mehr daran erinnert zu werden.

Meine Gedanken zerfaserten, als Wes weiter an mir hinabglitt und ich seine Hände spürte, die sich am Verschluss meiner Hose zu schaffen machten. Die Füße in die Matratze gestemmt, hob ich mein Becken an und seufzte leise, als er mir die Hose auszog und ich kurz darauf seinen Atem auf meinem Venushügel spürte.

Mein Körper spannte sich, als er kleine Küsse auf meinem Bauch verteilte. Langsam glitt er an mir wieder hinauf, strich mit den Händen meine Seiten entlang und schließlich unter meinen Rücken. Der Verschluss meines BHs öffnete sich und ich hielt die Luft an, als er Shirt und BH über meinen Kopf zog … und mir damit die Sicht nahm. Hilflos wand ich mich in dem Versuch, den Stoff von der oberen Hälfte meines Gesichts zu bekommen, Panik wallte in mir auf und mein Atem ging nur noch stoßweise, als er seine Lippen auf die meinen legte.

Nur langsam beruhigte ich mich wieder, die Spannung verließ meinen Körper, bis ich es schließlich schaffte, seinen Kuss zu erwidern.

»Und das nennt man Vertrauen.« Nur gedämpft drang seine Stimme zu mir durch und ich holte tief Luft, ehe ich es wagte, eine Antwort zu geben.

»Das ist nicht gerade leicht.«

Er lachte leise dicht an meinen Lippen. »Das hat auch niemand behauptet.«

Der Kuss, den ich daraufhin erhielt, verschlug mir den Atem, fehlte es ihm doch an jener Zärtlichkeit, die er zuvor hatte walten lassen und im ersten Moment panisch, versteifte ich mich unter ihm.

Bis ich begriff, dass er nichts anderes tat, als sonst. Mit dem Unterschied, dass ich ihm vertrauen musste. Ich hatte keine Möglichkeit, ihm auszuweichen. Ich konnte ja nicht mal sehen, was er tat.

Nur fühlen.

Sein Kuss ließ meine Nervenenden vibrieren, meine Haut hochempfindlich werden und ich stöhnte kehlig, als er mit den Fingerspitzen meinen Hals entlang strich und weiter, bis er einen aufgerichteten Nippel umkreiste. Noch immer kratzte die Angst an meinen Eingeweiden, verlangte, dass ich mich um jeden Preis befreite. Doch sie wurde leiser, je länger der Kuss währte. Hitze lief durch mich hindurch, ließ mich rastlos werden und mich ihm entgegendrängen, als er langsam an mir hinabwanderte.

Ich hatte nicht gewusst, wie intensiv ich empfinden konnte. Doch das Fehlen meines Sehvermögens schien meine übrigen Sinne geschärft zu haben. Seine Lippen hinterließen eine brennende Spur, als er sich seinen Weg zu einem aufgerichteten Nippel bahnte, und ich schrie unterdrückt und bog den Rücken durch, als er in die aufgerichtete Spitze biss. Seine Finger strichen über die andere Brustwarze, rieben sie und ich wand mich unter ihm, als er fest hineinkniff.

Dann löste er sich abrupt von mir und im ersten Moment schnappte ich erschreckt nach Luft, als er sich von der Couch erhob.

»Geh nicht weg!« Ich hatte nicht gewusst, dass ich die Worte hatte sagen wollen. Und ich staunte bei der Unsicherheit darin.

Ein Finger legte sich auf meine Lippen und ich zwang mich schließlich dazu, mich wieder zu beruhigen. Er war noch da. Obwohl ich nicht mal wusste, woher diese irrationale Panik kam, die so spontan über mich geschwappt war, beruhigte mich diese winzige Geste. Er war noch da. Ich musste keine Angst haben.

Dennoch schrie ich erschreckt auf, als er mich plötzlich packte und herumdrehte, bis ich auf dem Bauch lag. Wieder zerrte ich an der verflixten Fessel und ich versteifte mich, als er sich mit den Knien zwischen meine Beine drängte.

Ich kam erst wieder runter, als ich seine Hände spürte, die langsam über meinen Rücken strichen, die Schwielen daran, die der Berührung eine raue Sinnlichkeit verliehen, und ich erschauerte, als er an meiner Hüfte ankam und über meinen Po strich, bis seine Handballen auf meinen Oberschenkeln ruhten. Noch immer hing das Shirt über meinen Augen und mühsam wand ich meinen Oberkörper, bis ich eine mehr oder minder bequeme Position auf der Couch gefunden hatte.

»Arsch hoch!«

Eine Gänsehaut entstand auf meinem Rücken bei seinen harschen Worten und ich schluckte zwar, tat dann jedoch, was er wollte. Die Knie in die Kissen gedrückt, stemmte ich mich hoch und lief knallrot an, als ich begriff, dass er nun alles von mir sehen konnte.

Als er mit einem Finger meine Spalte entlang fuhr, zuckte ich zusammen, selbst überrascht von der Nässe, die sich bereits gebildet hatte. Und ich schnappte nach Luft, als er mit einem Finger in mich eindrang. Langsam glitt er in mich, touchierte meinen G-Punkt und ich stöhnte, als er schließlich ganz in mir war. Zu wenig …

»Trotz deiner Panik scheinst du es kaum erwarten zu können.« Sein Tonfall hatte seine Schärfe verloren und ich hörte mich selbst seufzen, als er den Finger wieder zurückzog, nur um ihn erneut in mir versinken zu lassen.

»Wes ...« Ich wusste nicht mal, was ich eigentlich sagen wollte. Allerdings kam ich auch nicht mehr dazu.

»Sag mir, was du willst.«

Wieder bewegte sich der Finger, glitt aus mir heraus, nur damit er anschließend einen zweiten in mich schob und mir ein langgezogenes Stöhnen entlockte.

Ich brauchte keine Sekunde für meine Antwort. »Dich. In mir.«

Ich hatte nicht mal mitbekommen, dass er sich ausgezogen hatte. Und ich schrie auf, als seine Finger aus mir verschwanden und mit einem harten Stoß von seinem Schwanz ersetzt wurden.

Es war anders. Intensiver. Und nach dem ersten Schreck bog ich mich seinen harten, schnellen Stößen entgegen. Nur undeutlich nahm ich wahr, dass er seine Hände auf meine Hüften legte, mich festhielt. Meine gesamte Wahrnehmung war auf seinen Schwanz in mir gerichtet. Auf die Härte, das Reiben. Meine Pussy zog sich fest um ihn zusammen und ich wimmerte mit jedem Mal, das er tief in mir versank, das Feuer in mir schürte und mich ihm hungrig nach mehr entgegenrecken ließ.

Das Klatschen unserer Leiber übertönte die unkontrollierten Laute, die sich mir entrangen, mischten sich mit seinem Keuchen und ich hörte mich seinen Namen rufen, als das Feuer in mir zu einem gleißenden Ball aufflackerte, bis ich zu versengen glaubte. Weiße Punkte tanzten vor meinen geschlossenen Lidern und Schmerz mischte sich in meine Lust, als seine Stöße unkontrollierter wurden.

Ich kam, als er sich mit einem kehligen Laut ein letztes Mal in mir versenkte. Mein Unterleib zog sich fest um ihn zusammen und ich spürte, wie er seinen Saft in mich pumpte, während mein Stöhnen im Stoff des Couchkissens versank, als ich fast im gleichen Moment zusammensackte.

Wes folgte mir. Seine Brust an meinen Rücken geschmiegt, blieb er auf mir liegen und ich lächelte leicht, als ich seinen keuchenden Atem dicht an meiner Schläfe spürte.

Wir brauchten beide eine Weile, ehe wir in der Lage waren, uns voneinander zu lösen. Doch schließlich rutschte Wes zur Seite und ich atmete erleichtert auf, als er das Kabel von meinen Gelenken löste, das Shirt hochzog und achtlos neben die Couch fallen ließ.

»Du kannst mir vertrauen.«

Der Knoten in meinem Hals machte es mir unmöglich, ihm darauf zu antworten. Stattdessen rollte ich mich auf die Seite, bis ich meinen Kopf auf seine Schulter betten und eine Hand auf seine Brust legen konnte.

Meine Sprachlosigkeit schien ihn nicht zu stören. Stattdessen zog er mich noch dichter an sich und ich schloss die Augen, als dabei eine Ruhe in mir aufkam, die mir selbst fremd war.

Als ich aufwachte, lag ich in meinem Bett und hatte keine Ahnung, wie ich dahin gekommen war. Ich musste auf der Couch eingeschlafen sein. Einfach so. Ich war nicht mal wach geworden, als er mich nach nebenan gebracht hatte.

Das war mir noch nie passiert. Bei Jensen war es mir immer schwergefallen, auch nur neben ihm einzuschlafen. Und ich war bei jedem noch so leisen Geräusch wieder aufgewacht. Der Mann, der nun jedoch friedlich neben mir schlief, hatte mich nicht mal wecken können, als er mich ins Schlafzimmer getragen hatte.

So leise wie möglich erhob ich mich und schlich aus dem Zimmer in den Hauptraum. Ein Blick auf mein Handy besagte, dass es bereits zehn Uhr war. Doch noch immer fühlte ich mich müde und zerschlagen. Kein Wunder, der gestrige Tag war nicht nur anstrengend gewesen, er hatte zudem auch erst weit nach Mitternacht geendet.

Meine Kleider lagen noch genau da, wo Wes sie die Nacht zuvor liegen gelassen hatte: quer verteilt auf dem Boden. Eilig schlüpfte ich hinein, ehe ich zur Küchenzeile ging und die Kaffeemaschine befüllte. Mit dem Handy in der Hand setzte ich mich anschließend draußen auf die Stufen der Veranda und drehte unschlüssig das Telefon in meinen Händen.

Unsicherheit überkam mich, als ich es schließlich entsperrte und den mir nur zu vertrauten Eintrag im Telefonbuch aufrief. Den einzigen Eintrag, den ich aus Portland mitgenommen hatte. Alle anderen hatte ich nicht nur gelöscht, sondern schlichtweg gesperrt.

Milan.

Wes' Auftauchen vergangene Nacht hatte etwas bei mir verändert. Der Panzer, mit dem ich mir die letzten Jahre alles und jeden vom Hals gehalten hatte, hatte einen Riss bekommen. Einen, den ich nicht so einfach wieder würde schließen können.

Wesley Rivers hatte mich an meiner verwundbarsten Stelle getroffen. Aber der Schmerz war ausgeblieben. Etwas, das mich im Licht des Tages nur noch mehr verwirrte.

»Sick?«

Ich lächelte, als ich Milans Stimme am anderen Ende der Leitung hörte. In Portland war es kurz nach acht. Aber ich wusste, dass er bereits seit geraumer Weile auf war. Er hatte feste Gewohnheiten in seinem Leben. Und er schlief nur wenig.

»Willst du drüber reden?«

Ich hatte zu lange geschwiegen. Aber in seinem Tonfall lag keine Verärgerung. Nur jene Ruhe, die mir so vertraut war, dass sie mir gerade die Tränen in die Augen trieb.

»Ich habe mich nie bei dir bedankt.« Die Worte kratzten in meinem Hals und ich räusperte mich hastig, während meine Sicht verschwamm.

»Doch, das hast du.« Er fragte nicht mal, worum es ging.

»Ich habe es dir nie gesagt«, presste ich am Knoten in meinem Hals vorbei und hielt die Luft an, als die erste Träne heiß über meine Wange lief.

»Das musstest du auch nicht. Du hast es jeden Tag gezeigt, an dem du nicht weggelaufen bist.«

Ich schaffte es nur knapp, das Schluchzen zu unterdrücken, das mit aller Macht aus mir herauswollte. Hart schluckte ich dagegen an, zwang mich dazu, gleichmäßig weiterzuatmen, während immer neue Tränen der ersten folgten.

»Aber jetzt bin ich es.«

»Und scheinst etwas dabei gelernt zu haben.«

Ich schwieg einen Moment. Ja, vielleicht hatte ich das. Oder ich war gerade dabei.

»Milan?«, setzte ich schließlich erneut an, als sich Schweigen zwischen uns breit machte.

»Hm?«

Tief holte ich Luft, ehe ich mich kerzengerade aufrichtete und meine freie Hand an meiner Hose abwischte. »Wenn ich mir meine Familie hätte aussuchen können, dann wärst du ein Teil davon gewesen.«

Mein Herz überschlug sich und meine Wangen brannten, als die Worte heraus waren. Und im ersten Moment wollte ich das Handy von mir schleudern, als er leise lachte.

»Aber das hast du doch getan. Genauso, wie ich.«

Bei seinen Worten schoss es heiß und kalt durch meinen Körper, ließ meine Zehen kribbeln und schnürte mir die Luft ab. Ich hatte nicht gewusst, dass man im gleichen Moment glücklich und zutiefst traurig sein konnte.

»Ist es okay, wenn ich mich ab und an bei dir melde?« Ich flüsterte und ich hatte keine Ahnung, wie er mich dennoch verstand.

»Wenn ich mich auch bei dir melden kann?«

Die Freude in mir gewann, dennoch musste ich ein Schluchzen unterdrücken. »Gottverdammt. Ja!«

Es war sein darauffolgendes leises Lachen, das so unendlich vertraut mich lächeln ließ. Es tat gut, dass ich ihn nicht verloren hatte.

»Bis bald, Mary Jane.«

»Bis bald.«

Die Tränen kamen in Strömen, kaum dass ich aufgelegt hatte. Das Handy fest umklammert, zog ich meine Beine an, schlang die Arme darum und ließ meinen Kopf auf die Knie sinken. Und ich zuckte zusammen, als sich kurz darauf ein Arm um mich legte.

Ich vermochte nicht zu sagen, wie viel Wes von der Unterhaltung mitbekommen hatte, und im ersten Moment wollte ich mich von ihm losmachen und auf Abstand gehen. Dann jedoch hob ich nur den Kopf und lehnte mich an ihn.

Ja, es hatte sich eindeutig etwas bei mir verändert. Und gerade im Moment tat es weh.

16

Wes

Mary Jane und ich bekamen drei Wochen, in denen alles friedlich blieb. Drei Wochen, in denen ich dabei zusehen konnte, wie unter dem spröden Sickgirl immer häufiger jene Frau aufblitzte, die sie so verzweifelt zu verbergen versuchte.

Oder zu schützen.

Zunächst ungelenk, als ob sie es gar nicht gewohnt war, ohne ihre ablehnende Haltung Menschen gegenüber zu treten, und bereit, sich sofort wieder hinter ihren stacheligen Panzer zurückziehen, aber schließlich immer mutiger, ging sie Schritte auf mich zu.

Und wickelte mich vollkommen ein.

War ich zuvor schon von ihr fasziniert gewesen, von dem scharfen Kontrast zwischen ihrer betonten Weiblichkeit und dem fast maskulin anmutenden Verhalten, das sie an den Tag legte, so eroberte die Frau dahinter endgültig mein Herz. Mit jedem vorsichtigen Versuch, Vertrauen zuzulassen, mit jeder Unsicherheit, die ihr an der Nasenspitze anzusehen war. Die Profi-Killerin in ihr reizte mich, schlug mich in ihren Bann. Die Frau dahinter weckte meinen Beschützerinstinkt. Wohl wissend, dass sie mir vermutlich jeden Finger einzeln brechen würde, sollte sie davon erfahren.

Mary Jane hatte sich ihr ganzes Leben um sich selbst gekümmert. Mit Ausnahme dieses Milans, hatte sie nie jemanden nahe genug an sich herangelassen. Nicht mal ihren Ex, Jensen.

Mein Sickgirl war stark. Sehr stark. So stark, dass sie nie gelernt hatte, schwach zu sein. Dass sie nie gelernt hatte, dass es in Ordnung war, auch mal Schwäche zuzulassen. Bei den richtigen Menschen.

Ich gab zu, dass ich es genoss, ihr genau das beizubringen. Natürlich ging das nicht leise von statten. Mary Jane lernte solche Dinge nicht, indem man sie ihr erklärte. Jeder Versuch, ihr zu zeigen, dass sie nicht allein sein musste, dass es Menschen gab, auf die sie sich verlassen konnte, war ein Schlag mit dem Holzhammer. Und ich genoss jeden einzelnen davon.

Ihren kaum unterdrückten Tobsuchtsanfall, als ich ein paar meiner Brüder herbestellte, um dieses Brachland aufzuräumen, das sie *Garten* nannte. Die Mordlust in ihrem Blick, als sie ihre Hausfassade strichen.

Und meine Nacht auf ihrer Couch, als unser letzter verbliebener Prospect, seines Zeichens Elektriker, von mir dazu verdonnert wurde, die maroden Stromleitungen bei ihr zu erneuern.

Ich war mir ziemlich sicher, dass es solche Nächte noch häufiger geben würde. Nächte, in denen ich mich stoisch daran hielt, auf ihrer Couch zu bleiben, nicht nach Hause zu fahren, um sie, wenn sie schlief, zu mir zu holen. Immerhin hatte sie lediglich gesagt, dass ich nicht in ihrem verdammten Bett schlafen durfte. Sie hatte jedoch nicht gesagt, dass ich sie nicht zu mir holen durfte.

Meine Mutter hatte mir beigebracht, mein Wort zu halten. Ich war mir nur nicht sicher, ob sie zufrieden wäre mit meiner Auslegung ihres Erziehungsansatzes.

Mary Jane hatte am nächsten Morgen zumindest kein Wort darüber verloren, während ihre Miene irgendwo zwischen Verärgerung und Belustigung schwankte. Aber ich war mir sicher, dass sie es auch beim nächsten Mal nicht anders formulieren würde. Nicht, wenn sie sich trotz der brütenden Hitze anschließend an mich geschmiegt hatte.

Vielleicht war sie sich dessen noch nicht bewusst, aber sie vertraute mir. So sehr, dass sie nicht aufwachte, wenn ich sie wahlweise ins Bett oder auf die Couch trug. Genug, um friedlich neben mir zu schlafen. Und genug, um sich auf etwas einzulassen, wovon sie eindeutig mehr als überfordert war.

Hatte ich anfangs noch geglaubt, dass es sich bei ihrer ablehnenden Haltung mir und anderen gegenüber um eine generell ablehnende Haltung Menschen gegenüber handelte, durfte ich in den nachfolgenden Wochen lernen, dass sie zwar Menschen aus dem Weg ging, alles, was mit Bikern und Clubs zu tun hatte, jedoch mied wie der Teufel das Weihwasser.

Etwas, das zu nicht wenigen amüsanten Szenen führte, während sie tatsächlich versuchte so zu tun, als wäre das Problem nicht existent. Auf ihrem eigenen Grundstück. In ihrem Haus. Und selbstredend in ihrem Bett.

Ihr Sturkopf an der Stelle blieb auch den anderen nicht verborgen. Allen voran Stoned, dessen breites Grinsen, wann immer er mich ansah, Bände sprach.

Ich war wirklich vieles gewöhnt. Verächtliche Blicke, Angst, Ablehnung … aber von einer Auftragskillerin des organisierten Verbrechens?

Wir würden das klären müssen. Oder es würde *wirklich* ein Problem geben.

Mary Jane

Eines stand schon mal fest: Ich war eindeutig nicht mehr ich. Wo war nur diese verflucht abgebrühte eiskalte Frau hingekommen, die mich morgens in Portland im Spiegel begrüßt hatte? Die Frau, die sich von ausgewachsenen Kerlen nicht beeindrucken ließ. Nicht mal dann, wenn sie auf sie zielten.

Stattdessen lernte ich nun ein nervöses, aufgescheuchtes Huhn kennen, das irgendwie so aussah wie ich. Und ich war mir verdammt sicher, keine Zwillingsschwester zu haben.

Mal abgesehen davon, dass mich die Sache – ich war immer noch nicht in der Lage, von einer Beziehung zu reden – mit Wes völlig durcheinander brachte. Die Dinge, die er im Schlepptau hatte, gaben mir den Rest. Wortwörtlich.

Was hatte ich mir nur dabei gedacht? Hatte ich nicht klar und deutlich nicht nur ihm gegenüber erklärt, dass ich keinen Biker in meinem Bett brauchte? Und jetzt hatte ich nicht nur da einen. Nein. Just in diesem Augenblick rutschte einer davon unter meinem Haus rum und schraubte an meinen Stromleitungen.

Nachdem ein weiteres Rudel die vergangenen Tage nicht nur meinen Garten entrümpelt, sondern auch die Fassade gestrichen hatte.

Ich hatte exakt das, was ich nie in meinem Leben hatte haben wollen: Ich stand in einem Ameisenhaufen mit akutem Testosteronüberschuss. Mit Kutten. Traumhaft.

Trotzdem hatte ich noch nicht meine Koffer gepackt und war abgerauscht.

Weil dieser Scheißkerl mich eingewickelt hatte. Weil dieser verdammte Biker mich nur ansehen musste mit diesem kleinen Funkeln in den Augen und ich mich fühlte, wie die Teenie-Göre, die ich nie gewesen war.

Und Scheiße, es fühlte sich gut an. Lebendig.

Ich hatte nicht gewusst, dass ich mein ganzes Leben lang tot gewesen war.

Die Wut, die mich bei diesem Gedanken packte, kam irgendwo von ganz weit unten und mehr als einmal ertappte ich mich dabei, wie ich Wes dafür zur Verantwortung ziehen wollte.

Dabei war das mein Problem. Ich hatte nicht gelebt. Nie. Davor nicht. Danach nicht. Und der einzige Mensch, dem ich daran die Schuld geben konnte, war ich selbst.

Wes wusste das und es machte mich mindestens ebenso wütend.

Ich kam mir dumm vor. Überflüssig. Und jenes Selbstbewusstsein, das ich mir die zurückliegenden Jahre anerzogen hatte, brach in sich zusammen wie ein Kartenhaus.

Wegen eines verfluchten Bikers. Und seinem Anhang.

Auf den ich plötzlich eifersüchtig war.

Weil sie sich kannten. Weil dieser seltsame Haufen mit dem noch seltsameren Hang zu Jeans und Leder und einer Vorstellung von *schick,* bei der ich mit dem Kopf auf der Tischplatte lag, etwas hatte, das ich nicht besaß: Verbundenheit. Loyalität. Und ich knirschte mit den Zähnen, jedes Mal, wenn ich einen von ihnen sah. Wes eingeschlossen. Er wusste das. Ich sah es an den Blicken, die er mir immer wieder zuwarf. An der Nachdenklichkeit darin, die zumindest für einen kurzen Moment dieses Funkeln darin vertreiben konnte. So, wie jetzt auch, als ich von dem Regal aufsah, das ich zusammenbauen wollte, und sein Blick auf mir ruhte.

»Ich muss raus.« Ich war schon aufgesprungen und halb aus der Tür, noch ehe ich den Satz beenden konnte. Wie der Feigling, der ich offensichtlich mein ganzes Leben lang gewesen war, rannte ich nach draußen ins Freie, inhalierte tief die Luft in dem kleinen Selbstbetrug, dass diese auch nur einen Funken frischer war als jene im Haus, und spürte, wie mein Magen sich verkrampfte, als ich einen Blick auf die freien Flächen auf meinem Grundstück warf. Jene Stellen, an denen Bäume gestanden hatten, die definitiv weg gemusst hatten. Die ich allein aber nie hätte fällen können. Die andere für mich gefällt hatten. Einfach so.

Na ja, nicht für mich. Für Wes. Für den Kerl in meinem Bett. Ohne ihn hätten sie keinen Handschlag gerührt.

Aber sie waren … nett. So sehr ich mir auch gewünscht hatte, irgendwas zu finden, was diese Kerle für mich unmöglich machte – und damit selbstredend auch ihr President –, so sehr wurde ich dabei letztlich enttäuscht. Sie hatten einen derben Humor und einen etwas rauen Umgang untereinander. Aber es war nicht zu übersehen, dass sie einander nahe standen. Sehr nahe.

Ich hatte zwei leibliche Brüder. Keinem von beiden stand ich so nah, wie jene Männer, die sich eher der Form halber *Brüder* nannten. Etwas, das ich all die Jahre belächelt und verspottet hatte.

Noch vor wenigen Monaten hätte ich behauptet, Biker nicht leiden zu können, weil sie dumm, ungehobelt und für mich der menschliche Bodensatz waren. Jetzt stand ich hier und musste zugeben, dass ich einfach nur neidisch war. Auf etwas, wovon ich nicht mal gewusst hatte, dass es mir fehlte.

Ich hatte inzwischen mehrfach mitbekommen, wie es war, wenn ein paar von ihnen spontan bei Wes auftauchten. Manchmal aus Gründen, aber auch einfach so. Allen voran Stoned. Wes und er erschienen mir wie die Biker-Version von Waldorf und Statler.

Freundschaft. Hatte ich schon mal Freunde gehabt? Freundinnen? Einfach Menschen, mit denen ich mich abends traf, um nicht alleine zu sein?

Die Antwort war ein Schlag in mein Gesicht. Denn irgendwie hatte ich in den zurückliegenden Wochen aufgehört, mir einzureden, dass ich so etwas nicht brauchte.

»Was ist los?«

Als ich mich umdrehte, stand Wes in der Tür und sah mich mit diesem Gesichtsausdruck an, der deutlich besagte, dass er die Antwort längst kannte. Er wollte sie nur von mir hören.

Das war der Preis, den man dafür zahlte, wenn man jemanden in sein Leben ließ, der einem tatsächlich viel zu ähnlich war.

Jeder Gedankenleser war ein Dreck gegen diesen Kerl, dessen wissender Blick gerade Salz in die Wunden meiner Seele kippte.

»Weißt du das nicht bereits?«

Das siegessichere Grinsen, das ich darauf erhielt, war Antwort genug. Und die Leichtigkeit darin nahm den Druck von mir.

»Ich habe das Gefühl, in meinem Leben alles falsch gemacht zu haben.«

»Was hindert dich, es zu ändern?« Die Arme vor der Brust verschränkt, ließ er sich gegen den Türrahmen sinken und ich grinste schief, während ich eine Schulter hob.

»Vermutlich dieser blöde Biker in meinem Bett, der mich bis ans Ende aller Tage damit aufziehen wird?«

»Ja, das ist bitter. Aber ich glaube, du kommst damit klar.«

Es fiel mir wirklich schwer, das Lachen zu unterdrücken bei seiner Antwort. Scheiße, ich mochte ihn. Wirklich. Daher blieb ich stehen und grinste, als er langsam auf mich zukam, bis er dicht vor mir stand und eine Locke hinter mein Ohr strich.

»Habe ich eine andere Wahl?«

Sein Grinsen reichte inzwischen von einem Ohr zum anderen. »Nein, Ma'am.«

Ich lachte, während ich mich gleichzeitig fragte, wann ich zuletzt wirklich gelacht hatte. Frei. Unbeschwert. Allerdings wurde daraus ein erschrecktes Quietschen, als Wes mich kurzentschlossen hochhob und wenig elegant über die Schulter warf.

»Lass mich runter! Du verdammter Südstaatenholzkopf!« Ja, ich lachte noch immer. Irgendwie. Trotz meines Protestes, den ich mit meinen Fäusten auf seinem Rücken unterstrich, wenngleich auch nicht halb so heftig, wie ich es noch vor wenigen Wochen getan hätte. Plötzlich fühlte ich mich gelöst. Glücklich. Eine Erkenntnis, die mir im ersten Moment den Atem verschlug, während Wes mich unbeeindruckt ins Haus und weiter ins Schlafzimmer trug.

»Hey! Wir sind nicht alleine!« Ich war durchaus ein wenig stolz drauf, wie die empörte Büroangestellte zu klingen. Auch wenn ich wusste, dass es zu nichts führte. Dazu hätte ich nicht mal sein Lachen hören müssen, als er der Tür hinter sich einen Tritt gab und mich mit einem beherzten Schwung aufs Bett warf.

»Und?«

Ich kämpfte noch damit, meine Haare wieder aus dem Gesicht zu bekommen, als er auch schon über mir war und mich mit seinem Körper tief in die Matratze drückte.

»Was soll denn der Kerl unterm Haus …« Sein Kuss unterbrach mich. Und irgendwie hatte ich gleich darauf vergessen, was ich sagen wollte. Stattdessen schlang ich meine Arme um seinen Hals und zog ihn dichter an mich.

Ja, ich verliebte mich. Vielleicht war das aber auch schon die falsche Zeitform.

17

Mary Jane

Ich hätte gern behauptet, nicht zu wissen, welcher Teufel mich geritten hatte, als ich hinter Wes von diesem verflixten Motorrad stieg und mehr schlecht als recht versuchte, so zu tun, als wäre es das normalste der Welt, hier zu sein. Leider jedoch wusste ich es besser.

Wes hatte mich gebeten, mitzukommen. Und ich hatte nichts besseres zu tun gehabt, als über meinen – zugegeben immer kleiner werdenden – Schatten zu springen und nachzugeben. Jetzt stand ich hier, wischte mir verstohlen die schweißnassen Hände an den Oberschenkeln ab und tat so, als wäre ich nicht höllisch verunsichert, während ich einen Blick auf meine Umgebung warf, von dem ich einfach hoffte, dass er mich nicht verriet.

Wann hatte ich meinen Status als *eiskalte Killerin* gegen *Freundin des Presidents* getauscht? Und warum hatte ich nichts dagegen unternommen? Ich sah mich spontan auf einem Spielfeld, dessen Regeln ich nicht kannte. Weder als *Freundin von …* noch von der Umgebung, in der ich mich nun befand. Auf dem Hof des Clubhauses. Umgeben von Männern in diesen allgegenwärtigen Kutten. Sie standen echt überall. An den beiden riesigen Grills, die man aufgebaut hatte. An den Tischen, auf denen Salate, Brot und was man wohl so für ein Barbecue brauchte, aufgereiht waren. Und ich brauchte eine Sekunde, um den Schock zu verdauen, dass hier sogar Kinder rumrannten. Zwar hatte Wes mir gesagt, dass das ein ganz normales Barbecue mit Familie wäre, aber … Es war definitiv etwas anderes, das nur gesagt bekommen, oder es tatsächlich zu erleben.

Die Stimmung war … ausgelassen. Auch wenn ich meine Vorstellung von Bikern und ihren Clubhäusern – ehrlich, ich verstand nicht, warum sie das machten – nur schwer bis gar nicht mit dem überein bekam, was sich gerade vor mir auftat. Etwas abseits bei einem der Tische erkannte ich sogar Nici, die ihre Tochter auf der Hüfte trug, und Stoned, der direkt neben ihr stand und seinem Sohn zusah, wie dieser mit anderen Kindern kreischend über den Hof rannte. Gefolgt von einem bärtigen Riesen, dessen Arme und Oberkörper vollständig tätowiert zu sein schienen.

Ich konnte nicht behaupten, dass ich nicht verstört war von dem Bild.

»Denk dran: Du darfst hier weder jemanden erschießen, noch zusammenschlagen.«

Ich schnaubte bei der unverhohlenen Erheiterung in seiner Stimme, ließ mich dann jedoch von seiner Hand im Rücken vorwärts Richtung der anwesenden Leute schieben. Musik drang zu uns herüber. Oder was man hier offensichtlich Musik nannte. Mir bluteten jetzt schon die Ohren. Und ich ahnte, dass es im weiteren Verlauf nicht besser werden würde. Nur lauter, sobald die Kinder verschwunden wären.

»Wenn du brav bist, darfst du nachher auf Blechdosen schießen.«

Ich rollte mit den Augen, was ihm jedoch leider entging.

»Mit oder ohne Grashalm zwischen den Zähnen?«, konnte ich es mir dann nicht verkneifen zu fragen und hörte ihn in meinem Rücken unterdrückt lachen.

»Kautabak.«

»Ich hasse dich.«

Ich hatte nicht mal mehr Zeit, Luft zu holen, als er mich herumwirbelte und küsste.

Ich versuchte wirklich zu ignorieren, dass Pfiffe laut wurden und allgemeines Anfeuern in meinem Rücken entstand. Die Kerle machten es einem echt nicht leicht, sie zu mögen.

»Wofür war der?« Mein Herz überschlug sich und ich wusste, dass meine Wangen feuerrot waren, als er mich schließlich wieder freigab. Sie fühlten sich zumindest so an.

»Weil du niedlich bist, wenn dich etwas überfordert.« Da war es wieder. Dieses Funkeln in seinen Augen, das er immer dann hatte, wenn er glaubte, einen Sieg davongetragen zu haben. Sollte er je erfahren, dass ich genau das wahnsinnig sexy fand, wäre das mein Untergang. Also mein endgültiger Untergang.

Abrupt machte ich mich von ihm los und wich einen Schritt zurück. Oder zumindest so weit, wie seine Hand es zuließ, die sich im gleichen Moment um mein Handgelenk legte.

»Ich hasse dich immer noch.«

»Red dir das nur weiter ein.«

Noch etwas, das ich ihm niemals sagen durfte: Ich liebte diesen verbalen Schlagabtausch mit ihm. Er brachte mich zum Lachen damit.

Vier Stunden später klammerte ich mich an mein Bier mindestens genauso fest wie an alle meine über Jahre hinweg gepflegten Vorurteile. Etwas, das ziemlich aussichtslos war, wenn man bedachte, dass ich Spaß hatte. Obwohl mir die Ohren bluteten von der Musik, die tatsächlich lauter geworden war, seit der offizielle Teil mit Kindern vorbei war. Und obwohl ich seit ungefähr einer Stunde Dinge sah, die ich wirklich niemals hatte wissen wollen.

Wes hatte mich selbstredend mehr als einmal ausgelacht, während ich mit offenem Mund dagestanden hatte, weil ich definitiv viel zu viele intime Einblicke bekam, weil der eine oder andere glaubte, sich auf einer Orgie zu befinden. Und weil sich ganz offensichtlich niemand daran störte.

Plötzlich war ich die Prüde in der Runde. Und ich lief knallrot an, als nicht nur Wes mich schließlich auslachte, sondern auch Stoned, der es sich neben mir auf der Couch bequem gemacht hatte, auf die ich mich geflüchtet hatte.

Ich war daher schon regelrecht erleichtert, als plötzlich ein Kerl vor uns auftauchte, bei dem ich mich allein aus Reflex kerzengerade aufrichtete.

Wer zum Teufel tätowierte sich das Gesicht? Und den Schädel gleich dazu? Der Gesichtsausdruck, den diese lebende Leinwand zur Schau trug, besagte zudem, dass mit ihm nicht sonderlich gut Kirschenessen war. Ich beneidete ihn ein wenig um diesen Blick. Den wollte ich auch können.

Die Kommunikation, die sich plötzlich auftat, war faszinierend, lief sie doch vollkommen wortlos ab. Der Typ vor mir starrte auf Wes, nickte dann in Richtung einer Tür im hinteren Bereich und schlagartig fiel jegliche Erheiterung von dem Mann an meiner Seite ab. Was immer auch los war, es war ernst. Und es war nichts, was man öffentlich ausbreiten wollte.

»Wir kommen wieder.« Mehr sagte Wes nicht zu mir, während auch Stoned auf die Beine kam und ich irritiert den drei Männern nachsah, die kurz darauf mit einem weiteren hinter besagter Tür verschwunden waren.

Wes

Ich hatte gewusst, dass es nicht ewig friedlich bleiben würde. Mir war klar gewesen, dass die zurückliegenden Wochen nichts weiter waren, als die Ruhe vor dem Sturm. Wochen, die ich dazu genutzt hatte, alles sturmfest zu machen.

»Sie haben die Lager angezündet.«

Pins knappe Ansage, kaum dass die Tür hinter uns zugefallen war, kam nicht überraschend. Ich hatte mit nichts anderem gerechnet gehabt und entsprechend vorgesorgt. Die Lager waren seit fast zwei Wochen leer, auch wenn ich sie weiterhin hatte bewachen lassen. Um keinen Hinweis darauf zu geben, dass die restlichen Waffen, die wir noch nicht verkauft hatten, woanders lagerten. In Pins Keller, um genau zu sein.

»Alle?«

Pin nickte. »Zeitgleich.«

Das war nicht weiter überraschend. Ich hätte es an Chads Stelle nicht anders gemacht und wäre mit einem Paukenschlag auf der Bühne erschienen.

»Gibt es Verletzte?«, mischte sich nun auch Stoned ein, woraufhin Pin den Kopf schüttelte. Immerhin etwas.

»Aber einen Gefangenen.«

»Jemand, den wir kennen?«

Erneut schüttelte Pin den Kopf. »Ich zumindest nicht.«

Also keiner von jenen, die Chad mitgenommen hatte bei seinem Abgang. Aber vielleicht würde dennoch etwas aus ihm herauszubekommen sein.

»Wo ist er jetzt?«

»In einer der Baracken. Der Doc ist bei ihm.«

Ich musste mir also keine Gedanken um den Zustand des Arschlochs machen, während wir hier saßen. Verbluten würde er eher nicht, auch wenn vermutlich nicht mehr viel an ihm dran wäre. Der Doc wusste, was er tat. Ich konnte mir also erst die Langfassung geben lassen, ehe ich überlegte, was genau ich mit dem Kerl anstellte. Und in welcher Form er zu seinen Leuten zurückgeschickt werden würde.

Mary Jane

Ich fühlte mich wie auf dem Präsentierteller, seit Wes verschwunden war. Klar. Ich war die Neue hier. Wie damals, als Milan mich genötigt hatte, wieder zur Schule zu gehen, fühlte ich mich nun beobachtet. Wie ein Schmetterling unterm Mikroskop, weshalb ich mich nach einer Weile auch dazu entschied, einfach zurückzustarren. Vorzugsweise zu den Kerlen, die ich bereits irgendwann mal gesehen hatte. Im Diner. Oder auf meinem eigenen Grundstück.

Doch was früher immer funktioniert hatte – den Leuten die eigene Penetranz damit unter die Nase zu reiben – ging gründlich nach hinten los, als einer der Kerle gleich darauf grinsend auf mich zukam. Genau der Typ, der bei meiner Ankunft noch den Kindern nachgejagt hatte und bis vor wenigen Minuten eine Frau bei sich gehabt hatte. Oder vielmehr vor sich. Auf den Knien.

Nein, ich war immer noch nicht drüber weg. Auch wenn ich es zumindest aus Erzählungen ja schon gewusst hatte. Künftig würde ich nie wieder behaupten, dass ich sexuell aufgeschlossen war. Ich gehörte definitiv in die *im Blümchennachthemd und nur wenn das Licht aus ist*-Fraktion.

»Hätte ja nicht gedacht, dass man aus Shortys Hütte noch mal was machen könnte.« Mit diesen Worten landete der Kerl – Dozer, wie ich mich schwach erinnerte – mit Schwung neben mir auf der Couch und ich rutschte ungewollt zur Seite, als er dabei gegen mich stieß. Der Kerl war eine kleine Schrankwand. Eine Schrankwand, die nahezu im Alleingang die Fassade meines Hauses gestrichen hatte vor einer Woche. In brütender Hitze. Aber er hatte keine Miene verzogen. Und ich hatte es nicht mal über mich gebracht, mich bei ihm dafür zu bedanken.

»Ich auch nicht. Danke.« Das letzte Wort kam nur zögerlich über meine Lippen und ich fühlte mich seltsam, während ich es vermied, ihm dabei in die Augen zu sehen.

»Gern geschehen, Kleine. Wenn ich ehrlich sein soll, hat mich das schon die Wochen davor in den Fingern gejuckt, als ich ständig drauf gucken musste.«

Jetzt sah ich ihm doch in die Augen. Wovon zum Teufel sprach der Kerl da?

»Bevor ich eingezogen bin?«, versuchte ich ihn zu locken, obwohl ich wusste, dass er es nicht so gemeint hatte. Aber Menschen waren simpel gestrickt und neigten dazu, andere zu korrigieren, ohne darüber nachzudenken, was sie damit preisgaben.

»Nein, als ich dir dabei zuschauen durfte, wie du dich allein mit Haus und Garten abgemüht hast.«

Mein Herz setzte für einen Moment aus und mein gesamter Körper spannte sich. Er hatte mich beobachtet? Warum?

Ich war froh darum, dass ich zumindest mein Pokerface nicht eingebüßt hatte. Dozer schien überhaupt nicht zu merken, wie verkrampft ich plötzlich war.

»Ach. Spanner bist du also auch noch?«, frotzelte ich, während mir alles andere als nach Scherzen zumute war. Aus dem Augenwinkel konnte ich sehen, wie Wes aus der Tür zurück in den Hauptraum kam, und mein Puls beschleunigte sich, während ich mich weiterhin auf Dozer konzentrierte, der bei meiner Frage herzhaft zu lachen begonnen hatte.

»Ich mag dich, Sick. Wirklich. Ich hab dich mit unserem Kleinen zwei Wochen lang im Auge behalten, nachdem keiner von uns wusste, ob du nicht mit Chad unter einer Decke steckst. Jeder von uns war anschließend froh, dass du es nicht warst, die auf Wes geschossen hatte. Wäre ne Schande, wenn das mit dir und Wes nicht geklappt hätte.«

Für den Bruchteil einer Sekunde hörte die Welt auf sich zu drehen. Jegliches Blut sackte aus meinem Gesicht und ich erkannte, dass Dozer meine Reaktion diesmal nicht entgangen war. Auch Wes nicht, der wenige Schritte von uns entfernt stehen geblieben war und mich aufmerksam musterte.

Er hatte wirklich geglaubt, dass ich es gewesen sein könnte, der er die frische Narbe am Oberarm verdankte. Ich, die einen seiner Brüder erschossen hatte.

Plötzlich fühlte ich mich schmutzig. Er hatte meine Nähe gesucht. Hatte sich in mein Bett geschlichen. In mein Herz. Er hatte mein Vertrauen eingefordert. Und es bekommen.

Während er selbst geglaubt hatte, dass ich der Scharfschütze hätte gewesen sein können?

Endlich ergab es Sinn, dass er sich zwei Wochen von mir ferngehalten hatte. Wochen, in denen er an mir gezweifelt hatte. Wochen, in denen er es für möglich gehalten hatte, dass die

Frau, die er fickte, ihn hatte erschießen wollen. Nachdem er von mir alles eingefordert hatte, was ich noch nie einem Menschen gegeben hatte. Nachdem ich bereit gewesen war, mich ihm zu öffnen. Zum ersten Mal in meinem Leben. Er hatte mir genauso wenig vertraut. Die Erkenntnis schnitt wie ein Messer in mein Fleisch, als ich umständlich auf die Beine kam.

»Scheiße, du hast es nicht gewusst …« Auch Dozer wirkte nun mitgenommen, als er begriff, dass er ungewollt etwas ausgeplaudert hatte.

»Das spielt jetzt keine Rolle mehr«, presste ich mühsam heraus, während mein Blick auf Wes lag, der die letzten Schritte zu uns aufgeschlossen hatte und nun dicht neben der Couch stand.

Ich wusste um die Anklage in meinem Blick. Und es war mir scheißegal.

»Vertrauen, ja?«

Er sagte kein Wort. Er sah mich nur an. Mit diesen unendlich hellen Augen, in denen ich im Moment jedoch keine Regung erkennen konnte.

Ich drehte mich um und ging, ehe er die Chance bekam, meine Tränen zu sehen.

18

Wes

Ich ließ sie gehen. Weil es nichts gab, was ich hätte tun können, um sie zu halten.

»Prez …« Dozer brach ab, als ich nicht reagierte, sondern einfach nur der Frau nachsah, die sich ihren Weg durch die übrigen Leute bahnte und schon kurz darauf aus der Tür verschwunden war.

»Ich hätte was sagen sollen.« Ich hätte es *ihr* sagen sollen. Ich hatte einfach nicht mehr daran gedacht. Nicht nach dem, was sie mir in jener Nacht über sich erzählt hatte. Es war auch unwichtig gewesen. Ich hatte es ja nicht mal wirklich geglaubt.

Aber das war etwas, das sie mir nicht glauben würde.

Das Schlimme war, dass ich sie verstand. Dass ich den Schmerz verstand, der in ihrem Blick gelegen hatte. Ihre Enttäuschung.

»Pin?« Ich hatte nicht mitbekommen, ob er noch in meiner Nähe war. Aber als er gleich neben mir auftauchte, nickte er nur knapp und enthielt sich jeden Kommentars.

»Lass uns gehen.«

Ich folgte ihm, spürte die Blicke, die auf mir ruhten, als ich den Raum durchquerte, war jedoch nicht in der Lage, darauf einzugehen. Niemand sprach mich an, auch wenn ich mir sicher war, dass jeder mitbekommen hatte, dass soeben etwas höllisch schief gelaufen war. Dennoch war ich erleichtert, als ich gleich darauf auf dem Hof war und die restlichen Anwesenden hinter mir ließ.

Pin führte mich zu einer der letzten Baracken, die noch halbwegs erhalten war. Halbwegs meinte, dass das Dach noch nicht eingebrochen war und es auch in nächster Zeit nicht tun würde. Immerhin hatten wir es zusätzlich abgestützt, da wir sie für Momente wie diese durchaus noch gebrauchen konnten.

Der Doc grüßte mich, kaum dass ich durch die Tür war. Er saß in der Ecke, der Kerl, den sie erwischt hatten, lag gefesselt in der Mitte des Raumes. Ein kümmerliches, blutüberströmtes Häufchen Elend. Augenscheinlich war man nicht gerade zimperlich mit ihm umgegangen.

»Der sieht schlimmer aus, als es ist.« Unser Doc hielt nicht viel davon, um den heißen Brei herumzureden. Umständlich kam er auf die Beine, klopfte sich den Staub von der Hose und stieß mit dem Stiefel gegen die Schulter des Gefesselten, sodass dieser mit einem Stöhnen auf den Rücken rollte.

»Kann der überhaupt noch reden?«

Das Gesicht war geschwollen, die Lippe mehrfach aufgeplatzt, Blut aus zwei Cuts an Braue und Schläfe hatte sich unschön in seinem Gesicht verteilt und die ersten Ansätze eines Brillenhämatoms bildeten sich bereits. Die Nase war hin.

»Sogar singen, wenn du drauf bestehst.«

Ich musste Zack nicht ansehen, um zu wissen, dass er gerade ein boshaftes Grinsen zur Schau trug. Ich konnte es hören. Und ich verzog angewidert das Gesicht, als er dem Kerl auf die Hand trat, die er mühsam als Entlastung unter seinem Rücken rausgedreht hatte, soweit die Fesseln das zuließen. Schreien konnte er definitiv. Reden sollte also auch irgendwie hinhauen.

»Alter, du bist ein Sadist.«

»Arzt.«

»Das ist das gleiche.«

Was ja auch der Grund war, warum ich ihm solche Sachen überließ. Niemand wusste besser, wie weit man gehen konnte als ein verdammter Arzt. Der menschliche Körper war schon etwas Wundersames. Und unser Doc war definitiv nicht zimperlich.

»Du hattest jetzt deinen Spaß. Ich bin dran.«

»Lass einfach die Finger von der Nase. Sonst musst du warten, bis er wieder wach wird. Ist mir vorhin schon einmal weggeklappt, die Memme.«

Ich enthielt mich eines diesbezüglichen Kommentars und wartete, bis er sich wieder auf seinen Platz am Rand zurückgezogen hatte. Erst danach ging ich vor dem Haufen Mensch in die Hocke und wartete, bis ich mir sicher war, seine Aufmerksamkeit zu haben.

»Es war ne ganz beschissene Idee, dich erwischen zu lassen. Aber das weißt du vermutlich bereits.«

Der Kerl gab ein Geräusch von sich, das ich als Zustimmung deutete, während ich nach dem Messer angelte, das ich mir beim Verlassen des Hinterraumes nebst einer 9mm in den Hosenbund gesteckt hatte.

Das Winseln ging in die Verlängerung, als ich ihn leicht auf die Seite drehte, bis ich die Kabelbinder, mit denen man ihn gefesselt hatte, durchtrennen konnte.

Was hatte der Idiot gedacht? Dass ich ihn einfach so umbringen würde? Nicht, solange ich nicht alles wusste.

»Chad hat euch geschickt, nicht wahr?«

Er schwieg mit zusammengepressten Lippen und ich warf einen fragenden Blick auf Zack.

»Ring- und Mittelfinger auf beiden Seiten«, erwiderte dieser prompt und ich grinste.

Der Zeigefinger brach und ein schmerzerfüllter Aufschrei zerriss im gleichen Moment die angespannte Stille.

»Noch mal: Hat Chad euch geschickt?«

Der Kerl hielt ganze drei Finger durch, ehe er einknickte und meine Frage bejahte.

»Wo ist er jetzt?«

»In New Orleans.«

Der feige Hund. Jagte seine Jungs her, während er selbst im Trockenen blieb.

»Als President?«

Im ersten Moment zögerte er, doch als ich nach einem Daumen griff, konnte er gar nicht schnell genug nicken.

»Nachdem er bei euch rausflog, war klar, dass sein kleiner Bruder seinen Platz räumen musste.«

Bruder? Ich hatte nicht mal gewusst, dass Chad auch nur ein einziges Familienmitglied hatte. Er hatte in den ganzen Jahren nie davon erzählt.

»Roy ist Chads Bruder?«

Wieder nickte der Zellhaufen.

Nicht schlecht. Damit hatte selbst ich nicht gerechnet. Dennoch hatte ich richtig gelegen. Chad hatte von Anfang an alles so eingefädelt, dass er mit dem Chapter in New Orleans uns aushebeln konnte. Direkt unter der Nase meines Vaters.

Ich wollte den alten Herrn spontan noch mal erschießen. Für Arroganz. Für Dummheit. Die Liste wurde eindeutig nur länger.

Die Frage war nur: Warum betrieb Chad diesen Aufriss?

»Was plant er noch?«

»Ich weiß es nicht.«

Der Daumen brach und der Kerl schrie sich für diverse Sekunden die Seele aus dem Leib, sodass ich mich genötigt sah, ihm ins Gesicht zu schlagen, damit er wieder runterkam.

»Ich weiß es wirklich nicht, Mann!«

Zu schade.

Ich ignorierte das Winseln des Kerls, als ich mich erhob. Ignorierte die Hysterie, die seine Stimme kippen ließ, als ich die Waffe zog und entsicherte.

Er hatte gewusst, dass er diesen Abend nicht überleben würde. Das Risiko war er eingegangen, als er nach Hayes aufgebrochen war.

Er starb wenige Sekunden später mit einer Kugel im Kopf.

Keine Viertelstunde später marschierte ich mit der Kutte des Toten in der Hand, Pin und Zack im Schlepptau, zurück zum Haupthaus und direkt zu den aufgebauten Grills. Den Brennspiritus fand ich wenige Augenblicke später, warf die Jacke auf den Boden, zog mit einer Hand mein Handy aus der Tasche und stellte die Video-Aufnahme an, während ich mit der anderen Hand großzügig den Spiritus über die Kutte goss.

Ein Blick zu Pin zeigte, dass er eine seiner Zigaretten drehte.

Ich ließ das Video laufen, bis er die Zigarette anzündete, einen tiefen Zug nahm und sein Zippo anschließend auf die Kutte warf.

Sie fing umgehend Feuer und ich lächelte grimmig, während ich in aller Seelenruhe das Video laufen ließ, bis das Ding vollständig verkohlt war. Erst als das Feuer in sich zusammengesunken war, stoppte ich die Aufnahme, rief Chads Kontakt auf und klickte auf *Senden*.

Er wollte Krieg? Den konnte er haben.

»Ich brauch nen Drink.«

Mary Jane

In den darauffolgenden Tagen verkroch ich mich in meinem Haus. Ich fuhr nicht mal in die Stadt zum Einkaufen, sondern begnügte mich mit den Vorräten, die ich noch hatte. Die waren zwar überschaubar, allerdings war mir der Appetit gründlich vergangen.

Ich weigerte mich zu weinen. Stattdessen saß ich einfach nur da, starrte auf den Fernseher, ohne mitzubekommen, was ich da eigentlich sah, trank Kaffee und lag nachts mit Herzrasen im Bett.

Ich fühlte mich taub. Mein Körper war mir fremd geworden und wenn ich in der Dunkelheit auf meinem Bett lag und an die Decke starrte, war es mir vollkommen egal, von wie vielen Mücken ich dabei zerstochen wurde.

Meine Wut war noch am selben Abend gewichen, an dem ich den Weg vom Clubhaus zu Fuß zu mir zurückgelegt hatte. Zurückgeblieben war jene Leere, die mich langsam auszuhöhlen begann. Auf einen Schlag war all meine Kraft verschwunden. Ich hatte keine Kraft mehr wegzulaufen. Oder auch nur, um mich bei Milan zu melden, dessen Nummer tatsächlich am zweiten Tag auf meinem Handy aufleuchtete. Ich konnte nicht dran gehen. Ich war nicht in der Lage zu reden, stattdessen schickte ich ihm am nachfolgenden Tag eine Nachricht. Dennoch lag mein Handy unablässig neben mir. Weil ich fürchtete, dass *er* sich melden würde. Weil ich hoffte, dass er es tat. Weil ich Angst hatte, zu verpassen, wenn er sich meldete.

An Tag vier kamen die Tränen.

Als ich begriff, wie weh es tat, dass ich einem Mann zu vertrauen versucht hatte, der ganz offensichtlich es andersherum nicht getan hatte. Einem Mann, der es in Betracht gezogen hatte, dass ich auf ihn geschossen hatte in jener Nacht. Es fühlte sich wie Verrat an.

Diese Erkenntnis schwärte in mir wie eine Wunde, die einfach nicht verheilen wollte.

Ich war so kurz davor gewesen. Ihm zu vertrauen. Ihn in mein Herz zu lassen.

Ich erstickte mein Schluchzen im Kissen, als ich begriff, dass das nicht stimmte. Als ich begriff, dass ich ihn schon vor einer ganzen Weile in mein Herz gelassen hatte.

An Tag fünf war der Kaffee alle.

Ich würde also aufstehen und dieses verfluchte Haus verlassen müssen, in dem mich alles plötzlich an ihn erinnerte.

Wie eine alte Frau schleppte ich mich schließlich zu meinem Wagen. Jenem Wagen, den ich gekauft hatte, weil er mich an meinen Großvater erinnerte. Der einzige Mensch meiner Kindheit, den ich geliebt hatte. Genau so einen Wagen hatte gefahren. Und er hatte ihn geliebt.

Er war viel zu früh gestorben. Aber die Erinnerung war geblieben. An den alten Mann, mit den tiefen Falten im Gesicht, die die Sonne und das Alter dort eingegraben hatten. Als er gestorben war, war ich acht gewesen. Ich hatte tagelang geweint.

Bis man mir die Tränen ausgeprügelt hatte und ich begriff, wie gefährlich Schwäche war. Wie gefährlich Gefühle waren.

Aber sie waren nicht tot zu kriegen. Also hatte ich den Wagen gekauft, über den ich nur zufällig auf meinem Weg nach Hayes gestolpert war. Als ich Rast gemacht hatte und ihn auf dem Hof des Händlers hatte stehen sehen.

Ich hatte meinen alten Wagen einfach dagelassen, diesen bezahlt und war abgerauscht, sobald die Formalia erledigt gewesen waren. Es hatte sich gut angefühlt. Dennoch hatte ich mit den Tränen gekämpft, als ich die ersten Meilen in ihm zurückgelegt hatte.

Weil die Erinnerungen zurückgekommen waren. So, wie jetzt.

Ich fuhr nicht ins nächste County. Ich konnte mich nicht ewig verstecken. Das Leben musste weitergehen. Also nahm ich das Risiko in Kauf, ihm über den Weg zu laufen, und hoffte einfach, dass Trotz und Stolz dann schaffen würden, dass ich nicht zusammenbrach.

Es geschah jedoch nichts dergleichen. Tatsächlich sah ich niemanden. Ihn nicht und auch keinen seiner *Brüder.* Eine seltsame Stimmung lag stattdessen in der Luft, als ich den Supermarkt betrat. Leute sahen mich an, aber auch schnell wieder weg. Ich brauchte einen Moment, um zu begreifen, dass es sich herumgesprochen haben musste, dass Wes und ich was miteinander gehabt hatten. Was immer das auch für ihn gewesen sein mochte.

Mein Einkauf ließ jegliche Selbstdisziplin vermissen, die ich üblicherweise an den Tag legte. Stattdessen häufte ich sinnlos Dinge in den Einkaufswagen. Alkohol, den ich nicht trinken würde, und Süßigkeiten, während ich alles liegen ließ, das auf eine normale Ernährung schließen lassen konnte. Erst am Ende packte ich zwei Pakete Kaffee dazu und schob alles Richtung Kasse, während mir viel zu viele neugierige Blicke folgten und sich in meinen Rücken brannten, als ich die Sachen auf das Förderband legte.

»Ich hätte ja nicht gedacht, dass er Sie allein vom Grundstück lässt.«

Die Worte kamen aus heiterem Himmel und verdutzt starrte ich die junge Frau an, die vor mir in der Schlange gestanden hatte. Sie war erstaunlich groß, sodass ich mich vermutlich winzig gefühlt hätte, wäre sie nicht so unglaublich zierlich. Und hübsch mit ihrer hellen Haut und den weißblonden Haaren. Das Tattoo auf ihrer Schulter hob sich in einem seltsamen Kontrast von ihrer Haut ab und ich brauchte einen Moment, ehe ich etwas erwidern konnte.

»Ich habe keine Ahnung, wovon Sie sprechen.«

Die Brauen der Frau wanderten überrascht nach oben.

»Oh. Entschuldigen Sie. Ich dachte, Sie wären die neue Freundin von Wes. Er ist der Cousin meines Freundes. Gerüchte gehen hier schnell rum.«

Im ersten Moment war ich verwirrt. Dann dämmerte es mir. Vor mir stand Brooke Cavanaugh. Die Tochter des toten Bürgermeisters, die gerade einen ganzen Großeinkauf durch die Kasse zu schleusen versuchte. Die Frau an der Seite des lokalen Drogenbarons. Eine der Personen, die in jener Nacht dabei gewesen waren, als Wes seinen Vater umgebracht hatte.

Hayes war ein verficktes Dorf.

»Das ist vorbei.« Ich bemühte mich, meiner Stimme einen neutralen Tonfall zu geben.

Dass ich es nicht geschafft hatte, erkannte ich, als so etwas wie Bedauern über ihr Gesicht huschte.

»Das tut mir leid. Ich wollte in keiner Wunde bohren. Ich war nur überrascht, dass Sie hier sind und nicht im Clubhaus.«

Ich runzelte die Stirn, während ich hinter ihr meine restlichen Sachen aufs Band legte. »Warum sollte ich?«

Brooke Cavanaugh hob mit einem ratlosen Lächeln die Schultern, während sie weiter zur Kassiererin aufschloss. »Weil sie seit ein paar Tagen alle da sind. Keine Ahnung, was da los ist.

Sofern man sie überhaupt noch sieht, sind sie in Gruppen unterwegs. Ich mache mir einfach Gedanken.«

Ich ließ das Gesagte für einen Moment sacken. Dann lief ein heißkalter Schauer durch mich hindurch.

Das hatte ich am Rande auch in Portland mitbekommen. Der Club, mit dem Milan immer mal wieder zusammenarbeitete, war von einem Tag auf den nächsten verschwunden gewesen.

Wie ich später erfahren hatte, hatte es Stress mit einem anderen Club gegeben und man hatte sich im eigenen Clubhaus verschanzt. Zur Sicherheit.

Und war wenig später zu einem gezielten Angriff übergegangen.

Die Geschichte dauerte nur wenige Tage. Die Zahl der Toten stand dabei in keinem Verhältnis zum Zeitraum. Es war wie ein kleiner Krieg gewesen, der so weit eskaliert war, dass man Mühe gehabt hatte, die Behörden da rauszuhalten.

»Sie werden das regeln. In ein paar Tagen ist der Spuk vorbei.« Die Sicherheit, mit der ich das aussprach, erstaunte selbst mich. Aber die Frau vor mir schien nicht überzeugt.

»Diese Stadt hat schon zu viel erlebt in den letzten Monaten.«

Als ich diesmal ihren Blick suchte, stockte ich. Aus der Zeitung wusste ich, dass die Tochter des alten Bürgermeisters keine zwanzig war. Die Frau, die nun vor mir stand, brachte hingegen eine Reife mit sich, die mich fragen ließ, was geschehen war, dass sie sie hatte.

»Das weiß ich, Miss Cavanaugh.«

Sie lächelte leicht bei meinem deutlichen Hinweis, dass ich Bescheid wusste, und streckte mir im gleichen Moment die Hand entgegen. »Brooke, bitte.«

Ich ergriff sie. »Sick … ähm … Mary Jane.«

Die Kassiererin unterbrach das Gespräch und geduldig wartete ich ab, bis Brooke ihren Einkauf gezahlt und die Tüten in ihren Wagen gehoben hatte.

»Schade, dass es mit euch nicht geklappt hat.«

Sofort kam Widerwillen in mir auf, während ich dem monotonen Piepen lauschte, das die Kasse von sich gab, als die Frau dahinter ihre Arbeit bei meinem Einkauf fortsetzte und ansonsten so tat, als wäre sie unsichtbar. Ich verwettete meinen Arsch drauf, dass sie später brühwarm alles weitererzählen würde.

»Ich steh einfach nicht auf Biker.« Mein rüder Ton entlockte ihr ein kleines Lächeln.

»Na dann … Schönen Tag noch.« Damit wandte sie sich ab und ließ mich verblüfft an der Kasse stehen.

19

Mary Jane

Die Informationen, die Brooke Cavanaugh mir gegeben hatte, gingen mir noch lange nicht aus dem Kopf. Sie kreisten in meinem Denken auf dem Heimweg und auch noch viel später, als ich mit einer Bierflasche in der Hand auf meiner Veranda saß und der untergehenden Sonne zusah, wie sie langsam hinter den Baumkronen verschwand.

Diese verfluchten Biker hatten sich also in ihrer Hütte verschanzt. Die Sache war ernst. Das machten diese Jungs nicht aus Langeweile. Sondern weil das Risiko zu hoch war, getrennt voneinander zu sein. Gemeinsam war man weniger angreifbar.

Ich kam nicht umhin zu erkennen, dass ich mir bei dem Gedanken Sorgen machte. Sorgen um Wes. Sogar um die Männer, die ich aus seinem Dunstkreis kennengelernt hatte. Auch wenn ich nicht viel von ihnen wusste. Aber … sie waren keine graue Masse mehr. Sie hatten ein Gesicht bekommen, teilweise sogar Namen. Ich konnte es mir nicht mehr leicht machen.

Wenn die Sache hier ähnlich verlief wie damals in Portland, gäbe es demnächst einen mehr oder minder offenen Bandenkrieg im County. Und damit das Risiko, dass Bullen und Anzugträger sich einmischten, weil man so etwas einfach nicht mehr vertuschen konnte. Das war nichts, was man einfach so tat. Das war die letzte Möglichkeit.

Wäre ich an Wes' Stelle gewesen, ich hätte mich auch beobachten lassen. Diese Erkenntnis fraß sich tief in mich hinein, ließ meinen Magen sich zusammenziehen und die Zähne zusammenbeißen. Da war diese verfickte Logik wieder. Egal, wie sehr mich verletzte, was er getan hatte. Ich hätte ähnlich gehandelt. Weil es nicht um mich ging, sondern um etwas viel Größeres. Weil Menschenleben dranhingen und nicht nur die Gefühlslage einer Killerin, die kein Blut mehr sehen konnte.

»Fuck!« Das Bedürfnis, die inzwischen warm gewordene Bierflasche samt Inhalt quer über den Rasen zu schleudern, wurde mit jedem Atemzug größer. Mir gefielen meine eigenen Gedanken nicht. Denn sie verschoben meine Sicht auf das, was Wes getan hatte.

Ich schämte mich nicht für mein Verhalten diesen letzten Abend. Ich wusste, warum ich gegangen war. Warum ich so wortlos alles beendet hatte, was sich für einen viel zu kurzen Moment viel zu gut angefühlt hatte. An meinen Gründen hatte sich auch nichts geändert. Aber die andere Perspektive relativierte vieles.

Plötzlich wusste ich nicht mehr, was ich mit diesem Wissen nun anstellen sollte. Ich war gegangen und hatte die Tür hinter mir zugezogen. Und Wes hatte sich seitdem auch nicht mehr bemüht. Wir hatten Brücken niedergebrannt. Nein. Ich hatte es. Brücken, die ohnehin kaum mehr gewesen waren, als schmale Holzstege über einen reißenden Strom.

Konnte ich diese Brücken wieder aufbauen? Wollte ich das? Wollte er das?

Ein brechender Ast riss mich aus meinen Gedanken. Mit viel Liebe und Verblendung hätte ich mir da noch einreden können, dass es lediglich ein dämliches Reh war, das die Evolution möglichst zeitnah aus dem Rennen nehmen sollte. Das Rascheln danach, als der Idiot durch das Gehölz stolperte, gab mir dann jedoch den Rest.

Ich ging nicht davon aus, dass es einer von Wes' Jungs war. Die hatten mich zwei Wochen hindurch beobachtet und ich hatte nicht mal einen Verdacht bekommen. Der Kerl jetzt hingegen war ein absoluter Stümper.

Ich blieb in der Position sitzen, in der ich mich befand, während ich jedoch meine gesamte Konzentration auf die Umgebung richtete. Zu sehen war nichts. Zumindest nicht innerhalb des kleinen Radius' den ich hatte, während ich oberflächlich auf meine Bierflasche starrte. Aber hören konnte ich sehr gut. Er war circa zehn Meter entfernt im Gebüsch. Offensichtlich glaubte er, wenn er nur lange genug wartete, seinen Patzer wieder wettmachen zu können.

Fehlanzeige, Bürschchen. Ich stand nicht drauf, von einem Vollidioten überrascht zu werden. Dummerweise war ich aber nach wie vor nicht bewaffnet. Ein Fehler, der sich nun wohl rächte. Die Bierflasche in meiner Hand war nur ein kleiner Trost. Vor allem, wenn ich damit rechnen musste, dass der Kerl mit einer geladenen Waffe da rumhopste, während die Schrotflinte mit Ladehemmungen vom Vorbesitzer im Schlafzimmer an der Wand lehnte und mein Messer direkt daneben lag.

So gelassen, dass mein Beobachter nicht merkte, dass ich die Gelegenheit nur nutzte, um einen besseren Blick zu bekommen, hob ich die Flasche und stürzte den Rest des inzwischen lauwarmen Bier herunter.

Erwischt. Er hatte seine Position verändert und war auf acht Meter an mich herangekommen. Ich konnte ihn zwischen den Bäumen kurz sehen, als er von einer Deckung in die nächste huschte. Inzwischen war die Sonne fast untergegangen, lange Schatten bedeckten den Boden und das Licht zwischen den Bäumen war nahezu vollständig gewichen. Er fühlte sich ganz eindeutig sicher. Zu sicher. Irgendwer musste ihm mal sagen, dass er für diesen Job eindeutig keine Qualifikation besaß. Ich hoffte, dass das gleiche auch für seine Schießkünste galt. Denn ich ging nicht davon aus, dass er unbewaffnet hier aufgetaucht war.

Die Frage war nur, warum er hier war. Je länger diese Farce dauerte, desto unwahrscheinlicher wurde es, dass er hier war, um mich zu beseitigen. Das hätte er schon vor Minuten – oder wie lang auch immer er hier schon herumschlich – tun können. Stattdessen jedoch versuchte er, immer näher an mich heranzukommen.

Da ich mir hier keine Feinde gemacht hatte – zumindest keine, von denen ich wusste –, musste ich davon ausgehen, dass es in irgendeiner Form mit Wes und seinem Stress zu tun hatte.

Brooke hatte angenommen, dass ich noch mit Wes zusammen war. Vielleicht waren die Leute in New Orleans auch auf diesem Trip, ohne dabei zu hinterfragen, warum ich allein und ungeschützt in meinem Haus und nicht wie alle anderen im Clubhaus war. Aber vielleicht war es ihnen auch egal, weil sie glaubten, dass ich für Wes noch weit genug von Interesse war, dass er reagieren würde, wenn sie mich in die Finger bekamen.

Das Szenario war das wahrscheinlichste, also beschloss ich, diese Farce zu beenden. Hinterher konnte ich mir immer noch Gedanken darum machen, ob ich wütend auf Wes sein sollte, weil er mich da mit reingezogen hatte.

»Wenn du was von mir willst, wirst du deinen dürren Arsch schon hier rüberschwingen müssen, Flachpfeife.«

Im ersten Moment blieb alles still und ich verdrehte die Augen, während ich demonstrativ seufzte.

»Komm schon, Kleiner. Mach es mir nicht unnötig schwer.«

Diesmal reagierte er tatsächlich und stumm blieb ich sitzen, als er aus seiner Deckung hinter einem Baum heraustrat und näher auf mich zukam.

Er war größer und breiter als ich. Aber das war keine Kunst. Er war in etwa mein Alter, vielleicht etwas älter. Ich taufte ihn Blondie. Und er trug keine Kutte. Allerdings hätte ich die an seiner Stelle auch nicht getragen, wenn ich wehrlosen Frauen auflauerte.

»Du hast eine verdammt große Klappe für so ein kleines Ding.«

Ich grinste bei seiner Überheblichkeit und benannte ihn spontan um. *Blockhead* passte viel besser bei dem Betonschädel. Die bereits jetzt weniger werdenden Haare klebten förmlich an seinem Kastenkopf, die Arroganz in seinem Blick, als er mich anzüglich von oben bis unten musterte, ließ mich annehmen, dass er gerade einer vollkommenen Fehleinschätzung unterlag. Etwas, das mir immer wieder passierte. Ich gab zu, dass ich es mitunter auch darauf anlegte. Ich liebte den überraschten Gesichtsausdruck am Ende einfach.

»Nicht nur das, Schätzchen.« Ich drückte mein Kreuz ein wenig durch, was wie geplant seine Aufmerksamkeit auf meine Titten lenkte. »Aber ich glaube, du bist nicht hier, um die Auslagen zu bewundern«, fügte ich noch hinzu und sah, wie sein Grinsen breiter wurde.

»Nein, obwohl das durchaus ein Plus des Jobs ist.«

Ich war mir sicher, schon bessere Komplimente bekommen zu haben. Aber ich wollte da jetzt auch nicht kleinlich sein.

»Es freut mich, dir die Arbeit so angenehm gestalten zu können. Allerdings bin ich neugierig. Was ist dein Job?«

Er schaffte es zumindest, den Blick wieder auf mein Gesicht zu richten. Etwas daran machte, dass die Haare in meinem Nacken sich aufrichteten. Ich sollte ihn trotz allem besser nicht unterschätzen. Das wäre ein glatter Anfängerfehler. Ich konnte nicht davon ausgehen, dass sie den letzten Idioten zu mir geschickt hatten, nur weil er im Anschleichen ein kompletter Trottel war. Nicht, solange ich nicht sicher sein konnte, dass er die Waffe, deren Griff aus seinem Hosenbund ragte, auch bedienen konnte.

»Dich sicher nach Hause bringen.«

Ich hob eine Braue bei der kryptischen Aussage. »Ich bin zuhause, Süßer.«

»Zu meinem … Boss. Eine Haus nicht weit von hier.«

Ich schüttelte den Kopf, während ich innerlich einen Haken hinter meine Vermutung machte. Auch ohne Kutte wusste ich nun, aus welcher Ecke Blockhead kam. Das *Boss* kam definitiv zu zögerlich. Er hatte ursprünglich etwas anderes sagen wollen. Er gehörte definitiv zu dem ominösen Chapter in New Orleans, das wusste ich jetzt genauso, wie dass ich mit Wes noch mal ein ernstes Wort würde reden müssen, sollten wir uns noch mal begegnen.

»Es wird dir da gefallen.«

»Ich fühle mich hier aber wohl. Warum sollte ich da hin?« An seinem Blick konnte ich erkennen, dass er des Spiels müde wurde. Ewig würde ich ihn so nicht mehr hinhalten können. Ich brauchte einen Plan. Die Waffe in seinem Hosenbund schied schon mal aus. Das wäre das erste, womit Blockhead rechnen würde. Selbst wenn er annahm, dass ich damit nicht umgehen konnte.

»Weil ich sage, dass du jetzt mit mir dahinkommst. Also los. Ich wollte mir hier nicht ewig die Beine in den Bauch stehen.«

Okay, ich hatte das Ende seiner Geduld erreicht.

Mit einem hoffentlich angemessen eingeschüchterten Gesichtsausdruck kam ich auf die Beine und klopfte mir den imaginären Staub von den Beinen, ehe ich betont langsam in seine Richtung ging, die Flasche dabei entspannt in meiner rechten Hand haltend, den Blick auf die Waffe in seinem Hosenbund gerichtet.

»Wenn du nicht gerade versuchst, die Länge meines Schwanzes herauszufinden, solltest du dir das gleich wieder aus dem Kopf schlagen.«

»Kannst du damit überhaupt umgehen?« Ich mühte mich um einen arglosen Ton, während ich demonstrativ auf die Knarre starrte. Leider schien er nicht ganz so auszufallen, dass er ihn mir abkaufte.

»Willst du es herausfinden?«

Nun, ich würde es wohl müssen.

Der Typ war wendiger, als ich ihn eingeschätzt hatte. Leider verfehlte ich daher seine Schläfe, als ich die Flasche hob und dagegen schlagen wollte, und traf ihn knapp an der Schulter. So, wie er daraufhin jedoch stöhnte, hatte ich wenigstens den Nervenknoten dort getroffen. Seine Schulter sackte etwas herab, was meine Hoffnung bestätigte. Jetzt war er zwar immer noch stärker als ich, dafür aber rechts zumindest für die nächsten Minuten motorisch stark eingeschränkt. Ein kleiner Punkt an mich.

Als er nach mir greifen wollte, drehte ich mich weg und weiter Richtung des ersten Baumes der Waldgrenze. Ich hielt noch immer die Flasche in meiner Hand und ließ sie mit dem Boden gegen den Stamm krachen, sobald ich nah genug war.

Diesmal war mir das Glück holt. Der Boden zerbarst, der Rest der Flasche blieb jedoch intakt. Jetzt hatte ich zwar noch immer kein Messer oder gar seine Knarre, die nach wie vor in diesem verdammten Hosenbund steckte, aber zumindest etwas, was ernstlichen Schaden anrichten konnte.

Erneut wollte er nach mir greifen. Doch ich duckte mich, sodass er nur meine Haare zu fassen bekam. Ich ignorierte den Schmerz, als er zupackte und mich aus dem Gleichgewicht bringen wollte. Der Schrei, den er ausstieß, als ich die Flasche zeitgleich in seinen Oberschenkel rammte, war anschließend Musik in meinen Ohren. Die Verletzung war nicht tief, davor hatte die Jeans ihn bewahren können. Aber auch so blutete sie ausreichend, um den hellen Stoff umgehend mit Blut zu tränken. Rechter Arm, linkes Bein. Es sah immer besser aus für mich.

Mit der freien Hand fasste ich meine Haare, riss diese zurück und er ließ – perplex, wie er war – tatsächlich die Strähnen los, die er bisher so vehement festgehalten hatte, sodass ich mich wieder aufrichten konnte.

Jeder normale Mensch wäre jetzt auf Abstand gegangen. Aber das konnte ich mir nicht leisten. Nicht, solange er die Waffe trug. Es blieb lediglich die Flucht nach vorn. Erneut hob ich daher die Flasche und zog ihm die scharfkantige Unterseite quer über den Hals, ehe ich einen Satz nach hinten machte, um aus seiner Reichweite zu kommen.

Er hatte keine Zeit mehr zu reagieren. Die Scherben glitten durch seine Haut und der metallische Geruch von Blut füllte die

Luft, als es in einem großen Schwall aus dem Schnitt herausquoll.

»Du verdammte …« Eine Hand hatte er auf seinen Hals gepresst, der andere Arm schien wirklich taub, denn er konnte ihn kaum heben, um nach der Waffe zu greifen.

Den Tritt in seinen Bauch konnte er so ebenso wenig verhindern und er sackte auf die Knie, noch ehe er den Griff der Waffe zu fassen bekam.

Ich sah, wie seine Finger sich um den Griff legten, wie das Metall im letzten Tageslicht funkelte, als ich wieder auf ihn zukam und mit einer Hand in seine Haare griff.

Der zweite Schnitt ging tiefer, durchtrennte die *carotis* und ich presste die Lippen zusammen, als heißes Blut auf meine nackten Beine spritzte.

»Es ist immer das gleiche mit euch Kerlen. Ihr seht eine Frau und denkt, dass ihr sie wie ein Schaf zur Schlachtbank führen könnt.« Sein Körper sackte zusammen und ich ließ seine Haare los, als sein Gewicht an meinem Arm zu reißen begann. Mit einem dumpfen Aufprall landete er auf der Erde und ich sah angewidert an mir hinab. »Aber weißt du was? Nicht mit mir.«

Die Flasche landete auf dem Boden, als ich sie einfach losließ, mich abwandte und ins Haus zurückkehrte.

Ich hatte Müll im Garten, der entsorgt werden musste.

20

Wes

Vier Tage waren vergangen, seit sich alle versammelt hatten. Das Clubhaus platzte aus allen Nähten, waren doch neben der eigentlichen Member teilweise auch deren Familien hier hergekommen zur Sicherheit. Aber zumindest für eine Weile sollte es gehen, auch wenn die Stimmung entsprechend gespannt war. Jeder wartete, dass etwas geschah. Dass wir endlich herausfanden, wo die Scheißkerle sich verschanzt hatten.

In New Orleans waren sie zumindest nicht mehr. Das wusste ich inzwischen. Sie hatten sich vermutlich irgendwo im Umkreis verkrochen. Nur das Wo war nicht bekannt. Aber ich war auch nicht gewillt, darauf zu warten, bis der nächste Angriff kam. Schon jetzt war es ein kleines Kunststück gewesen, die Bullen dazu zu bekommen, die Füße still zu halten. Denn natürlich war niemandem entgangen, dass gleich drei inoffizielle Lager ausgebrannt waren. Zwar war der Verkauf langsam wieder angelaufen, aber es würde noch lange dauern, ehe unsere finanziellen Reserven sich von Chad herholt hätten. Solche Sachen machten es nicht unbedingt leichter.

Tag für Tag schickte ich Männer los. Aber bisher gab es keine Spur von ihnen. In einer Gegend, die über so viel Sumpfland und so wenig Einwohner verfügte, konnte man hervorragend ganze Kompanien verstecken. Hayes und die umliegenden Countys glänzten mit einer hohen Armut. Weniger mit einer hohen Einwohnerzahl. Und so viele waren es in New Orleans nicht gewesen.

Es war die Suche nach der Nadel im Heuhaufen. Aber keiner wollte aufgeben. Auch wenn die Chancen gering waren, so galt es nach wie vor, eine offene Eskalation zu verhindern.

Immer wieder hatte ich dabei meinen Impuls unterdrücken müssen, Mary Jane entweder hier herzubringen – notfalls auch gegen ihren Willen – oder überwachen zu lassen. Beides wären Dinge, die nach hinten losgehen würden, weshalb ich es mir sogar verbot, mich bei ihr zu melden.

Sie war gegangen. Endgültig. Und so sehr ich sie auch verstehen konnte, wusste ich doch, dass ich wieder so gehandelt hätte. Weil es in dieser Geschichte nicht um sie und mich ging. Weil es andere Menschen gab, die davon abhingen, dass ich jede Eventualität in Betracht zog.

Ich hatte befürchtet, dass es ein Problem werden würde, wenn sie meine Welt nicht verstand. Oder verstehen wollte. Ich hatte gehofft, dass es anders käme. Aber die Hoffnung war letztlich auch nichts anderes als ein Dämon. Sie ließ einen Dinge glauben, die nicht eintreten konnten. Die Büchse der Pandora hatte gelogen.

»Hey.«

Ich sah auf, als eine Hand sich auf meine Schulter legte, und ich gleich darauf in die dunklen Augen einer Frau sah. Mandy? Mindy? Ich konnte mich nicht mehr an ihren Namen erinnern, obwohl ich wusste, dass ich sie irgendwann in den letzten Monaten gevögelt hatte.

Sie war kein Vergleich zu Mary Jane. Ihre blonden Haare flossen wirr um ihren Kopf und fast bis auf ihre Hüften, zu viel künstliche Sonne hatte sie etwas vorzeitig altern lassen. Dennoch war sie ein hübsches Ding. Eines, das definitiv seinen Spaß an Männern hatte.

»Du siehst aus, als wärst du schlecht drauf.«

Ich zwang mich zu einem Lächeln. »Willst du daran etwas ändern?«

Ihr Lächeln wurde anzüglich, als ich den Arm um sie legte und auf meinen Schoß zog. Ihre Finger strichen über meine Wange, meinen Hals hinab und langsam tiefer, während ich meine Hand auf ihren nackten Oberschenkel legte und sie langsam hinaufgleiten ließ.

»Ich hatte noch gar keine Möglichkeit, dir zu gratulieren.« Ihre Hand erreichte bei ihren Worten meinen Schwanz, der sich auch tatsächlich zu regen begann, als sie durch die Hose darüberstrich.

»Das kannst du gern nachholen.« Meine andere Hand glitt in ihren Nacken, dirigierte sie, bis sie mit einem heiseren Kichern zwischen meinen Beinen kniete.

Ich schloss die Augen und stellte mir vor, dass es Mary Jane war, als sie mit flinken Fingern Gürtel und Hose öffnete.

Mary Jane

Tot hatte der Kerl sogar noch mehr gewogen. Ein Sack Kartoffeln war ein Witz dagegen und ich war klatschnass geschwitzt, als ich ihn schließlich, eingewickelt in Folie und ein Malervlies, in den Kofferraum meines Wagens gestemmt hatte. Leichen waren bei ihrem Transport eindeutig nicht kooperativ. Aber immerhin hatte ich jetzt etwas, das nicht nur so aussah, als ob es schießen konnte. Der Tote war spendabel genug gewesen, mir gleich zwei Waffen mit vollen Magazinen zu hinterlassen.

Anschließend duschte ich, zog mir frische Sachen an, schnappte mir eine der beiden Waffen und setzte mich hinter das Lenkrad. Selbst im Dunkeln fand ich meinen Weg und keine zehn Minuten später tauchte der verfluchte Sichtschutz aus Holz auf, mit dem diese Biker ihr Grundstück uneinsehbar gemacht hatten.

Ich winkte dem Typen am Tor zu, der vor wenigen Tagen erst unter meinem Haus herumgerutscht war. Er winkte sogar zurück.

»Sorry, Gramps«, murmelte ich, umklammerte das Lenkrad fester und schloss die Augen, während ich aufs Gaspedal trat und auf das Tor zuhielt. Der Motor heulte auf und die darauffolgende Erschütterung, als ich den Wagen frontal durch die geschlossene Einfahrt jagte, riss in meinen Armen, während ein Krachen anzeigte, dass mein Wagen dringend zur Werkstatt musste.

Das Tor hatte ordnungsgemäß nachgegeben und vorsichtig löste ich meine Finger wieder vom Holz, stellte den Motor ab und stieg mitten auf dem Hof aus.

»Sick!« Die Stimme des Elektrikers erkannte ich noch. Seinen Namen hatte ich leider schon wieder vergessen im allgemeinen Trubel.

»Anwesend.«

»Was zum Henker soll das?«

Als ich mich zu ihm umdrehte, kam er auf mich zugesprintet und in der Dunkelheit konnte ich mich nicht entscheiden, ob er panisch oder verärgert war. Vermutlich jedoch beides. Mir war es egal.

»Ich hab Müll geladen, der euch gehört.«

»Du bist verrückt.«

»So sagt man«, erwiderte ich und wollte mich abwenden und Richtung Haus gehen, als er mich am Oberarm packte und festhielt.

»Du kannst da nicht rein.«

Ich drehte ihm den Kopf zu und hob eine Braue.

»Willst du mich etwa aufhalten?« Ich konnte sehen, wie er sich bei meiner Frage wand.

»Geschlossene Gesellschaft, Kleines. Ich verliere meinen Status, wenn ich dich da reinlasse.« Bedauern lag in seiner Stimme und ich nickte.

»Okay.«

Meine Faust landete im gleichen Moment in seinem Gesicht, als die Tür zum Haus sich öffnete. Der Typ verdrehte die Augen und sackte gleich darauf in sich zusammen, während ich die schmerzende Hand ausschüttelte.

»Alter, du hast einen Kiefer aus Beton. Hat dir das schon mal jemand gesagt?«

Ich rechnete nicht wirklich mit einer Antwort. Ich hatte ihm zumindest für ein paar Minuten einen Tiefschlaf beschert. Anschließende Kopfschmerzen inklusive. Aber so konnte er wenigstens behaupten, es versucht zu haben.

Niemand hielt mich auf, als ich langsam Richtung Haus ging, auf dessen Veranda sich bereits Schaulustige versammelt hatten. Aber keiner sagte ein Wort, um mich davon abzuhalten. Man machte mir sogar Platz, als ich an ihnen vorbei und durch die Tür ging.

Dieses Mal war die Musik nicht ganz so laut, allerdings weckte sie bei mir auch jetzt das Bedürfnis, mir das Blut aus den Ohren zu wischen. Was zum Teufel sprach eigentlich gegen guten alten Rock? Hatten diese Männer wirklich so wenig Geschmack?

Ich verzieh den musikalischen Totalausfall jedoch umgehend, als ich bemerkte, wie bei meinem Eintreten die Gespräche in meiner Nähe erstarben. Ich hatte die volle Aufmerksamkeit, als ich mir einen Weg durch die Anwesenden bahnte und mich umsah, bis ich auf einer der Couchs Wes entdeckte. Mit einer Frau. Zwischen seinen Beinen.

Er hatte sich also keine Zeit gelassen, mich zu ersetzen. Ich wollte wütend auf ihn sein. Andererseits hätte ich es vermutlich nicht anders gemacht. Den einen Scheißkerl vergaß man am besten mit einem anderen. Auch wenn der Anblick gerade beschissen weh tat, musste ich das Argument der Gleichberechtigung einfach gelten lassen.

Das Mädel quiekte, als ich es in den Haaren packte und zurückriss. Im ersten Moment schien sie protestieren zu wollen, doch irgendwas hielt sie davon ab, als sie in mein Gesicht sah.

Und sie überschlug sich fast in ihrem Versuch, von mir fort zu kommen, als ich ihre Haare losließ.

Bis dahin hatte Wes die Augen geschlossen gehabt. Den Kopf nach hinten gesunken hatte er sich sichtlich entspannt gehabt. Auch mein Anblick änderte das nur minimal. Ein anzügliches Grinsen kräuselte seine Mundwinkel und ich knirschte mit den Zähnen, als er mich mit gehobener Braue spöttisch musterte.

»Ich hoffe wirklich, dass du zu Ende bringst, was du gerade unterbrochen hast.«

»Ich bin nur hier, um deinen Müll vorbeizubringen. Er blutet mir den Kofferraum voll.«

Ein interessierter Ausdruck huschte über sein Gesicht und mit einem Kopfnicken wies er einem Kerl in der Nähe an, nachzusehen, ehe er sich wieder mir zuwandte.

»Bedauerlich. Aber wenn das jetzt geklärt ist, kann die Kleine ja weitermachen, während ich mir vorstelle, dass es deine Lippen auf meinem Schwanz sind.«

Ich schwor mir spontan, niemals einen Seelenklempner auch nur in die Nähe meiner Psyche zu lassen. Denn bei seinen Worten machte mein Herz einen Satz und verfickte Schmetterlinge ließen meinen Bauch in helle Aufregung geraten.

Die Spannung in der Luft sagte deutlich, dass gerade jeder in der Nähe den Atem anhielt und auf meine Reaktion wartete. Ich genoss es und ließ sie zappeln.

Da saß er. Der einzige Mann, der es je geschafft hatte, mir unter die Haut zu gehen. Mit offener Hose und ich verwettete meinen Arsch drauf, dass Lippenstift an seinem Schwanz klebte. Aber ich freute mich wie ein kleines Kind an Weihnachten über seine Worte, die mich gerade sogar zum Lächeln brachten.

»Das ist wohl die beschissenste Art, einer Frau zu sagen, dass man sie vermisst.«

»Hättest du es anders geglaubt?«

»Mach endlich deine verdammte Hose zu.« Ich lächelte, als er sich erhob und tat, was ich von ihm wollte. Und ich schloss für einen kurzen Moment die Augen, als er auf mich zukam und seine Hand in meinen Nacken legte.

»Du hast die Kleine verscheucht. Dafür schuldest du mir was.« Das Funkeln in seinen Augen, als ich zu ihm aufsah, ließ meine Knie weich werden.

»Einen Blowjob? Den bekommst du an jeder Ecke. Dafür brauchst du mich nicht.«

Er grinste, als ich ihn an seine Worte vor einigen Wochen erinnerte.

»Den Fick meines Lebens, Süße.«

Ich konnte nicht anders, als das anzügliche Grinsen zu erwidern. »Du stinkst nach einer anderen Frau. Du darfst jetzt duschen. Und wenn du ganz lieb bist, darfst du mich heute Nacht im Arm halten.«

»Unter einer Bedingung.« Das Lachen in seiner Stimme brachte mich dazu, mir auf die Lippe zu beißen, während mein Herz wild in meiner Brust hämmerte.

»Die wäre?«

»Du kommst mit duschen.«

Ich grinste und stellte mich auf die Zehenspitzen, während ich ihn gleichzeitig mit einer Hand in seinem Nacken zu mir herabzog.

»Herausforderung angenommen.«

Dann küsste ich ihn. Mit all dem Schmerz, der Wut und der Sehnsucht, die ich mir nicht hatte eingestehen wollen.

Wasser prasselte auf meinen Körper, während ich mit geschlossenen Augen unter der simplen Dusche stand. Wes hatte sich danach nicht mehr lang bitten lassen, meine Hand genommen und mich mit sich gezogen. Aus der ehemaligen Lobby raus, eine Treppe hoch und einen Flur entlang, bis er eine der Türen öffnete und mich hineinschob.

Jetzt stand ich vor ihm, mein Herz klopfte bis zum Zerspringen, während ich mit den Fingerspitzen über seine Brust fuhr, die Konturen der Tattoos darauf nachzeichnete und stillhielt, als er seine Hand auf die meine legte und sie auf jene Stelle drückte, an der sein Herz kräftig schlug.

»Es tut mir leid, dass ich dich verletzt habe.«

Seine Worte klangen aufrichtig und mein Magen zog sich zusammen. Doch als ich meine Hand unter der seinen wegziehen wollte, hielt er sie nur noch fester.

»Du hast nichts falsch gemacht«, erwiderte ich heiser und wunderte mich, dass er mich durch das Prasseln der Dusche überhaupt hören konnte.

»Nein. Aber ich habe dir trotzdem weh getan.«

Ich nickte schwach. »Ich komm drüber weg.« Dann jedoch kniff ich die Lider zusammen und grub meine Nägel in seine Brust. »Aber wenn ich dich noch mal mit einer anderen erwische, war das dein letzter Tag auf diesem Planeten.«

Das Lächeln, mit dem er mich daraufhin bedachte, ließ diese verfluchten Schmetterlinge wieder flattern und meinen Mund trocken werden.

»Und wenn du das nächste Mal abhaust, werde ich dich an den Haaren wieder zurückschleifen.« Seine Hände glitten an meinen Hintern, hoben mich hoch und ich schlang die Beine um ihn. Meine Finger glitten in seine Haare, hielten ihn fest und ich erwiderte sein Lächeln.

»Ist das ein Versprechen?«

»Eine Drohung.« Er sprach die Worte dicht an meinen Lippen und jagte damit einen Schauer über meinen Rücken.

In meinem ganzen Leben war ich nie kitschig gewesen. Doch der Kuss, den ich nun von ihm erhielt, hob meine Welt aus den Angeln. Es war mehr als Lust, mit der er über mich herfiel. Hunger, Sehnsucht und ich beantwortete sie mit der gleichen Intensität, bog meinen Rücken durch und schlang meine Beine noch fester um ihn.

Das war nicht die Zeit für ein Vorspiel und mein Keuchen, als er mit einem einzigen Stoß tief in mich eindrang, versank zwischen unseren Lippen.

Bei ihm war mein dritter Vorname Inkonsequenz. Aber das war mir gerade scheißegal. Ich brauchte diesen Mann. So sehr, dass es weh tat. So sehr, dass ich gerade nichts anderes tun konnte, als mich an ihm festzuhalten, während er mich mit harten, tiefen Stößen in einen Orgasmus katapultierte, der mich seinen Namen schreien ließ. Bis ich mich zitternd an ihn klammerte und darum betete, dass er seine Drohung wahrmachen würde, sollte ich noch einmal weglaufen.

Als ich begriff, dass ich in dieser Nacht keine Flashbacks bekommen würde. Solange er bei mir war.

21

Wes

Sie schlief noch tief und fest, als ich am nächsten Morgen aufwachte. Halb auf dem Bauch, das Laken bis auf ihre Taille herabgerutscht, lag sie da und für einen kurzen Augenblick bewunderte ich die Verletzlichkeit dieses Anblicks. Eine Verletzlichkeit, die sie niemals zugeben würde.

Strength. Die Buchstaben wanden sich zwischen kunstvollen Schnörkeln ihre Wirbelsäule hinab und ich lächelte, als ich mit einem Finger daran entlang fuhr, bis ich auf ihrem Steiß angelangte und sie den Kopf hob. Sie schlief noch halb. Aber sie lächelte. Ein warmes, fast schon kindliches Lächeln, das in mir den Wunsch weckte, sie festzuhalten und nie wieder loszulassen.

Das Leben hatte ihr übel mitgespielt. Die Wunden der Vergangenheit konnte ich nicht heilen. Aber ich konnte dafür sorgen, dass keine neuen hinzukamen.

Mary Jane war anders, als ich mir je vorgestellt hatte, dass die Frau wäre, mit der ich bereit war, mein Leben zu teilen. Anders, als jede Frau, der ich in meinem Leben begegnet war.

Sie war wie eine Handgranate, bei der jemand den Stift gezogen hatte. Ein Blindgänger, bei dem man nie sicher sein konnte, ob oder wann er in die Luft ging. Und ich wollte sie genau so.

Mit ihrer ruppigen Art. Ihrer Verwirrung, wenn etwas sie überforderte. Und mit diesem zarten Lächeln im Gesicht, als ich mich zu ihr beugte und einen Kuss auf ihre Schulter gab.

Ihre Finger verhakten sich mit meinen, als ich den Arm um sie schlang, und ich schloss die Augen, als sie sich so drehte, dass ihr kleiner Arsch sich fest gegen meinen Schwanz drückte. Ihre Haut war noch warm vom Schlaf, ihr Körper weich und nachgiebig und sie seufzte leise, als ich meine Zähne leicht in ihren Hals grub und mein Knie zwischen ihre Beine schob.

»Wirst du es irgendwann auch mal leid, Spuren zu hinterlassen?«

Ich lächelte bei ihrem nur halbernsten Tonfall, als ich den Kopf hob und auf ihren Hals sah. Die Stelle war leicht gerötet und lag direkt neben dem dunklen Fleck, den ich vergangene Nacht am Übergang von Schulter und Hals hinterlassen hatte.

»Ja, wenn du es genauso lässt«, erwiderte ich und sah, wie sie ihre Lippen zu einem zufriedenen Grinsen verzog, als sie den Kopf drehte und einen Blick auf meine zerkratzte Brust warf.

Dann bekam sie für eine ganze Weile keine Gelegenheit mehr, sich über irgendwas zu beschweren.

Zwei Stunden später saßen wir uns beim Frühstück gegenüber, das die Mädchen jeden Tag vorbereiteten, und ich amüsierte mich heimlich, über das kleine Versteckspiel, das Mary Jane und die Kleine der vergangenen Nacht miteinander betrieben. Mary Jane saß am Tisch, nippte an ihrem Kaffee und man hätte glauben können, dass sie nichts von dem mitbekam, was um sie herum geschah. In Wahrheit ließ sie die Kleine jedoch nicht aus den Augen, die sich nervös in der Nähe des Tresens und dem Weg zur Küche aufhielt, bereit, jederzeit die Flucht zu ergreifen.

Sie wurde sichtlich blass, als ich sie mit einer Hand heranwinkte, und ich sah den Anflug von Panik in ihrem Blick, als sie meiner Aufforderung langsam nachkam und schließlich mit hochgezogenen Schultern neben dem Tisch stand.

»Ich glaube, ihr solltet das jetzt klären und nicht, wenn es ein Problem wird.«

Unter ihrer Sonnenbräune wurde die Kleine weiß wie eine Wand, während Mary Jane einen gereizten Blick auf mich warf, ehe sie sich der Frau zuwandte.

»Es … es tut mir leid.« Mehr als Stammeln war bei der Blondine nicht drin und entspannt lehnte ich mich zurück und verfolgte das Schauspiel, als Mary Jane die Arme vor der Brust verschränkte und ihr einen eisigen Blick zuwarf.

»Solltest du auch nur darüber nachdenken, die Finger an ihn zu legen, werde ich mit deinem Blut mein Wohnzimmer streichen.«

Ich war mir wirklich nicht sicher, ob Mary Jane es nicht doch ernst meinte, und hob eine Braue, als sie sich daraufhin mit dem gleichen kalten Ausdruck an mich wandte.

»Und wenn du noch mal auf die Idee kommst, mich betrügen zu können, nagel ich deine Eingeweide an dieses verdammte Clubhaus.«

Ich grinste bei ihrer formvollendeten Demonstration ihrer Besitzansprüche. »Klingt fair.«

Mary Jane wurde prompt rot, als sie begriff, was sie da soeben in aller Öffentlichkeit gesagt hatte, und wandte sich hastig wieder der Frau zu, die nach wie vor kreidebleich am Tisch stand.

»Wenn du mir jemals in den Kaffee pinkelst, weil du glaubst, dich an mir rächen zu müssen, bist du ebenfalls eine tote Frau.«

Die Kleine konnte gar nicht schnell genug nicken und davonrennen, als Mary Jane sie mit einer nachlässigen Handbewegung entließ.

»Sie hat es jetzt verstanden. Und in den nächsten Stunden vermutlich auch jede andere Frau im County.« Ich sah die Unsicherheit in ihrem Blick aufblitzen, als ich ihre Hand nahm, ehe sie sie hinter einer mürrischen Miene verbergen konnte.

»Ich teile nicht, was mir gehört.« Die Worte waren ihr sichtlich schwergefallen und sie wich meinem Blick aus, als ich ihre Hand kurz fester drückte.

»Ich auch nicht. Also komm nicht auf dumme Gedanken.«

Das Lächeln, das sie mir daraufhin schenkte, ging mir durch Mark und Bein. Was immer auch in den zurückliegenden Tagen bei ihr geschehen war, es hatte etwas verändert. Etwas Grundlegendes. Sie schien nun wirklich bereit, uns eine Chance zu geben. Und irgendwie ahnte ich, dass sie höllisch besitzergreifend sein würde.

»Wie kommst du zu der Leiche in deinem Kofferraum?« Ein wenig bedauerlich war es ja schon, dass wir das Thema wechseln mussten.

Wie erwartet, erlosch das Grinsen umgehend und Mary Jane kehrte zu jenem kühlen, leicht ablehnenden Ausdruck zurück, den ich von ihr bereits gewöhnt war.

»Blockhead hat gestern den Fehler gemacht, mich für hilflos zu halten. Wollte mich zu seinem Boss bringen. Der soll ganz in der Nähe meiner Hütte untergekommen sein.«

Ihre Worte grenzten den Suchradius meiner Leute gerade um knappe fünfzig Quadratkilometer ein. Chad hatte sich also ganz hier in der Nähe verschanzt. Ein wenig bedauerlich, dass Mary Jane mit dem Kerl kurzen Prozess gemacht hatte, den Silent bereits gestern als den Sergeant-at-Arms aus New Orleans identifiziert hatte. Rock, der noch in der Nacht dem Häcksler zum Opfer gefallen war, ehe er an die auf dem Grundstück lebenden Alligatoren verfüttert worden war. Kein Verlust, wenn man mich fragte. Allerdings hätten wir vermutlich nützliche Dinge aus ihm herausbekommen können.

Silent hob den Kopf, als ich nach ihm rief, und war schon wenige Augenblicke später bei uns. Bisher hatte er die Suchen organisiert und seine reglose Miene besagte, dass sie nach wie vor nicht fündig geworden waren.

»Konzentriert euch auf die leerstehenden Gebäude im direkten Umkreis. Chad ist größenwahnsinniger, als ich dachte. Rock meinte, sie seien ganz in der Nähe von Sicks Haus.«

Silent nickte knapp und war kurz darauf wieder verschwunden. Irgendwer musste diesem Mann mal Reden beibringen.

Pantomime würde mir schon reichen. Oder eine Variation in seiner Mimik. Aber vielleicht erwartete ich da einfach zu viel. Vor allem, da ich ihn bereits seit vielen Jahren kannte. Auch wenn ich nicht mal genau wusste, wie alt er war.

»Hat er sonst noch was gesagt?«

Mary Jane dachte kurz nach, schüttelte dann jedoch den Kopf.

»Was habt ihr jetzt vor?« Als ich kurz zögerte, verengten sich ihre Lider und eine steile Falte entstand zwischen ihren Brauen. Ja, meine Kleine war schnell damit, die Kratzbürste auszupacken.

»Sie loswerden, bevor ein offener Krieg draus wird und das ATF hier auftaucht.«

Sie nickte. Langsam. Bedächtig. Und ich schwieg, während sie nachdenklich ihren Becher hob und an ihrem Kaffee nippte.

»Braucht ihr Hilfe?« Der Blick, den sie mir dabei zuwarf, ließ mein Herz seinen Takt verlieren. Es war das erste Mal, dass ich den Killer in ihr erlebte.

»Von dir?«

Ein boshaftes Lächeln breitete sich ganz langsam auf ihrem Gesicht aus und jagte mir einen Schauer über den Rücken, bis hinab in meine Eier.

»Ich steh nicht drauf, von irgendwelchen Idioten im Garten überrascht zu werden.«

Ich nickte. »Was willst du dafür?«

Berechnung lag in ihrem Blick, als sie sich in ihrem Stuhl zurücklehnte und mich mit gehobener Braue musterte. »Den Fick meines Lebens, was denkst du denn?«

Ich lachte. So laut, dass die übrigen Anwesenden sich nach mir umdrehten.

Mary Jane

Es war später Nachmittag, als Silent und seine Leute fündig wurden. Blockhead hatte nicht gelogen, als er gemeint hatte, dass er und seine Brüder sich ganz in meiner Nähe verschanzt hätten. Um genau zu sein, lag das Haus, eine von vielen leerstehenden Baufälligkeiten der Umgebung, keine Meile von meinem Zuhause entfernt. Allerdings auch so weit ab vom Schuss, dass keiner auf die Idee gekommen war, dort nachzusehen. Die meisten hatten es sogar bereits vergessen. Immerhin stand es seit über dreißig Jahren leer.

Wenn man mir vor einem Jahr gesagt hätte, dass ich mal einer Horde waffenschiebender Biker unter die Arme greifen würde, hätte ich vermutlich herzhaft gelacht. Aber genau so war es.

Weil ich ihren President nicht nur verdammt sexy fand, sondern weil er etwas in mir berührt hatte, wovon ich immer geglaubt hatte, dass es mein Leben mir gründlich ausgetrieben hätte: Zuneigung. Ein Gefühl, das so tief reichte, dass ich gewillt war, ihm zu vertrauen.

Weil dieser verdammte Biker nichts getan hatte, was dagegen sprach, ihm zu vertrauen. Im Gegenteil sogar. Er war da gewesen, als meine Vergangenheit mich so fest im Griff gehabt hatte.

Er verurteilte mich nicht. Er sah nicht auf mich herab. Er akzeptierte mich.

Er war wie ich.

Mit einem verfluchten College-Abschluss. Meine Kinnlade hatte sich von dem Schock noch immer nicht ganz erholt, als er mir das unter die Nase gerieben hatte, ehe er zum Schrottplatz rübergegangen war. Um zu arbeiten, wie er meinte, nachdem er seit kurzem keinen Geschäftsführer mehr hatte.

Wenn man weiß, dass man irgendwann ein ganzes Unternehmen erben wird, wäre man dumm, nicht ans College zu gehen, um BWL zu studieren.

Für das breite Grinsen, das er bei diesen Worten zur Schau gestellt hatte, hätte ich ihn fast erschossen. Wenn ich ihn nicht so mögen würde. Und weil ich es inzwischen sogar auf eine perverse Weise genoss, dass er nahezu jede Gelegenheit nutzte, mich aufzuziehen. Er gab mir damit das Gefühl, dass mit mir alles in Ordnung war. Auch wenn ich wusste, dass das eine Lüge war.

In seiner Abwesenheit hatte er Stoned damit beauftragt, mich mit allem zu versorgen, was ich benötigte. Und mit einem Seufzen hatte ich hingenommen, dass dies wohl meine Version von *Ich heirate eine Familie* werden würde. Zumindest, wenn das mit Wes und mir funktionieren sollte. Denn ich *wollte,* dass es funktionierte. Also hatte ich mich gefügt und Stoned skeptisch angesehen, als er mir einen Arm angeboten und stoisch so lange in der Position verharrt hatte, bis ich mich bei ihm eingehakt hatte.

Seitdem wusste ich, dass die Waffen, mit denen der MC handelte, seit der Ausgangssperre auf dem Grundstück lagerten, das zum Clubhaus gehörte. Riskant, wenn man damit rechnen musste, dass die Polizei jederzeit unangemeldet hier auftauchen konnte. Aber selbst ich begriff, dass ihnen keinen andere Wahl geblieben war, als sie in den letzten Bruchbuden, die weiter hinten, wo das Land immer sumpfiger wurde, noch erhalten waren, zwischenzulagern.

Ich hatte nicht schlecht über die Mengen gestaunt, die sie dort untergebracht hatten. Es waren noch immer viel zu viele. Und das, obwohl Wes mir gesagt hatte, dass es langsam besser wurde. Ich wollte nicht wissen, auf wie viel sie davon gesessen hatten, als es schlecht gelaufen war.

Allerdings wollte ich mich darüber jetzt auch nicht beschweren. Immerhin gereichte mir das nur zum Vorteil, konnte ich mich so doch mit allem eindecken, wovon ich dachte, dass ich es noch würde gebrauchen können.

Diverse Messer, eine Glock 40, bei der Stoned mir einen schrägen Blick zuwarf, und mein heißgeliebtes SG 550-1. Und sogar die richtige Munition für beides bis zum Sanktnimmerleinstag, woraufhin Stoned zwar den Kopf schüttelte, sich jedoch eines Kommentars enthielt. Zusammen mit den beiden Waffen von Blockhead sollte das mehr als ausreichend sein.

Eine ganze Stunde brachte ich anschließend damit zu, alle Waffen zu zerlegen, zu reinigen und zu testen. Ja, an Blechdosen. Ohne Grashalm. Kautabak war auch nicht mit von der Partie. Nur Stoned, der mit wachsendem Respekt zusah, woraufhin ich ihm die Zunge rausstreckte.

Seine darauffolgende Geste machte Captain Picard alle Ehre. Und ich war mir verflucht sicher, dass er irgendwas im Sinne von *Die beiden haben sich verdient* murmelte. Aber seltsamerweise wollte er es nicht wiederholen, als ich den Hörschutz abnahm und ihn danach fragte.

Silent war wieder zurück, als wir vom improvisierten Schießstand zurückkamen. Seine Miene besagte … nichts. Nicht mal für mich, die es gewöhnt war, in den ausdruckslosen Gesichtern von Mafia-Mitgliedern zu lesen. Keine Ahnung, welches Problem der Kerl hatte. Allerdings schien sich auch niemand daran zu stören. Man nahm seinen nüchternen Bericht, der kurz vor Telegramm-Stil war, einfach hin, Stoned rief Wes an und dieser stand keine zehn Minuten später in der ehemaligen Lobby. Zusammen mit diesem tätowierten Kerl, von dem ich nur wusste, dass er Pinhead hieß und Pin gerufen wurde. Ich ging nicht davon aus, dass er aufgrund der Tätowierungen so genannt wurde.

Ein Kopfnicken von Wes und die Männer setzten sich in Bewegung. Und ich stolperte ihnen etwas unfreiwillig nach, als Wes wortlos meine Hand nahm und mich mitzog.

Durch diese ominöse Tür im hinteren Teil der Lobby. Ins Heiligtum, wie ich vermutete. Ich brauchte wirklich langsam ein Handbuch für die Welt, in die ich geschliddert war. Oder eine Bedienungsanleitung.

Für mich sah der Raum, in den man mich brachte, zumindest aus wie ein heruntergekommener Konferenzraum. Kein Vergleich zu dem, was Milan an dieser Stelle besaß. Aber ich wollte nicht kleinlich sein. Ich war in Mississippi, nicht in Oregon. Und das hier war auch nicht die Mafia, mit ihrem ausgeprägten Prestige-Denken, sondern ein verdammter Bikerclub.

Offensichtlich schien sich niemand daran zu stören, dass Wes mich mitgeschleift hatte. Die einzige, die sich offensichtlich fehl am Platze fühlte, war ich selbst, während alle anderen vermutlich ihre Stammplätze einnahmen. Ich zögerte hingegen, bis Wes auf den letzten freien Platz am Tisch deutete. Im ersten Moment reagierte ich nicht, dann hob ich eine Schulter und ließ mich auf den Stuhl sinken.

»Wie ist die Lage vor Ort?« Bei Wes' Frage neigte Silent leicht den Kopf.

»Engmaschige Wachposten. Sie rechnen mit einem offenen Angriff von uns. Eric macht Meldung, wenn sich was ändert.«

Wes nickte daraufhin und sah mich demonstrativ an, bis ich gereizt die Lippen verzog. Jetzt sollte ich mich also auch noch am Gespräch beteiligen. Großartig.

»Habt ihr Aufnahmen gemacht?«

Silent sagte darauf kein Wort, holte jedoch sein Handy hervor, entsperrte es, tippte kurz darauf herum und schob es mir rüber.

Nicht schlecht. Jetzt verstand ich, warum Wes Silent damit beauftragt hatte. Der Mann wusste, was er da tat. Er hatte sogar ein Video von der Anlage und ihrem Umfeld gemacht. Und er hatte recht. Die Wachposten waren so engmaschig, dass nicht mal eine Maus hindurchkäme. Silent und seine Leute waren nicht all zu weit an das Grundstück herangekommen. Nicht bei Tageslicht, aber selbst auf die Distanz war zu erkennen, dass die Wachposten bis unter die Mandeln bewaffnet waren. Man hatte sich dort für den Ernstfall eingerichtet. Die Organisation davon hatte zudem jemand inne, der sich damit auskannte. Auf den Aufnahmen und dem Video war nicht ein einziger toter Winkel zu sehen.

»Die haben einen Profi an Bord.« Bei meiner Aussage nickte Silent, während zwischen Wes' Brauen eine steile Falte entstand.

»Dann war der Scharfschütze neulich vermutlich auch nicht angeheuert.«

Ich sah auf und in sein Gesicht.

»Wie groß ist das Chapter?«

»Soweit wir wissen, etwas über zwanzig Mann.«

»Wie viele Männer hast du, die so eine Nummer packen?«

Er überlegte einen Moment. »Vierzehn, denen ich es zutraue. Alles weitere wäre Kanonenfutter.«

»Reicht. Der Scharfschütze ist ein Problem. Wenn sie wirklich einen dabei haben, wird er auf der Lauer liegen. Den muss ich zuerst erwischen, dann kann ich Unterstützung bieten.« Ich vergrößerte das Foto auf dem Display, bis es eines der gesprungenen Fenster im Giebel des Hauses anzeigte. »Genau hier dürfte er sich verstecken.« Ich schob Wes das Handy rüber und wartete, bis er nickte.

»Von da aus hat er den besten Überblick.«

»Und er ist geschützter als in den Bäumen.«

Wes nickte nachdenklich, während er mich eindringlich musterte. »Du bist ihm gewachsen?«

Ich grinste, als Stoned im gleichen Moment wie ich nickte.

»Er hat dich auf freier Fläche nicht getroffen. So gut kann er also nicht sein. Und ich hab mein Baby. Alles wird gut.«

»Du nennst sie Baby?« Stoned klang irgendwie fassungslos.

»Hallo? Wie würdest du so ein Schätzchen nennen, das du halb verhungert in einer Baracke findest? Das ist mein Zehntausend-Dollar-Baby!«

Da war wieder diese Picard-Geste, als ich zu ihm herübersah. Und ich war mir verdammt sicher, dass er sogar leise stöhnte.

»Okay.« Wes' Miene ließ keinen Rückschluss darauf zu, was er bei dem Geplänkel zwischen Stoned und mir nun dachte. »Du hast alles, was du brauchst?«

Ich nickte.

In den nachfolgenden dreißig Minuten wurde ich Zeuge, dass diese Biker ein verflucht organisiertes Häufchen waren. Lagebesprechung und Einsatzplanung liefen mit einer Disziplin ab, die ich nie bei ihnen vermutet hätte. Vielleicht sollte ich wirklich langsam anfangen, meine Vorurteile als das zu betrachten, was sie waren: als Vorurteile. Und vielleicht sollte ich langsam damit aufhören, mir einzureden, dass ich sie noch hatte.

Die Sonne war gerade untergegangen, als ich – umringt von vierzehn Männern – auf dem Hof stand. Wir waren übereingekommen, dass ich die Vorhut sein würde. Mein Job war es, den Scharfschützen auszuschalten. Erst danach würden die Männer aus ihrer Deckung kommen.

Daher war ich diejenige, die den längsten Vorlauf benötigte, während die übrigen noch damit beschäftigt wären, sich auszurüsten. Wes würde mich daher zu meiner Hütte fahren, damit ich mich umziehen konnte.

Mir graute es schon jetzt vor der Schuhcreme. Aber was sollte ich machen? Im nächsten Leben vielleicht als Schwarze auf die Welt kommen. Sparte Nerven und Reinigungsmittel. Ich war eindeutig zu hellhäutig, um unerkannt nachts durch den Wald zu schleichen.

Keiner von uns gab sich der Illusion hin, dass die Männer in dem verfallenen Haus nicht jederzeit damit rechneten, dass wir bei ihnen aufschlugen. Nicht, nachdem ich Blockhead zerlegt hatte. Sie waren gewarnt. Das einzige, was sie nicht wissen konnten, war, dass ich ein Ass im Ärmel war. Männer halt. Vermutlich gingen diese Höhlenmenschen davon aus, dass der Tod ihres Sergeant-at-Arms ein dummer Zufall war und nichts, was ich zielgerichtet angestellt hatte. Oder noch besser: Sie glaubten, dass ich Hilfe bekommen hatte. Armes, schwaches Weibchen und so.

Normalerweise brachten mich solche Sachen auf die Palme. In diesem Fall musste ich jedoch einräumen, dass es seine Vorteile hatte, wenn Kerle nur von zwölf bis Mittag dachten.

Die kurze Fahrt auf Wes' Maschine, nachdem mein Wagen das Tor nicht ganz so gut verdaut hatte, schaffte, dass sich meine angespannten Nerven wieder etwas beruhigten. Das Vibrieren des Motors, der Wind, der über meine nackten Arme strich und mich selbst auf die kurze Strecke etwas auskühlen ließ. Trotzdem waren meine Knie mal wieder weich, als ich schließlich abstieg und zu meinem Haus sah, das in vollkommener Dunkelheit vor mir lag.

»Du willst das wirklich machen?« Wes war hinter mich getreten und ich lächelte leicht, als er einen Arm um mich schlang und an sich zog, bis ich gegen seine Brust lehnte.

»Keiner pinkelt in meinen Vorgarten. Außerdem nehm ich es persönlich, dass der Wichser auf dich geschossen hat. Egal, wie schlecht er ist.« Mein Ernst. Welcher Scharfschütze verfehlte sein Ziel auf freier Fläche?

Mein Herz stolperte, als er mich zu sich herumdrehte und ich zu ihm aufsah. Im Mondlicht wirkten seine Augen viel zu hell und ich schluckte gegen die Schmetterlinge an, die nur knapp meine plötzliche Unsicherheit überdecken konnten.

»Das klingt ja fast, als würdest du mich mögen, Sick.«

Die Unsicherheit gewann den Kampf mit den Schmetterlingen um die Vorherrschaft und verlegen sah ich zur Seite, als ich das kleine Lächeln auf seinen Lippen nicht mehr ertrug.

Wes' Hand an meinem Kinn beendete meine kleine Flucht und ich presste die Lippen aufeinander, als er mich dazu brachte, wieder zu ihm aufzusehen.

»Kann sein.« Wieso meine Stimme plötzlich so heiser klang, wollte ich lieber nicht wissen.

»Ich mag dich. Sehr sogar. Ich würde sogar noch weitergehen, allerdings steht zu befürchten, dass du dann wegläufst. Also lass ich das, bis ich mir sicher bin, dass du nicht schreiend davonrennst, wenn ich dir das sage.«

Ich wusste, dass ich gerade feuerrot anlief. Und dass er es vermutlich trotz der nächtlichen Dunkelheit sehen konnte. Aber er verlor kein Wort darüber, während meine Unsicherheit sich genauso in weitere Höhen schraubte, wie das warme Gefühl, das seine Worte in mir hinterlassen hatten.

»Gib mir noch ein oder zwei Jahre, okay? Ich glaube, ich bin nicht sonderlich mutig in diesen Dingen.« Ich konnte mein Herz bis hinauf in meine Kehle schlagen spüren und mein Mund wurde trocken, als er eine Hand hob und über meine Wange strich.

»Du hast alle Zeit der Welt, kleines Mädchen aus Georgia.«

Sein Kuss, als er sich gleich darauf zu mir herabbeugte, fühlte sich an wie das indirekte Versprechen, das er mir soeben gegeben hatte.

Nur mit Mühe konnte ich die Tränen zurückhalten, als ein leises Knacken tief in meiner verkorksten Psyche mir mitteilte, dass etwas zu heilen begann. Weil er da war.

22

Mary Jane

Im Schleichen war ich um einiges besser, als Blockhead am Vortag. Und so schaffte ich es nahezu geräuschlos in Richtung des Hauses, in dem die Biker sich verschanzt hatten.

Das Grundstück war – wie auch meines – von dichtem Wald umgeben, was leider verhinderte, dass ich aus größerer Distanz würde schießen können. Der Wald war so dicht, dass ich keine freie Schusslinie fand, bevor ich nicht auf dreißig Meter an mein Ziel heran war. Ärgerlich, aber auch nicht zu ändern.

Wes und ich hatten uns an meinem Haus wieder getrennt. Um kein Risiko einzugehen, hatte ich darauf verzichtet, in Kontakt mit ihm zu bleiben, während keiner von uns sagen konnte, ob nicht einige der Kerle auch über das Gelände streunten. Reden war gefährlich. Wes hatte zwar zunächst gezögert, dann jedoch nachgegeben, als ich gemeint hatte, dass er bei jedem anderen Scharfschützen nicht mit der Wimper zucken würde an der Stelle. Glücklich war er dennoch nicht dabei und ein wenig hatte mir seine Sorge das Herz gewärmt. Ein neues Gefühl für mich. Aber ich glaubte, mich daran gewöhnen zu können.

Also waren wir überein gekommen, dass er und die anderen sich in der Nähe aufhalten sollten. Mein Schuss wäre nicht zu überhören und sollte für die Jungs das Signal sein zuzuschlagen.

Nur in einem hatte Wes nicht mit sich reden lassen. Ich sollte auf meinem verfluchten Posten bleiben. Wie er meinte, könnte ich von da oben so viele erschießen, wie ich wollte, aber er würde mir persönlich den Hals umdrehen, sollte ich in der Zeit einen Fuß auf die Erde setzen.

Ich verkniff es mir, ihm zu sagen, dass ich seine Bedenken niedlich fand, und hatte einfach genickt. Auf dem Baum war ich vermutlich eine größere Hilfe. Erst den Scharfschützen erledigen und dann schauen, wen ich sonst noch erwischen konnte, wenn die Hölle losbrach. Über alles weitere würde ich jedoch den Moment entscheiden lassen.

Ich wartete in meiner Position auf einem nahezu waagerecht gewachsenen Ast einer uralten Virginia-Eiche, auf dem ich bequem die beiden Füße meines Babys hatte aufstellen können, bis die ersten Silberstreifen am Horizont erschienen und die Welt langsam wieder heller wurde.

Mein Zeitgefühl war der Überzeugung, dass ich seit wenigstens vier Stunden hier lag. Sicher sein konnte ich mir aber nicht, denn ich hatte mich seit geraumer Weile nicht mehr bewegt. Stattdessen beobachtete ich die Männer, die sich lange Zeit als kaum mehr denn bewegliche Schatten im funzeligen Licht der Veranda vor mir auftaten. Auf die Entfernung konnte ich leider nicht hören, ob oder was sie sagten, allerdings war auch so nicht zu übersehen, wie angespannt die Biker waren.

Irgendetwas störte mich an dem Bild. Ich kam nur partout nicht drauf, was.

Ich blieb an meinem Platz, bis der Himmel sich rötlich zu färben begann und die langsam aufgehende Sonne in meinem Rücken einen weiteren brüllend heißen Tag versprach. Bis ich eine Reflexion im Giebelfenster des Hauses erkannte, die dort nicht hätte sein dürfen.

Ich hatte also richtig gelegen. Der Pisser hatte wirklich dort oben Stellung bezogen. Allerdings schien er mich hinter meinem Blätterdach bisher nicht entdeckt zu haben. Seine Chancen, das nachzuholen, standen auch immer schlechter, je höher die Sonne stieg, gegen die er nun anblinzeln musste.

So langsam wie möglich, um kein unnötiges Geräusch zwischen den Blättern zu machen, streckte ich meinen Arm aus, bis ich die Blende des Zielfernrohrs von Baby lösen konnte. Die gesamte Nacht über hatte ich das nicht gewagt aus Sorge, mit einer ganz ähnlichen Reflexion vorzeitig erwischt zu werden.

Der Typ lag in der relativen Dunkelheit des Dachbodens. Leider so geschickt, dass ich ihn kaum sehen konnte. Er schien an seinem Leben sehr zu hängen, denn ganz offensichtlich opferte er dafür gerade auch einen Teil seiner Zielgenauigkeit, weil er sich viel zu weit unterhalb des Fensters verkrochen hatte und damit auf keinen geringen Teil des Überblicks verzichtete. Kein Wunder, dass er vor einigen Wochen nicht getroffen hatte. Der Typ war ein Feigling!

Aber er konnte da nicht ewig liegen bleiben. Irgendwann würde er den Kopf heben müssen, um zumindest kurz die Lage durch das Zielfernrohr anzuvisieren.

Ich hatte einen Schuss. Und alle Zeit der Welt.

Wes

Ich wusste, dass wir gerade in eine Falle liefen. Jeder von uns wusste das. Der Grund, aus dem sowohl Stoned als auch Pin mich davon hatten abhalten wollen, dabei zu sein. Ich hatte an der Stelle jedoch nicht mit mir reden lassen.

Chad war da. Und es war an der Zeit, dieser Farce endgültig ein Ende zu machen. Der alte Mann hatte zum Tanz geladen und ich war gekommen.

Seine Leute hatten sich jedoch nicht umsonst in dem Haus verschanzt. Natürlich erwarteten sie uns. Entsprechend besaßen sie gerade Heimvorteil. Das einzige, was sie nicht kalkulieren konnten, war, wann wir auftauchten und dass wir ein Ass im Ärmel hatten.

Mary Jane. Die Frau, die vermutlich meine Eier grillen würde, sollte sie erfahren, dass ich mir gerade Sorgen um sie machte. Vor über einer Stunde hatte jeder von uns Position bezogen, um mit dem Signal loslegen zu können. Bis hierher hatte alles funktioniert. Jetzt warteten wir und jeder einzelne von uns spürte die Last der Anspannung wie ein tonnenschweres Gewicht auf der Brust.

Wir hatten das Haus in einem weiten Bogen eingekreist, dabei aber darauf geachtet, stets Sichtkontakt zu den jeweils nächsten zu haben. Mary Janes Schuss würde die Meute aufscheuchen. Und in der allgemeinen Panik würden wir auftauchen.

Als der Schuss fiel, zuckte ich zusammen, obwohl ich genau darauf gewartet hatte. Glas splitterte, ein unterdrückter Schrei erklang und die Welt versank im Chaos, als wir aus unseren Deckungen brachen.

Mary Jane

Ich hatte den Wichser nicht erwischt und ich unterdrückte jeden Fluch, den ich meinem Leben gelernt hatte, während ich mich dazu zwang, auf dem Baum zu bleiben. Ich konnte so ohnehin nichts mehr machen. Der Kerl hatte sich in seine Deckung verkrochen und blutete vermutlich den Boden voll.

Ich hatte ihn getroffen. Das wusste ich. Aber nicht tödlich. Er hatte sich ein Stück weit aus seiner Deckung gehoben, um durch sein Zielfernrohr zu sehen. Alles war perfekt gewesen. Doch als ich den Abzug betätigt hatte, hatte er plötzlich den Kopf gedreht, als ob er sich nach wem im Raum umgeschaut hatte. Die Schulter hatte ich erwischt, eventuell sogar seinen Hals. Mit ein wenig Glück hatte ich eine Arterie getroffen und er würde in kürzester Zeit verbluten. Aber ich wollte mich nicht auf mein Glück verlassen an der Stelle. Zumindest jedoch war klar, dass er mit der Verletzung nicht mehr würde schießen können. Insofern hatte ich zumindest einen Teil meines Auftrags erfüllt. Jetzt galt es, die aufgescheuchte Herde zu minimieren, die aus dem Haus stürmte.

Ich verlagerte mein Gewicht ein wenig, schob Babys Lauf auf seinem Zweibein nach unten und konzentrierte mich auf das nächste Ziel.

Ein Mann hatte sich von der Gruppe entfernt und sich hinter eine Deckung verkrochen. Die Arme gestreckt zielte er auf Wes' Jungs und ich zögerte nicht lang.

Er kippte wie ein gefällter Baum zur Seite, als meine Kugel ihm den Schädel zertrümmerte. Ich mochte mein Baby. Wenn man es richtig fütterte, machte es böse kleine Dinge.

Drei weitere Kerle erwischte ich noch, ehe mein Platz aufflog und ein etwas unkoordinierter Kugelhagel in meine Richtung ging. Es war Zeit, den Ort zu wechseln.

Mit einem Satz sprang ich, Baby im Arm, auf den Ast weiter unten und presste mich seitlich an den Baumstamm, bis die Idioten ihre Magazine verballert hatten. Dann zielte ich erneut, traf die beiden, während sie noch mit Nachladen beschäftigt waren, klappte die Schulterstütze zur Seite und sprang zu Boden.

Im ersten Moment brannten meine Füße von der etwas großzügig geschätzten Zirkuseinlage und mir blieb für einen Moment die Luft weg. Dann sprintete ich los, bis ich hinter einem weiteren Baum Deckung fand.

Noch immer war ich nicht weit genug dran, um Baby zurückzulassen. Zumal ich sie auch mit insgesamt sechzig Schuss gefüttert hatte, die ich nicht unbedingt unbeaufsichtigt in den Büschen zurücklassen wollte. Auch wenn mir auf Dauer vermutlich nichts anderes übrig bleiben würde.

Erneut hob ich Baby, zielte auf einen Orang Utan in Lederhose, der sich an Wes anschleichen wollte, als dieser gerade einen Angreifer zu Boden gehen ließ, und schoss zweimal auf den Drecksack, bevor der Affe sein Messer auch nur hatte heben können.

Ich hob einen Daumen, als Wes aufsah und in meine Richtung blickte. Er grinste, schüttelte dann jedoch den Kopf, ehe er sich wieder auf seine Umgebung konzentrierte, als ein Kerl in seine Richtung taumelte.

Etwas weiter weg sah ich Stoned, der gerade mit einem Mann um seine Waffe rang. Wenige Sekunden später fiel sie ihm aus der Hand und verschwand im Gebüsch, als der Kerl sie mit dem Fuß außer Reichweite kickte.

»Halt still, du Idiot«, murmelte ich zu mir selbst, während ich durch das Fernrohr sah und den Bewegungen der beiden folgte.

Dieses Mal war das Glück mir weniger holt. Gerade hatte ich die passende Gelegenheit, als sich ein Arm von hinten um meinen Hals schlang und ich nur knapp verhindern konnte, dass ich versehentlich Stoned traf. In einem Reflex riss ich Baby hoch und der Schuss ging in die Luft.

»So so. Du bist also die Kleine, die Ice sich geangelt hat.«

Mal abgesehen davon, dass ich gerade an akutem Luftmangel litt, hatte ich im ersten Moment keine Ahnung, wovon der Kerl da gerade sprach. Oder wer er war, denn er stand hinter mir. Und er stank. Ein viel zu scharfes Aftershave und Schweiß mischten sich mit dem schwachen Geruch von Alkohol. Ein Wunder, dass der Mann keine Fliegen anzog.

Leider besaß er dennoch äußerst gute Reflexe und ich ging zu Boden, als ich versuchte, ihm Baby in die Seite zu rammen, und er mich mit einem gezielten Tritt in die Knie traf. Instinktiv rollte ich zur Seite, ließ Baby fallen und griff nach dem Messer, das ich an meinem Gürtel befestigt hatte, während ich gleichzeitig meine Knöchel mit den seinen verhakte.

Er fiel leider nicht auf mich und damit direkt in meine Klinge, als ich ihn mit mir herumriss und von den Füßen fegte. Stattdessen schaffte er es, sich abzurollen und knapp neben mir auf der Erde zu landen. Eine Hand packte mein Handgelenk und ich verbiss mir einen Aufschrei, als er es so fest zusammendrückte, dass ich glaubte, es gleich brechen zu hören. Das Messer fiel und das letzte, was ich sah, war die eingeklappte Schulterstütze meines Babys, als sie in mein Gesicht donnerte.

Wes

Ich brauchte eine Weile, als die Kampfgeräusche weniger wurden und die Schüsse um mich herum nicht mehr die Luft mit dem Geruch von Schießpulver schwängerten, um zu begreifen, dass wir den Sieg davongetragen hatten. Tote lagen auf dem Boden, Überlebende wurden gerade fachmännisch von North und Stoned verschnürt und ich nutzte den Moment, um mich in der langsam aufsteigenden Morgensonne umzusehen.

Chad war nicht dabei. Auch nicht im Haus, das ich mit einigen meiner Leute durchsiebt hatte, um am Ende tatsächlich den besagten Scharfschützen in seinem eigenen Blut liegend auf dem Dachboden zu finden. Chad hingegen war nicht auffindbar. Und mein Herz blieb für einen Moment stehen, als ich auch Sick nirgends entdecken konnte. Ich nickte Silent knapp zu, dann wandte ich mich ab und ging in die Richtung, aus der sie zuvor geschossen hatte.

Die ganze Zeit über hatte ich sie – wie vereinbart – nicht am Haus gesehen. Zunächst hatte mich das erleichtert, jetzt hingegen fragte ich mich, ob sie unfreiwillig von hier weggeblieben war.

Ich stolperte fast über das Sniper-Gewehr, das sie sich unter den Nagel gerissen hatte, als ich mich vom Haus entfernte. Die Erde an der Stelle war aufgewühlt und jeder Muskel in mir spannte sich, als ich das Gewehr aufhob und mich suchend umsah.

Chad. Er musste in der Verwirrung des Kampfes abgetaucht und irgendwie über Mary Jane dabei gestolpert sein.

Aber wo zum Teufel war er hin?

Mein Magen verkrampfte sich, als ich mich daran erinnerte, dass zu diesem halbverfallenen Haus ein Luftschutzbunker aus den Fünfzigern gehörte. Als Kinder hatten wir hier ab und an gespielt. Zur Freude meiner Mutter, die sich regelmäßig darüber ausgelassen hatte, was passieren konnte, wenn wir da reingingen.

Natürlich hatte Stoned und mich das von rein gar nichts abgehalten damals. Allerdings war das nun auch über fünfundzwanzig Jahre her und ich kramte in meinen Erinnerungen, wo sich das verfluchte Teil befand. Es wäre das perfekte Versteck für Chad.

Das war die einzige Möglichkeit, die ich mir vorstellen konnte. Selbst in dem zurückliegenden Trubel war es unwahrscheinlich, dass uns entgangen wäre, wenn er mit einem Wagen abgehauen wäre. Es hatten keine im weiteren Umkreis gestanden. Lediglich hier auf dem verwilderten Hof diverse Harleys und Autos. Soweit ich es überblickte, fehlte nichts davon. Er konnte also nicht weit gekommen sein. Vor allem nicht mit Mary Jane, die nur dann sanft wie ein Lamm wäre, wenn er sie k.o. geschlagen und anschließend getragen hätte.

Stoned und Pin sahen auf, als ich zum Haus zurückkehrte. Sie schienen zu spüren, das irgendwas nicht stimmte. Inzwischen waren auch die letzten Gefangenen gefesselt worden und es war wieder Ruhe eingekehrt. Unsere Seite hatte wie durch ein Wunder keine Toten nur einige Blessuren zu beklagen, um die sich der Doc gerade insofern kümmerte, als dass er mit gehobener Braue den Kopf schüttelte, wenn jemand auf ihn zukam. Offenbar war seine Einschätzung der Verletzungen nichts, was man nicht auch später behandeln konnte. Der Doc war mitunter ein ausgemachter Sadist.

Auch Silent sah auf und runzelte die Stirn, als er meinen Blick sah. Dann nickte er North zu, der umgehend dessen Platz bei einem Haufen Gefangener einnahm, und kam zu mir herüber.

»Wo lang?« Seine knappe Frage war gen Waffe gerichtet, deren Magazin er dabei kontrollierte, ehe er sie wieder im Holster an seiner Seite verschwinden ließ.

»Wo ist dieser verfluchte Bunker vom alten Grady?« Ich wandte mich direkt an Stoned, der inzwischen gemeinsam mit Pin bei mir eingetroffen war und sah, wie er kurz die Stirn runzelte.

»Da drüben, Richtung Fluss.« Er wies mit dem ausgestreckten Arm in die besagte Richtung und ich nickte, als eine ewig alte Kindheitserinnerung in mir aufstieg.

»Er hat Sick.«

Keiner von ihnen stellte eine weitere Frage.

23

Mary Jane

Mein Schädel dröhnte und meine Zunge klebte am Gaumen, als ich langsam wieder zu mir kam. Das Arschloch hatte mich gefesselt. Ich konnte das Reißen von Seilen an meinen Hand- und Fußgelenken spüren. Es war anzunehmen, dass er bei so viel Aufmerksamkeit nicht vergessen haben dürfte, mich auf weitere Waffen zu untersuchen. Schade eigentlich.

Ich hatte keine Ahnung, wie lang ich weggetreten gewesen war, aber ganz offensichtlich befand ich mich nicht mehr an der frischen Luft. Es war erstaunlich kalt für einen Septemberanfang in Mississippi. Kalt und feucht hing die leicht modrig riechende Luft im Raum und ich unterdrückte ein Stöhnen, während ich mich darum bemühte, so zu tun, als wäre ich nach wie vor bewusstlos.

Noch immer wusste ich nicht, wer mir die Lichter ausgeblasen hatte. Aber ich hatte zumindest eine Ahnung.

»Komm schon, Sniper. Ich weiß, dass du wach bist.«

Ach, verdammt. Mit einem Stöhnen stemmte ich meine im Rücken gefesselten Hände in den Boden und drückte meinen Oberkörper hoch, während ich blinzelte, um meinen verschwommenen Blick scharf zu bekommen.

Meine linke Gesichtshälfte fühlte sich taub und geschwollen an und die Haut spannte, während ich meinen Unterkiefer prüfend bewegte. Aber es schien schon mal nichts gebrochen zu sein. Immerhin etwas. Mit der Zunge fuhr ich die Innenseite meiner Zähne entlang und verspürte Erleichterung. Alle waren noch da und keiner wackelte. Anderenfalls hätte ich mir was einfallen lassen müssen, um den Kerl den Gang zum Zahnarzt büßen zu lassen, ehe ich ihn umbrachte. Zahnärzte waren Foltermeister.

Umständlich zog ich meine Beine an, als mein Blick sich endlich klärte, bis ich eine wenigstens halbwegs bequeme sitzende Position auf dem Boden einnehmen konnte.

»Eigentlich hatte ich ja gehofft, Ice in die Finger zu bekommen. Aber sein Betthäschen sollte ihn schon anlocken.«

Von wem zum Henker redet er da?

»Wes?« Ich nuschelte dank der Schwellung in meinem Gesicht und meine Stimme kratzte so dermaßen in meinem Hals, dass ich gleich darauf hustete, was das Dröhnen in meinem Schädel aufflammen ließ.

»Der Haufen Scheiße war schon immer im Weg.«

Na, da ist aber jemand angefressen. Ein letztes Mal zog ich meine gefesselten Beine dichter an meinen Körper und stützte mich mit meinen Händen auf der anderen Seite ab. Der Boden unter meinen Fingern war nackter Beton. Wie alles um mich herum aus nackten Betonziegeln zu bestehen schien. Alte Holzbretter, die jemand dilettantisch in einen Rahmen genagelt und an die Wand geschraubt hatte, säumten eine Längsseite des Raumes und die verrosteten Konservendosen darauf gaben mir, gemeinsam mit dem Umstand, dass der vielleicht zehn Quadratmeter große fensterlose Raum über eine Treppe nach oben verfügte, den Hinweis darauf, wo ich mich befand: in einem verdammten *Family Shelter*. Ein Hoch auf die Paranoia der Fünfziger und Sechziger. Als ob sich Aliens oder Kommunisten damals für ein Redneck-Zuhause in Mississippi interessiert hätten.

»Ich glaube, andersherum würde er das gleiche von dir behaupten.«

Ich war mir doch ziemlich sicher, dass der Kerl, der vor mir auf einem altersschwachen Stuhl neben dem dazu passenden Tisch saß, dieser Chad sein musste.

Ich schätzte ihn auf Ende fünfzig. Dunkle Haare, die von grauen Strähnen durchzogen waren, die sich auch in seinem vollen Bart wiederfanden, fielen schweißnass und unordentlich in sein Gesicht. Auch sein Oberkörper, der einzig von einer ledernen Kutte bedeckt wurde, glänzte matt im Licht der Gaslampe auf dem Tisch. Zeichen des Stresses, den er gerade haben musste, denn der Raum war kalt genug, um mir nach der Hitze draußen eine Gänsehaut zu bescheren.

»Er hätte schon vor Wochen draufgehen sollen! Aber der Scheißer hat eindeutig mehr Glück als Verstand. Wieso musste er auch seinen Vater umbringen und alle meine Pläne damit ruinieren?« Kalter Hass lag in seinem Blick und ließ mich noch hellhöriger werden als ohnehin schon. Hier ging es um mehr als um die Gier nach Macht.

Meine Neugier war geweckt und ich dankte dem Schicksal dafür, dass der gute Mann offensichtlich das dringende Bedürfnis hatte, über seine grandiosen Pläne zu reden. Das gab mir zumindest die Gelegenheit, mich nach irgendwas umzusehen, was mich aus meiner persönlichen Misere herausbringen könnte.

»Was ist dein verdammtes Problem, alter Mann?« Ich zwang mich dazu, meinen Blick auf ihn zu richten, um ihn nicht merken zu lassen, dass ich die Möglichkeiten im Raum studierte.

»Ich wollte Paul erledigen. Ich wollte, dass er miterleben muss, wie alles den Bach runtergeht, was er auf seinen Lügen aufgebaut hat!« Seine Stimme überschlug sich und zumindest innerlich zuckte ich zusammen bei dem Hass in seinem Tonfall. Da hatte jemand eine ziemliche Rechnung mit dem alten President offen.

»Warum?« Mal abgesehen davon, dass es mich wirklich interessierte, war ich gerade definitiv dafür, jede sich mir bietende

Möglichkeit zu nutzen, um die Sache hier in die Länge zu ziehen und ihn abzulenken. Entweder ich fand etwas, womit ich hier rauskam, oder Wes tauchte auf. Sofern er überhaupt wusste, wo er suchen musste. Diese beknackten *Family Shelter* waren früher wie Pilze aus dem Boden geschossen. Vermutlich gab es dutzende davon in der Umgebung und ich hatte nicht den blassesten Schimmer, wie weit Chad sich mit mir vom Grundstück entfernt hatte. Zwar vermutete ich, dass es nicht all zu weit sein konnte, aber ich konnte mir nicht sicher sein. Daher konnte ich auch nicht auf ein Rettungskommando für gebeutelte Auftragskiller hoffen.

»Wusstest du, dass mein Bruder und ich hier aufgewachsen sind?«

Ich rollte mit den Augen. »Ich bin neu in der Gegend. Woher sollte ich?«

»Ich hab hier schon in diesem Raum gesessen, als Wes noch nicht mal geboren war, Schätzchen.«

Schätzchen … allein für dieses Wort beschloss ich spontan, ihn umzubringen. Langsam … mit einem Löffel.

»Ich bin in diesem Raum geboren worden.«

Offensichtlich hatte er keine sehr angenehme Kindheit gehabt. Mein Mitleid würde er dafür jedoch ebenso wenig erhalten, wie meine Teilnahme am Negativ-Quartett bei der Frage, wer von uns die schlechtere Kindheit gehabt hatte. Allerdings wuchs mein Verdacht, dass er eindeutig den noch größeren Dachschaden von uns beiden davongetragen hatte.

»Es hätte auch eine Mülltonne sein können.« Ich verkniff es mir, das Bild vom im Pappkarton ausgesetzten Kind zu bemühen. Er war schon gereizt genug. Aber wer gereizt war, machte Fehler. Ich hoffte dennoch, dass er nicht den Fehler beging, seinen Lockvogel – mich – für Wes dabei umzubringen. Ich hing nämlich neuerdings an meinem Leben.

Meine neuentdeckte Lebensfreude erhielt jedoch einen massiven Dämpfer, als ich das vertraute Klicken einer entsicherten Waffe vernahm und gleich darauf in einen Lauf blinzelte.

»Vorsicht, Kleines. Du solltest etwas mehr Respekt aufbringen.«

Ich kämpfte darum, meine Klappe zu halten. Reizen ja, aber nicht die Sicherungen rausspringen lassen. Ich musste einräumen, dass ich in dieser Gratwanderung nicht die Beste war. Für gewöhnlich diskutierte ich mit meinen Zielen nicht. Für gewöhnlich kam ich aber auch erst gar nicht in so eine Lage.

»Na, dann ... weiter in der Familiengeschichte, Don Quichotte.« Ich konnte mir den Seitenhieb wirklich nicht verkneifen. Seine Schulbildung schien ihn jedoch nicht dazu befähigt zu haben, zu verstehen, denn er senkte den Lauf wieder und ich ließ die angehaltene Luft nach einem Moment langsam entweichen. »Es war einmal ein Sohn ...«, schob ich noch hinterher und hörte, wie er schnaubte.

»Drei. Jacob Grady hatte drei Söhne.«

Ups ... Na, wenn das mal kein Fettnapf gewesen war. Ob Wes davon wusste?

»Was ist aus den Söhnen geworden?«

Sein Blick ging bei meiner Frage ins Leere und ich nutzte die Gunst der Minute, um mich weiter im Raum nach etwas umzusehen, was mir würde helfen können.

Wes

Stoneds Erinnerungsvermögen hatte nicht getrogen. Bereits nach fünf Minuten hatten wir die Tür zu dem winzigen Bunker gefunden, den der alte Grady mit seiner Paranoia einst dort eigenhändig hatte entstehen lassen. Irgendwer hatte den Eingang freigeräumt und mein Herz schlug bis zum Hals bei diesem eindeutigen Hinweis darauf, dass der winzige Raum darunter wieder genutzt wurde.

Wir würden die Tür jedoch nicht so ohne Weiteres öffnen können. Der Raum darunter war nicht mehr als eine größere Besenkammer, Chad wäre in dem Moment informiert, dass jemand auf dem Weg zu ihm war, noch ehe wir die Metalltür ganz geöffnet hätten. Es gab also kein Überraschungsmoment.

Einen anderen Weg hinein gab es jedoch auch nicht. Es war ja nicht so, dass wir es als Kinder nicht versucht hätten. Aber der alte Grady war gründlich gewesen und hatte jeden Stein des verdammten Bausatzes mit Mörtel festgemacht. Er schien wirklich um sein Leben besorgt gewesen zu sein in den Fünfzigern.

Als ich auf die Welt gekommen war, war von diesem Leben allerdings schon nichts mehr übrig gewesen. Sein ältester Sohn war tot und die beiden Jüngeren hatten sich aus dem Staub gemacht. Sie waren nicht mal zur Beerdigung aufgetaucht, als der alte Mann sich Mitte der Achtziger das Leben genommen hatte. Damals war ich zwar noch ein Kind gewesen, aber auch Jahre später hatte die tragische Geschichte dieser Familie noch die Runde gemacht. Die Frau war unter ungeklärten Umständen wenige Jahre nach der Geburt ihres Jüngsten verstorben, der älteste Sohn folgte ihr Ende der Siebziger und Jacob Grady schien mehr und mehr dem Alkohol und dazu passenden Wahnvorstellungen zu verfallen. Kein Wunder, dass die Fürsorge irgendwann die beiden verbliebenen Söhne da rausgeholt hatte. Etwas, das dem Mann den Rest gegeben haben dürfte. Dass er sich selbst erschossen hatte, musste einer der letzten klaren Momente des Mannes gewesen sein.

Der Groschen fiel bei mir in dem Moment, als ich mich daran erinnerte, wie lang wir als Kinder auf diesem Grundstück gespielt hatten, ehe wir über den Eingang zu diesem Mini-Bunker gestolpert waren.

Es waren Jahre gewesen.

Chad war nicht durch Zufall darauf gestoßen.

»Stoned, wie hießen die Söhne vom alten Grady?«

»Das fragst du mich wirklich *jetzt?«*

Ich sah ihn einfach nur schweigend an, bis Stoned seufzend die Schultern hob.

»Hank, Lincoln und Raymond.« Alle Köpfe wandten sich zu Pinhead, der gelassen eine Schulter hob. »Ich war fünf, als der Alte krepiert ist.«

»Hank ist der, der sich umgebracht hat. Lincoln war der mittlere Sohn. Der muss damals ungefähr zwanzig gewesen sein. Und Raymond hatte noch nicht mal einen Führerschein.« Ich konnte den Moment des Begreifens bei meinen Begleitern sehen, als sie eins und eins zusammenzählten.

»Du meinst, Chad ist …« Mein Nicken ließ Stoned sich unterbrechen.

»Lincoln. Und dieser Roy aus New Orleans Raymond, sein kleiner Bruder.« Sie mussten neue Identitäten angenommen haben, um dann Jahre später das alles hier aufgezogen zu haben.

»Warum?« Silents Frage ließ mich die Schultern heben. Genau das war der Punkt. Ich wusste es nicht. Aber ein ganz mieses Bauchgefühl sagte mir, dass es mit meinem Vater zusammenhing.

Es war an der Zeit, ein Telefonat mit dem Menschen zu führen, der von damals würde berichten können.

Mary Jane

Mein Blut verwandelte sich zu Eis in dem Moment, in dem die Metalltür am oberen Ende der Treppe mit einem protestierenden Quietschen aufgezogen wurde. Schritte erklangen auf dem nackten Stein und ich hielt die Luft an, als ich Wes erkannte. Die Hände erhoben zum Zeichen, dass er unbewaffnet war, kam er langsam die Treppe hinab, dabei den Blick fest auf den Mann gerichtet, der bei seinem Auftauchen herumgewirbelt war und nun auf ihn zielte.

»Ich glaube, du hast etwas, das mir gehört … Lincoln.« Seine Stimme klang so unbeeindruckt in Anbetracht der Waffe, die auf ihn zielte, dass man meinen könnte, er führe ein Gespräch im Supermarkt.

»Ah, du hast es also endlich kapiert, Rivers?«

»Es hat ein Weilchen gedauert, das stimmt. Ich habe damals nicht mal gelebt.«

Chad/Lincoln schnaubte. »Unwichtig. Du bist der Sohn dieses feigen Arschlochs. Wenn du krepierst, sind wir quitt.«

»Ein Leben für ein anderes? Hank hat sich selbst umgebracht, das ergibt gerade keinen Sinn.«

Ich verstand nur Bahnhof, allerdings war das wohl nicht der rechte Moment, um dazwischen zu gehen. Stattdessen nutzte ich die Gelegenheit, näher an das vor sich hingammelnde Regal zu rutschen.

»Eine *Familie* für eine andere. Mein Vater hätte nie mit dem Saufen angefangen, wenn das nicht geschehen wäre. Unsere Familie wäre nie so vor die Hunde gegangen.«

»Jacob hatte vorher schon Wahnvorstellungen gehabt. Oder was glaubst du, warum dein Bruder immer wieder abgehauen ist? Warum er sich mit meinem Vater eingelassen hatte? Warum er den verdammten MC mitgegründet hatte!?« Zum Ende hin war Wes' Stimme eindringlicher geworden und selbst ich hielt in meinen Bemühungen inne und sah überrascht zu ihm herüber.

Chad/Lincoln war nicht weit gekommen mit seiner Erzählung von den drei Brüdern, die in diesem Haus aufgewachsen waren. Aber auch so konnte ich mir langsam die Dinge zusammenreimen.

Dieses miese Sumpfloch hatte mehr Leichen im Keller, als gut für so ein kleines County war. Und offensichtlich liefen zumindest einige Fäden der Geschichte bei Paul Rivers zusammen.

»Es war Hanks Idee, wusstest du das?« Lincolns Stimme jagte einen Schauer meinen Rücken hinab. Das war nicht mehr die Stimme eines gestandenen Mannes von Ende fünfzig. Das war die gebrochene Stimme eines Mannes, der kaum mehr als ein Knabe war. Und für einen winzigen Moment bekam ich Mitleid. Was immer ihm auch zugestoßen sein mochte, dass er nun so hier stand, es war beschissen.

Das würde mich jetzt allerdings auch nicht von dem langsam aufkeimenden Plan abhalten, der mich in winzigen Bewegungen Richtung Regal rutschen ließ.

»Jetzt schon, ja.«

»Er hatte es nicht verdient zu sterben.«

24

Wes

Meine Mutter gehörte nicht gerade zu den Frühaufstehern und sie war nicht begeistert gewesen, als ich sie um kurz vor sechs Uhr aus dem Bett holte.

Noch weniger begeistert allerdings war sie von dem Umstand, *warum* ich anrief. Im ersten Moment hatte sie sich etwas geziert, war jedoch eingeknickt, als ich ihr mehr oder minder direkt zu verstehen gab, dass ohne diese Informationen vermutlich sehr bald jemand draufgehen würde. Im schlimmsten Fall ihr Sohn.

Es war immer hilfreich, bei der guten Frau auf die Tränendrüse drücken zu können.

Meine Mutter hatte meinen Vater schon in ihrer Schulzeit kennengelernt. Sie hatte die Zeit der Gründung des MCs quasi live miterlebt.

Mein ganzes Leben lang hatte ich geglaubt, dass mein Vater allein mit ein paar Freunden auf die Idee gekommen war. Freunden, die ich allesamt schon kennengelernt hatte, als ich noch in den Windeln lag. Ich hatte nicht gewusst, dass Hank Grady einer besagter Freunde gewesen war.

Oder dass es eigentlich dessen Idee gewesen war. Er hatte sogar das Color entworfen, bei dem ich mich schon immer gefragt hatte, wie mein Vater darauf gekommen war. So intelligent war mein alter Herr nämlich nicht gewesen, um auf solche Spitzfindigkeiten zu kommen. Oder sie gar selbst zu entwerfen. Mein Vater war ein geldgieriger Pragmatiker gewesen, weniger der Denker. Seine Bauernschläue hatte ihn groß im Waffenhandel werden lassen. Sein Hang zu Gewalt hatte ihm seinen Ruf eingehandelt. Und sein selbstherrliches Auftreten hatte Leute in seinen Bann geschlagen.

Er war weder ein Feingeist noch ein Künstler gewesen. Das war Hanks Aufgabe. Er hatte die Arbeit geleistet, Geld rangekarrt, nachdem mein Vater meinem Großvater die leerstehende Arbeiterunterkunft abgequatscht hatte … Und er war verjagt worden, kaum dass mein Vater einen Fuß im Waffenhandel gehabt hatte.

Weil Hank keine kriminellen Ambitionen gehabt hatte. Weil er nicht hatte mitspielen wollen. Er hatte einfach nur von Zuhause weg gewollt und keine andere Möglichkeit gesehen, denn sein Job in einer Werkstatt in Rome warf nicht genug ab, um auf eigenen Beinen zu stehen und seine beiden Brüder mitzunehmen, um sie dem Einfluss ihres Vaters zu entziehen.

In den Augen meines Vaters war er schwach gewesen. Und Schwäche war nichts, was Paul Rivers in seiner Nähe tolerierte. Das wusste ich zufällig aus erster Hand.

Ich konnte mir lebhaft vorstellen, wie es gelaufen sein musste, als er Hank rauswarf.

Ich wollte mir nicht vorstellen, wie verzweifelt ein Mann sein musste, der damals gerade mal vierundzwanzig gewesen war, dass er nach Hause ging und sich noch am gleichen Abend eine Kugel in den Kopf jagte.

Es war damals ein wohlgehütetes Familiengeheimnis gewesen, dass Jacob Grady nicht erst durch den Alkohol in Wahnvorstellungen abgedriftet war. Er war es schon viel früher. Sehr viel früher. Mein Vater hatte das gewusst. Und es hatte ihn einen Dreck interessiert.

»Er hatte es nicht verdient zu sterben.«

Aus dem Augenwinkel sah ich, wie Mary Jane das Regal erreichte und streckte seitlich meines Oberschenkels die Hand aus, Finger zum Boden zeigend. Ich konnte nur beten, dass sie das abgewandelte Handzeichen verstand, das meine einzige Möglichkeit war, ihr in dieser Situation zu bedeuten, abzuwarten.

Sie nickte knapp und verharrte in ihrer Position, auf dem Hintern sitzend, die gefesselten Beine angezogen, die Füße zu der in die Jahre gekommenen Regalkonstruktion gerichtet.

»Nein, das hatte er nicht. Aber was willst du noch? Mein Vater ist tot. Ich habe ihn selbst erschossen.«

Lincoln nickte, dennoch änderte sich weder seine Mimik, noch senkte er seine Waffe, die nach wie vor auf mich zeigte.

»Ihr habt diese Familie zerstört.«

Ich musste mich zusammenreißen, um nicht zu schnauben.

»Dein Vater war vorher schon krank. Glaubst du wirklich, es wäre so viel anders gekommen? Willst du dich wirklich an Menschen rächen, die *nichts* mit der ganzen Angelegenheit zu schaffen hatten?«

»Der Club ist das Werk meines Bruders!« Speichel flog aus Lincolns Mund und zum ersten Mal sah ich jenen Wahnsinn in seinem Blick flackern, der all die Jahre dicht unter der Oberfläche geschlummert haben musste.

»Auch. Ja. Und es tut mir leid, was mein Vater getan hat.«

Ein Schuss löste sich und krachte mit ohrenbetäubender Lautstärke durch den Raum. Aber die Kugel schlug in der Wand ein. Ein Warnschuss, der mich dazu brachte, kleinen Finger und Daumen einzurollen, um Mary Jane ein Signal zu geben.

Drei.

Ich sah ihr Nicken, selbst ohne den Blick von Lincoln zu nehmen.

»Mein Bruder könnte noch leben. Wir wären zu dritt abgehauen, wenn dein Vater nicht gewesen wäre. Mein Bruder wäre nicht in der Fürsorge gelandet und ich hätte nicht Jahre gebraucht, um ihn wiederzufinden.«

Unwahrscheinlich, aber im Kopf des alten Mannes real. Es machte wohl wenig Sinn, ihn eines Besseren belehren zu wollen.

Zwei.

In Lincolns Rücken konnte ich sehen, wie Mary Jane langsam die Beine hob, die Fußsohlen gegen die hinterste Schiene gerichtet, mit der das Regal an der Wand festgemacht worden war.

»Aber mein Vater ist tot und es gibt niemanden mehr, an dem du dich rächen könntest.«

Lincolns unterdrücktes Lachen war gehässig genug, um mir eine Gänsehaut zu verursachen.

»Nein, du Idiot musstest ihn ja umbringen und damit meinen Plan kaputt machen.«

Bei dem *Idiot* wollte ich wirklich widersprechen, beließ es dann jedoch dabei.

Eins.

Mary Jane zog die Beine noch weiter an und ich sah, wie die Muskeln in ihren Oberschenkeln sich spannten.

»Jetzt sind nur noch du und ich da. Dein Vater wird nicht mehr erleben, wer ihn ruiniert hat. Aber du wirst es. Mit dir geht diese Familie zu Ende, Wesley Rivers.«

Ich ballte meine Hand zur Faust und Mary Jane riss mit einem harten Tritt das provisorische Regal aus seiner Verankerung. Dosen flogen durch den Raum und ich warf mich auf Lincoln, als dieser kurz seine Aufmerksamkeit auf das Regal richtete.

Mary Jane

Dosen prasselten auf mich herab, als das Regal aus der Verankerung riss, und ich konnte mich nur zur Seite fallen lassen, als eines der Bretter auf mich zu fallen drohte, so zumindest meinen Oberkörper verfehlte und seine Kante stattdessen auf meine Wade knallte. Ich presste die Lippen zusammen, als ich erst in dem Moment begriff, dass dort ein Nagel vorgestanden hatte.

Kollateralschaden. Jammern konnte ich später noch, also blieb ich liegen und ignorierte den Schmerz.

Die Ablenkung hatte gewirkt, das waren die Schmerzen daher wert. Lincolns Aufmerksamkeit hatte für einen kurzen Moment nicht auf Wes gelegen und dieser hatte seine Chance genutzt.

Hoffte ich zumindest. Denn gerade im Moment war ich mir nicht sicher, wie es ausgehen würde. Wes mochte jünger und kräftiger sein, aber bei einem Wahnsinnigen konnte man sich nie sicher sein, welche Kräfte er entwickelte. Und dieser Lincoln war definitiv wahnsinnig.

Die beiden Männer rangen miteinander, jeder darum bemüht, die Kontrolle über die Waffe zu bekommen, die zwar noch immer in Lincolns Hand lag, die jener allerdings nicht mehr nutzen konnte. Nicht solange Wes' Hand sie fest zusammenpresste.

Wie zwei Ringer waren sie ineinander verkeilt, ihr Tanz von einer gruseligen Ästhetik. Keiner von ihnen wagte es, den anderen loszulassen und damit auch nur ein Stück weit an Boden zu verlieren. Mein Herz überschlug sich, als Lincoln sich fallen ließ, Wes dabei mit sich riss und sich noch im Sturz so drehte, dass er Wes unter sich begrub.

»Wes!« Der Schrei war schon heraus, noch ehe mir bewusst war, dass ich den Mund aufgemacht hatte. Und er mischte sich in den ohrenbetäubenden Knall, als sich ein weiterer Schuss löste.

Dieser Schuss ging nicht in die Wand und die Welt um mich herum erstarrte, während ich wie aus weiter Ferne Schritte die Treppe herunterkommen hörte.

»Wes.« Erneut meine Stimme. Diesmal viel leiser als noch zuvor, kaum mehr als ein Flüstern und es ging unter in den Stimmen der Männer, die in den Raum gestürmt waren.

»Kommt wieder runter. Ich habe keinen Kratzer abbekommen.«

Vor Erleichterung hätte ich beinahe losgeheult, als Wes sich unter Lincoln herausarbeitete und auf die Beine kam.

»Du verfluchtes Arschloch!« Vielleicht nicht die nettesten Worte, nachdem ich gerade eben noch gefürchtet hatte, dass er tot war.

Wes trug es jedoch mit Fassung, als er auf mich zukam und die Hände in die Hüften stemmte. Er grinste sogar, obwohl auch er reichlich mitgenommen aussah. Blut klebte auf seiner verdammten Kutte, auf seiner Haut und seine Wange zierte ein frischer Kratzer. Aber er schien ansonsten unverletzt.

»Du musst wirklich an deinem Mundwerk arbeiten, Sick. Das geht so nicht.«

»Halt die Fresse und nimm dieses verdammte Brett von mir runter. Aber vorsichtig!«, fauchte ich ihn stattdessen an und holte zischend Luft, als er sich neben mich kniete und besagtes Brett von mir wegzog.

»Das ist heute nicht dein Glückstag, oder?« Sein Blick dabei auf die Stelle gerichtet, an der der Nagel meinen Unterschenkel perforiert hatte.

»Nein.« Ich klang selbst in meinen Ohren wie ein trotziges Kind. Und ich presste die Lippen zusammen, als er eine Hand unter mein Kinn legte und anhob.

»Wenn du jetzt ganz lieb *bitte, bitte* sagst, schneide ich deine Fesseln durch.«

»Ich hasse dich.«

»Nein, Ma'am.« Da war wieder dieses Lachen in seiner Stimme. Und dieses Funkeln in seinen Augen, als ich seinen Blick suchte. Obwohl er genauso fertig sein musste wie ich, lachte er. Verrückter Mann.

»Weißt du, was gerade der Vorteil an dieser Situation ist?«

Ich schwieg beharrlich und sein Grinsen wurde breiter, als er sich vorbeugte und mir einen leichten Kuss auf die Lippen hauchte.

»Dass du nicht weglaufen kannst, wenn ich dir jetzt sage, dass ich dich liebe.«

Mein Magen zog sich zusammen und irgendetwas schnürte mir die Luft ab, als ich seine Worte hörte. Worte, von denen ich nie geglaubt hatte, dass sie mir mal etwas bedeuten würden. Aber sie taten es. Einerseits war es wunderschön, während es andererseits höllisch weh tat.

»Sechs Monate.« Mehr konnte ich nicht sagen.

»Irgendwann«, erwiderte er und die Wärme in seiner Stimme schnürte mir für einen Moment die Luft ab. Er meinte es vollkommen ernst. Er würde nicht weggehen. Obwohl ich alles andere als perfekt war. Er kannte mich. Trotz der kurzen Zeit kannte er mich besser, als je ein Mann, den ich in mein Bett gelassen hatte. Und es war in Ordnung für ihn. *Ich* war in Ordnung für ihn.

»Bitte, bitte.« Meine Stimme war so leise, dass selbst ich mich kaum hören konnte. Aber es schien ihm zu reichen, denn er griff an seinen Stiefel und zauberte tatsächlich ein Messer hervor.

Ich hielt mich an ihm fest, als ich kurz darauf mühsam auf zumindest ein Bein hochkam. Vorsichtig belastete ich das andere, schnappte jedoch nach Luft, als heißer Schmerz bis in meine Hüfte schoss.

Wes fackelte nicht lang und ich quietschte erschreckt, als er mich ohne viel Federlesens auf die Arme hob und an den übrigen vorbei Richtung Treppe trug.

»Zu dir oder zu mir?« Ich murmelte die Frage an seinen Hals und schloss die Augen, als ich trotz des alles überlagernden Geruchs von Schießpulver seinen eigenen Geruch einsog.

»Heute zu mir.«

Ich hatte nichts dagegen einzuwenden.

Epilog

Wes

Die Lider gegen die tief stehende Sonne zusammengekniffen stand ich auf dem Hof vor meinem Haus neben Stoned und sah dem Käufer nach, der soeben die Bonneville aufgeladen hatte.

Es war ruhig geworden, seit Lincoln und seine Leute verschwunden waren. Sehr ruhig. Unsere Geschäfte erholten sich langsam wieder und im Club kehrte Frieden ein.

Nachdem die Geschichte um Hank Gradys Tod ans Tageslicht gekommen war, hatte niemand protestiert, als ich darauf bestanden hatte, seinen Grabstein zu ersetzen und sein Bild im Clubhaus aufzuhängen. Der erste Tote, den dieser Club gefordert hatte, war viel zu lange vergessen worden.

Für einen kurzen Moment war ich sogar versucht gewesen, Lincolns Bild ebenfalls anzubringen. Am Ende waren all jene Dinge, die in den zurückliegenden Wochen geschehen waren, lediglich eine Konsequenz dessen, was mein Vater getan hatte. Trotz allem tat mir Lincoln Grady leid. Dann jedoch hatte ich es gelassen. Es war eindeutig zu viel Blut geflossen, um seiner zu gedenken. Über diesen traurigen Teil unserer Geschichte würden wir daher den Mantel des Schweigens breiten.

Wir hatten ihn noch am selben Tag auf seinem Grundstück in der Nähe des Bunkers zusammen mit seinem Bruder beerdigt, der an jenem Morgen ebenfalls gestorben war. Das musste reichen. Manchmal musste man die Vergangenheit einfach ruhen lassen. Und so waren alle wieder zu ihrem Normalzustand zurückgekehrt. Oder zumindest fast.

Acht Wochen hatten Stoned – und ja, teilweise sogar ich – nach jenem Tag an dieser verfluchten Bonneville gearbeitet, mühsam Ersatzteile zusammengesucht, sie wieder flott gemacht … Nur damit Stoned anschließend eine große Runde um Rome damit gefahren war und sie direkt danach zum Verkauf ins Netz gestellt hatte.

»Würdest du mir jetzt bitte endlich erklären, was das sollte?« Ich sah meinen besten Freund nicht mal an bei der Frage, starrte stattdessen weiterhin auf die Straße.

»Was meinst du?«

»Diese Aktion mit der Triumph. Du hast sie nie haben wollen.«

»Jethro Tull.«

»Was?« Erst jetzt warf ich ein Blick in sein Gesicht. Seine Miene war todernst, während er weiterhin Richtung Straße sah, dabei jedoch sein Handy rausholte. Ich blieb ruhig, während er das Gerät entsperrte und irgendetwas suchte. Ich hatte keine Ahnung, was er jetzt schon wieder ausgeheckt hatte.

Ich stöhnte gottergeben, als kurz darauf *Too old to rock'n'roll: Too young to die!* aus dem Handy ertönte.

»He once owned a Harley Davidson and a Triumph Bonneville.« Die Musik stoppte und ich rollte mit den Augen, als er fortfuhr. »Ich bin zweiunddreißig und zweifacher Familienvater. Ich habe ein Haus mit einem weißen Gartenzaun und eine Frau mit einem verflucht ordentlichen Job, während ich bei dir an der Presse stehe. Alter, alles, was mir noch gefehlt hat, war die verdammte Bonneville. Einen Tennis-Club gibt es hier ja nicht.«

Ich wusste nicht so wirklich, ob ich jetzt lachen oder den Kopf schütteln sollte. Ich entschied mich für beides.

»Manchmal weiß ich wirklich nicht, wer von euch damals den Stein an den Kopf bekommen hat.«

»In ein paar Jahren wirst du wissen, was ich meine.« Stoned grinste von einem Ohr zum anderen, als er sich mir zuwandte. »Los. Ich brauch nen Drink.«

Ich folgte ihm, als er sich abwandte und Richtung Haus marschierte. Und ich blieb stehen, als ich Mary Jane im Türrahmen stehen sah.

Inzwischen waren wir mehr bei mir als bei ihr. Das Haus, das ich von meinen Großeltern mütterlicherseits vor Jahren geerbt hatte, war entschieden größer und heimeliger als ihre Hütte im Wald. Eigentlich waren wir sogar ausschließlich hier, auch wenn sie aus irgendwelchen Gründen an ihrem Haus festhielt. Ein Teil ihrer Sachen war jedoch still und leise zwischen die meinen gewandert und ich hatte mit einem Schmunzeln verfolgt, wie sie sich langsam in meinem Leben ausbreitete. Und sich dabei sichtlich wohl fühlte.

Ich hatte nichts dagegen. Aber ich wusste, dass sie zurückrudern würde, wenn ich ihr das sagte.

Noch immer hatte sie ihre Angst vor einer zu engen Bindung nicht verloren. Vielleicht würde sie es auch nie. Aber sie machte Fortschritte.

Sie hatte sogar meine Mutter kennengelernt. Ein Moment, den ich am liebsten mit der Kamera festgehalten hätte. Sie hatte sich wirklich bemüht, die liebe, nette potenzielle Schwiegertochter zu sein. Nun ja, es hatte nicht funktioniert. Mein Sickgirl würde nie seine Klappe in den Griff bekommen. Genauso wenig die Unsicherheit, die sie dahinter zu verbergen versuchte.

Meine Mutter hatte sie umgehend in ihr Herz geschlossen. Mit der Gelassenheit einer Frau, die es mehr als zwanzig Jahre an der Seite meines Vaters ausgehalten hatte, hatte sie mich zur Seite genommen und gemeint: »Sie hat viel erlebt, nicht wahr?« Ich hatte einfach nur genickt.

Mary Jane wich zur Seite, als Stoned sich an ihr vorbeischob, und ich sah sie lächeln, als sie ihren Blick wieder auf mich richtete.

Auch wenn es ihr nicht bewusst zu sein schien, aber sie hatte sich verändert. Sie war ruhiger geworden. Noch immer wachte sie nachts auf, schreiend und um sich schlagend. Aber es kam immer seltener vor. Und sie störte sich auch nicht mehr daran, dass ich sie dabei erlebte. Sie lernte, mir zu vertrauen. Mit jedem Tag, der verging, ein Stückchen mehr. Damit wurde sie ruhiger. Ich würde nicht so weit gehen zu behaupten, dass sie ausgeglichener wurde. Aber sie lernte, dass es in Ordnung war, wenn sie ihre eigene Schwäche zuließ. Wenn sie zuließ, dass ich sie hielt, wenn die Dämonen sie heimsuchten. Und dass sie darüber reden konnte. Langsam. Vorsichtig. Aber sie ging über jene Brücke, die wir beide Stück für Stück errichteten und die mit jedem Tag fester wurde.

Ihr Lächeln vertiefte sich, als ich auf sie zukam und in meine Arme zog.

»Hast du es endlich gelöst?«

Ja, meine kleine Kratzbürste kannte mich inzwischen.

»Jep.« Ich küsste sie und hörte sie leise seufzen, während sie gleichzeitig die Arme um meinen Hals schlang und sich auf die Zehenspitzen stellte.

»Und?«

»Tu mir einen Gefallen und streich niemals unseren Gartenzaun weiß.«

»Wes?« Ich liebte dieses Kichern, in dem mein Name gerade fast unterging. Es war selten, aber es zeugte davon, wie viel von dem kleinen Mädchen aus Georgia in ihr erhalten geblieben war. »Du hast gar keinen Gartenzaun.«

Ich wurde trotzdem das Gefühl nicht los, dass wir irgendwann einen haben würden.

Wahrscheinlich würde ich ihn sogar selbst streichen.

The Darker Stories 6

Ich weiß, dass ich hier drin sterben werde. Aber nach all den Dingen, die meine Besitzer von mir verlangen, wirkt der Tod inzwischen wie eine Erlösung.

Bis *er* auftaucht.
Milan ist kein Prinz in schimmernder Rüstung, doch er macht mir ein Angebot, das ich nicht ablehnen kann.

Mein Name ist Sam.
Ich habe keine Familie. Es gibt niemanden, der mich vermissen könnte.

Und ich gehöre ihm.

Winter 2018

Was die Autorin sonst noch so macht, finden Sie auf:

http://sarahbaines.de/

https://www.facebook.com/SarahBainesAut/

https://www.instagram.com/sarah.baines.aut/

und
https://twitter.com/frl_schnee

26509049R00147

Printed in Great Britain
by Amazon